KAFFEE.SATZ.LESEN 1-12

www.redereihamburg.de

[mairisch 13]
1. Auflage 2005

Herausgeber [Sven Heine und Stevan Paul (redereihamburg e.V.)]
Lektorat [Isabel Bogdan]
Korrektorat [Konstanze Ehrhardt, Daniel Beskos, Peter Reichenbach]
Gestaltung [Uta Ballerstedt, www.stil-punkt-3.de]
Umschlagfotos [Kathrin Petersen, www.superkath.com]
Satz [Sven Heine]
Druck [AZ Druck und Datentechnik GmbH]

ISBN 3-938539-03-8

www.mairisch.de
www.redereihamburg.de

Für Euch.

Inhalt

KAFFEE.SATZ.LESEN 6

KAFFEE.SATZ.LESEN 7

Anmoderation

Ich brauche die Welt nicht, – ich bin Hausmeister!

Es gibt einfach Berufe, die will eigentlich niemand machen. Henker, Steuerprüfer oder Totengräber oder eben ... Hausmeister!
Alle Kollegen, die ich kenne, sind mit der Zeit merkwürdig geworden, kauzig, bärbeißig, gefährlich gar für ihre Mitmenschen! Das ist ganz klar, denn keiner der Kollegen sieht etwas von der Welt dort draußen, wir sind dazu verdammt in unserem eigenen, kleinen Kosmos zu leben! Südpol der Heizungskeller, Nordpol das Materialschrankzimmer neben dem Schornstein. Ein Lebenslauf aus Haustüren und Klos aufsperren, Stromkreise öffnen und Wasserhähne schließen, Müll wegschaffen und Plakate kleben. Die Sphären darüber und darunter, links und rechts, habe ich nie gesehen!
Brauche ich auch nicht, – denn ich kenne die Welt!
Wie sich für den Forscher unter seinem Brennglas in einem Wassertropfen eine neue Welt auftut, so sehen wir als Hausmeister die großen Zusammenhänge in der Handvoll Menschen, die wir in den zu betreuenden Veranstaltungen beherbergen. Gut, – manchmal liegt der ein oder andere Kollege gänzlich falsch.
Einige Hausmeisterkollegen zerbrechen früh, trinken abends in den langen Kellerfluren, lallen ihr Wehgeschrei in die Backsteinfundamente.

Nicht wenige beenden gar ihr Leben auf dem Dachboden festgezurrt an einem Absperrband, das eine Ende um den Balken, das andere mit dem Schilde „Frisch gebohnert" um den Hals, weil ihre Sicht der Dinge nicht im Geringsten mit der Welt da draußen zusammengeht.
Doch wie jeder Mensch strebt auch der Hausmeister danach, das große Regelwerk des menschlichen Miteinanders zu durchdringen! Auch wir machen uns, wie große Geistliche Gedanken über die moralische Verfassung und ethische Grundeinstellung eines Volkes, das in unseren, uns heiligen Hallen, Zigarettenkippen auf dem Fußboden austritt und fragen uns, welche Grundwerte wohl da noch gelten, – begegnen wie Könige den Gästen unserer Paläste, denen die in guter Absicht kommen mit Milde, den anderen mit unnachgiebiger Strenge – wir sehen die ganz kleinen Gesten und Verhaltensweisen unserer Besucher und lesen in ihnen wie in einem Lehrbuch.
Die Fußabdrücke an den Wänden beispielsweise sagen mir, wer, wann mit wem lässig pubertär an der Wand lehnend anbandelte. An der Art wie jemand durch die Tür tritt, erkenne ich mittlerweile, ob er mir Aschenbecher klauen wird oder nicht! Die Zeit, die sich jemand nimmt um auszutrinken, gibt mir heutzutage Aufschluss darüber, ob er die Pfandflasche zu mir zurückbringt oder unten am Kiosk eintauschen will!
Die Kaugummis, die unter den Stühlen kleben, sehe ich und analysiere drei Kategorien ihrer ehemaligen Besitzer:
Die ganz alten Kaugummis an zunächst fast unsichtbarer Stelle, platzen unter großem Kraftaufwand vollständig ab, reißen dabei aber oft die Fingernägel ein und verursachen hässliche Lackschäden! Sie wurden heimtückisch und sicher mit voller Absicht an diese Stellen geklebt, um uns vor kniffelige Aufgaben zu stellen, sich mit uns zu messen und feldherrisch von Ferne zu triumphieren. Da will uns jemand leiden sehen!
Die ganz Frischen: gehen schwer ab, ziehen lange, ekelhafte Fäden, lassen sich aber meist vollständig entfernen und hinterlassen keine Spuren. Ahnungslos ihre Besitzer, leben im Hier und Jetzt, sind nicht zu greifen und schon wieder auf dem Weg zu Neuem.
Richtig widerlich dann die Mittelalten, mit ihrer trockenen, harten Oberfläche, an der man gerade die Hebelwirkung ausprobieren will um sie abzusprengen, dabei aber durch die Kruste bricht und mit dem Finger mitten hineinfährt in das noch weiche, klebrige Innenleben. Sie

lösen sich auf in einem hartnäckigen Schmierfilm! So was bleibt lange unter dem Fingernagel und wird tagelang verachtet.
Ihre Besitzer trauen sich nicht, weder in die eine noch die andere Richtung. Wollen zwar eine Marke setzen, aber gleichzeitig nicht so bestimmt, dass etwas Bleibendes entstünde, – gehen blind und ohne ein Gefühl für ihre Mitwelt durch dies Leben und ziehen dabei eine Spur des Ekels und der Niedertracht hinter sich her!
An der Art wie ein frisch verliebtes Paar die Gläser Sekt anstößt weiß ich grob, wie viele Monate diese Liebe halten wird, wer dann wen betrügt und ob per SMS, Brief oder Gespräch Schluss gemacht wird.
Mittlerweile gebe ich Kurse für die Kollegen, die mich um mein kriminalistisches Gespür beneiden. Die Hausmeisterinnung fragt, wie ich denn diese detailgenaue Kenntnis unserer Mitbürger erwerben konnte, obwohl ja auch ich nie nach draußen unter Menschen gehe. Die Antwort ist so einfach wie erstaunlich:
Ich brauche die Welt nicht, denn die Welt kommt zu mir!
Jeden letzten Sonntag im Monat! Seit fast zwei Jahren!
Direkt vor meinen Augen zeigt sich mir das ganze Kaleidoskop des Lebens in einer Nachmittagsveranstaltung bei Kaffee und Kuchen.
Jeweils fünf Beobachter berichten von der großen Welt da draußen, – an einem Tisch, auf einem Stuhl, vor einem Mikrophon.
Alles, was Menschen beglückt, verwundert oder worunter sie leiden, was sie sich nicht erklären können und was todkomisch ist, lasse ich mir von diesen fünf erzählen und bin so um ein weiteres Kapitel reicher im großen Lexikon des Lebens.
Bei dampfendem Kaffee aus meiner guten, alten Kantinen-WMF orakeln sie in aufgeschriebenen Sätzen lesend über die menschliche Daseinsform, nennen somit folgerichtig die Veranstaltung KAFFEE.SATZ.LESEN und sind akribische Sammler humanoider Verhaltensweisen. Geschichte reiht sich an Geschichte und bündelt so das Wissen über das Leben auf diesem Planeten, das Forschern fremder Galaxien oder ferner Zeitalter erschöpfende Auskunft über uns geben könnte.
Einen kleinen Auszug dieser Erkenntnisse hältst Du, Leser, nun in deinen Händen.
Möge es dir, in deinen Welten nützen!

Kristian Bader, 2005

KAFFEE.SATZ.LESEN 1

Angelika Maisch
Vatertag

Abermals naht der Vatertag und man fühlt die Unruhe der Frauen und ihre Hoffnung auf eine neue Liebe, eine neue Last. Seit Tagen schon sind die Regale in den Getränkegroßmärkten wie leergefegt, vergebens sucht man Jägermeister, kleinen Feigling oder Berentzen Appel im handlichen Flachmann an der Kasse. Die haben kluge Frauen längst an verschwiegenen Plätzen gehortet, damit nicht Not sei am Tage des Herrn. Am Vorabend bereits sehen wir erwartungsvolle Männer in den Vorgärten auf und ab traben, ungeduldig scharren sie mit dem Huf in der Streu. Ein Jahr haben sie nun gedient im Haushalt eines Weibes, das sie vor zwölf Monden genau irgendwo aufgelesen hat, und dem sie seither zu Willen sein mussten. So will es das Naturgesetz. Doch jetzt ist wieder Himmelfahrt und damit Vatertag und derselbe Instinkt, der die Vögel zum Zug zwingt und den Lachs überredet, flussaufwärts zu schwimmen, gebietet dem Manne nun auszuschwärmen, sich mit möglichst vielen anderen seiner Spezies zusammenzurotten und singend und lärmend das zu feiern, was ihm seine Freiheit zu sein scheint. Morgens um acht am Vatertag öffnen die Frauen das Gatter und zurren den Bierkasten noch einmal ordentlich fest, den sie dem Mann aufgebunden haben. Dann noch ein Extrapaket mit Kümmel und Korn drin und was sonst noch der baldigen Betäubung dienen mag, damit er die Freiheit nicht so merkt. Nicht vergessen, ihm ein Brieflein um den Hals zu hängen, darin Name, Alter und Angewohnheiten vermerkt sein sollten. Und Abschiedskuss, Ahoi und Schluss. Jetzt schwärmen sie aus, die Männer, die Väter und jene, die es werden wollen. Hinaus aus der Stadt, vorbei an Eigenheimen, die sie wohl selbst gezimmert haben mögen, hinter sich lassend winkendes Frauenvolk und Scharen von Kindern, die sie oftmals für ihre eigenen halten. Doch ist die Schau zurück und ausgedehntes Erinnern ihre Sache nicht, und das ist gut so und barmherzig ausgedacht von Mutter Natur. Glücklich sind sie und frei an diesem einen Tag im Jahr; bald treffen sie auf ihresgleichen, ein jeder schwitzend unterm Kasten Bier, welcher ihm von seinem Vorjahresweib aufgebunden ward. Weil's nun so mühselig ist, die sperrige Last andauernd abzusetzen, um sich einen wohlverdienten Schluck zu genehmigen, bedient man sich gleich aus der Wegzehrung der Gefährten. Und so findet Erfüllung das Schriftwort, welches da sagt: Einer trinke des anderen Last. So sieht man sie über die Heide wandern mit hochrotem Kopf und ehrlich ertrunkenem Bauch. Manch raue Weise eilt ihnen voraus und Hymnen, in denen bejubelt wird der Fußballverein, der ihnen bei der Geburt zugeteilt ward. Wohl dreifach gesättigt ist die Luft vom zotigen Herrenwitz, dass es selbst den gemeinen Grottenolm beschämt. Keine Schenke, der man den Anstandsbesuch verweigerte, und drei bis vier Pressbiere sind ja überall Pflicht. Deshalb sieht man spät abends von Hochprozentigem durchgeistigtes Mannsvolk stadteinwärts wanken, marodierend und fraternisierend verlieren sie alsbald die Besinnung und kommen in jedwedem Straßengraben zum Erliegen. Wein und Gesang – da war doch noch was? Richtig, die Weiber, die waren da noch. Die suchen jetzt wieder die Straßen ab; mit Lampen bewehrt und mit Wunschzetteln von den Kindern stochern sie in den Rinnsteinen und prüfen die bewusstlosen Gesellen auf deren Tauglichkeit. Welche hervorgeht aus dem Brieflein, das jeder Mann um den Hals trägt. Was steht da: „Choleriker" – danke bestens, so einen hatten wir letztes Jahr. Dann aber: „Handwerklich begabt, kann mit Messer und Gabel umgehen." Nun, warum nicht, der Speicher müsste ausgebaut werden, und die Fahrräder der Kinder sind in keinem guten Zustand. Verlockend vor allem für Frauen, die sich im vergangenen Jahr einen Künstler geleistet hatten. Gewiss, er hat ihr von Zeit zu Zeit selbstgeschmiedete Verse vorgetragen, aber die Klospülung ist davon noch lange nicht ganz. Mal schauen, was der nächste zu bieten hat: „Lieb zu Kindern, sparsam im Verbrauch, schmutzt kaum." Hört sich nicht schlecht an, aber dann kommt's leider: „Leidenschaftlicher Fußballgucker und Formel 1 Fan, redet schon morgens über Michael Schumacher, hört pausenlos alte Jethro Tull Scheiben, Rasierwasser: Cacharel." Hm, vielleicht doch noch mal weitersuchen. Irgendeiner findet sich am Ende immer, der dann ins Heim geschleppt wird, um anderntags seinen Dienst anzutreten. Es ist ja nur für ein Jahr, und der Wonnemonat Mai ist Gott sei Dank vorbei.

Angelika Maisch

In einer kleinen Zukunftsmetzgerei …

Eines Tages werden die Menschen morgens erwachen und feststellen, dass alles voller Autos ist. Das wird in derselben Woche geschehen, in der ihnen auffällt, dass sie seit Jahrtausenden eine Zweiklassentiergesellschaft gutgeheißen haben.

Hie die gehätschelten Streicheltiere – dort die nummerierten Nutztiere.

Da werden die Leute erschrecken und bemerken, dass es noch Ungerechtigkeit auf der Welt gibt. Natürlich werden sie das unverzüglich ändern wollen.

Und weil zufällig in der vorangegangenen Woche gerade der letzte Baum gefällt worden sein wird, werden sie sich an die Indianer erinnern.

Die hatten es vor Zeiten fertiggebracht, in einem kunstvollen Moralspagat einerseits die empfindsame Tierseele durch ehrerbietige Niederwerfungen milde zu stimmen und andererseits sonntags einen schmackhaften Bisonbraten auf dem Lagerfeuer zu haben. Auch jetzt werden die Leute natürlich keinesfalls auf ihren warmen Zwiebelfleischkäse verzichten wollen, den ihnen das Tier so ungefragt und freigebig gespendet hat. Aber ein gutes Gewissen würde her müssen und zwar sofort.

Nun ist aber das indianische Modell nicht so ohne weiteres auf den modernen Zukunftseuropäer übertragbar. Daher wird man auf Abhilfe sinnen und sich seines eigenen, von christlichen Bräuchen geprägten Umgangs mit dem Tod erinnern. Immerhin handelt es sich beim Schlachttier im strengen Sinne um einen Verstorbenen.

Bitte folgen Sie mir nun gemessenen Schrittes in die „Pietätsmetzgerei Zehntbauer".

Der friedhofsgrau gekachelte Raum lädt uns sofort zu andächtigem Verweilen in der Warteschlange ein. Leise, getragene Musik erklingt im Hintergrund.

Die trauerumflorte Fleischertheke im aufgeklappten Sarg-Stylie gewährt einen letzten Blick auf die appetitlich zubereiteten, preiswerten Verblichenen.

Kränze und Kerzen tun einen zusätzlichen Schmuck. Eine Inschrift steht über der Theke: „Hier ruht in Frieden: Das Rind Else. Nach einem erfüllten Leben hat der Herr es zu sich gerufen. In unseren Mägen wird es ewig weiterleben."

Weiter unten ein Schild: „Plötzlich und für alle unfassbar – Schweinegulasch, nur 2,99." Und dann: „Ein gutes Herz hat aufgehört zu schlagen – Rinderherz, heute im Angebot." Schwarzgekleidete Verkäuferinnen bedienen die trauernden Gourmets mit gedämpfter Beileidsstimme. Soeben kommt der Metzgermeister in den Verkaufsraum, mit einem Klumpen roten Fleisches überm Arm. „Es ist erlöst", sagt er mit erstickter Stimme.

Wir bestellen ein dick belegtes Leichenschmausbrötchen und stellen uns an der Kasse an.

Warte nur, balde
zahlest du auch.

Finn-Ole Heinrich
Mein Kopf gehört mir

Geheimnisse haben einen Ort. Sie liegen in der dritten Schublade von oben im Nachtschrank meines Onkels. Unter den Socken und einigen langen Unterhosen: Hefte mit nackten Frauen.

Zwischen Aufstehen und Mittagessen ist mein Onkel in einer Schule. Kurz vor dem Essen ist die Zeit am besten: Oma steht in der Küche und ist beschäftigt. Am schönsten sind die Tage, wenn Oma morgens Wäsche wäscht und ich sie in das Zimmer meines Onkels bringen soll. Dann habe ich einen Grund.

Es ist etwas Verbotenes, glaube ich. Wenn Oma im falschen Moment reinkommt, ist was los. Soviel ist sicher. Ich schlage die Hefte schnell auf. Es sind geübte Griffe, ich kenne die Gesichter schon. Die darf man angucken. Schnell durchblättern, nur die Gesichter. Nur die Gesichter.

Ich habe immer, wenn ich hier sitze oder Fliegen zerquetsche oder Oma sage, sie sei die beste Oma der Welt, weil ich ein Überraschungsei bekommen habe, das Gefühl, dieser Gott sieht mir zu. Wenn ich versuche, mit ihm zu reden, antwortet er nicht; aber wenn ich Hefte mit nackten Frauen ansehe, dann ist er auf einmal da. Ich versuche, mich vorsichtshalber auf die Gesichter zu konzentrieren und die Frauen bloß nicht zu lange anzugucken. Das darf man.

Meine Augen gehorchen mir nicht. Wandern immer wieder weiter runter zu den Brüsten und so. Ich halte den Kopf einfach so, dass keiner auf die Idee kommt, ich könnte auf die Brüste gucken. Das funktioniert. Man kann mit dem Kopf in den Himmel zeigen und mit den Pupillen den Rasen betrachten, wenn man will.

Ich hab' das mal mit Oma ausprobiert: Sie hat Kataloge mit Anziehsachen und Waschmaschinen und Fahrrädern. Es gibt neun Seiten in diesem Katalog, die ich nie ansehen darf. Glaube ich. Papa guckt sie an, ich habe ihm dabei zugesehen.

Wenn die verbotenen Seiten kommen, blättere ich immer schnell weiter. Aber wenn man den Katalog offen hinlegt, zufällig mit diesen Seiten, und man aus dem Fenster starrt, mit dem Kopf, dann kann man mit den Pupillen alles in Ruhe betrachten. Wenn Oma gerade nicht guckt, kann man sogar umblättern.

Einmal frage ich mich, wie Oma wohl nackt aussieht, aber da bekomme ich Angst, dass dieser Gott mir auch durchs Ohr in den Kopf gucken kann, und ich versuche schnell, an etwas anderes zu denken. Aber es ist schwer, an etwas Bestimmtes nicht zu denken.

Alles wäre einfacher, wenn Gott wie Oma auf mich reinfiele. Ich weiß nicht, wie Gott die Welt überwacht: Wenn ich den Kopf verdrehe und nur mit den Pupillen gucke, denkt Gott dann, ich würde aus dem Fenster sehen, oder weiß er, dass es ein Trick ist, weil er in meinen Kopf sehen kann, oder guckt er sowieso nur dorthin, wo etwas Auffälliges passiert? Oma sagt, Gott ist überall und: Gott sieht alles.

Ich glaube: Mein Kopf gehört mir. Mama sagt das auch. Ich habe sie gefragt. Habe gefragt, Mama, ich bin dein Kind, gehört mein Kopf trotzdem mir? Ja, hat sie gesagt und Müsli in den Einkaufswagen gelegt. Ich habe gefragt, Mama, ich bin dein Kind, kannst du in meinen Kopf gucken? Nein, hat sie gesagt. Oma sagt, wir sind alle Gottes Kinder. Ich glaube, mein Kopf gehört mir.

Und für den Fall, dass Gott doch in meinen Kopf gucken kann, habe ich einen Trick. Wenn ich nicht aufhören kann, an etwas zu denken, was Gott nicht gefällt, eine nackte Oma zum Beispiel, zerkaue ich Papier und stecke es in meine Ohren und meine Nasenlöcher. Wenn ich den Mund dann zumache, ist der Kopf dicht. Die Augen sind ein Spiegelbild oder so, hat Oma selbst gesagt. Durch Spiegel kann man nicht hindurchsehen. Dann muss man nur noch zum Luft holen an grüne Wiesen und Fußball spielen mit Papa denken, nur für eine Sekunde, den Mund aufmachen, Luft schnappen und rückwärts denken.

Manchmal hätte ich auch gern einen Kopf wie Gott. Dann wüsste ich immer, welche Geschenke ich zu Weihnachten bekomme und warum ich schon um halb sieben ins Bett muss. Aber mit meinem Kopf komme ich auch ganz gut durch die Welt, mit ihm kann ich Oma und vielleicht sogar Gott reinlegen, und: Er gehört mir.

Robert Cohn
„Der Eremit“ an der Wand

An meiner Wand hängt ein Gemälde, 60 cm hoch, 45 cm breit, nur damit man weiß, es ist nicht riesig oder winzig, es füllt nur ein Stück Wand. Es ist das einzige Gemälde bei mir, aber nur daran liegt es nicht, dass es dort seltsam aussieht. Fast überall würde es so „komisch hängen“. Das Gemälde steckt in einem braungoldenen Rahmen, dessen Fugen ein bisschen klaffen, ein dürftiger Rahmen, sieht aus wie schnell drangemacht.

Man merkt, es ist irgend etwas damit. Warum würde ich sonst so unbeholfen davon reden, wo und wie es hängt, oder wie sein Rahmen aussieht. Steht man vor dem Gemälde, sieht man erstaunlich wenig. Da ist ein großer, alter Baum, oft vom Blitz getroffen, eine Eiche, die sich schirmend ins Bild lehnt, aber sie rauscht nicht, es leben keine Vögel in ihrem Geäst. Unten in der Bildmitte kniet ein Mensch in einer braunen Kutte und hebt die Hände, das ist „der Eremit“, so habe ich es schon als Kind gehört. Über ihm ist zerrissener Himmel, dunkel wie das ganze Gemälde, etwas Blau schwimmt darin, ertrinkt aber im toten Braun des Baums, des undeutlichen Untergrunds, der Kutte des Eremiten. Ein rechtes Gesicht hat der nicht, hungrig aufgerissene Augen, die nicht zu sehen sind, eine abgezehrte Nase, ein wirrer Bart ist angedeutet. Am deutlichsten noch sind seine Hände, ausdrucksvoll und angespannt nach unten ausgestreckt, die Finger gespreizt, man sieht sie fast von der Seite. Mehr ist nicht auf dem Bild. Trostlos? Gar langweilig? Nein, innen braust es irgendwo wie ein Sturzbach hinten im Dunkeln, den man nicht sieht und kaum hört.

Also, man steht vor dem „Eremiten“. Das Licht aus meinem Wohnzimmerfenster sickert von der linken Seite darauf. Ich habe bis jetzt immer vom dem geschrieben, das darauf sichtbar ist. Jedoch im Seitenlicht wird auf einmal deutlich, dass das gar kein „richtiges“ Gemälde sein kann. Die Oberfläche ist löchrig, aufgerissen, völlig uneben, da sind Knicklinien, Löcher mit Leinwandfäden drin, Hubbel. Alles ist gleichmäßig mit dunkler, brauner Soßenfarbe zugestrichen, damit man's nicht so sieht. Die Oberfläche sieht starr aus, und wenn man dagegen klopft, klingt es hohl. Also nichts von einem vibrierenden Gemälde auf Leinwand.

Auf der Rückseite ist auch kein Stoff mehr, nur eine billige, braune Pressspanplatte, speckig, muss ziemlich alt sein, hat was von Notzeiten.

Es ist also ein auf Pressspan geleimtes und Braun in Braun überschmiertes Leinwandetwas in einem düsteren Rahmen aus Mangelzeiten. Jeder Kunsthändler würde sagen, „keine Chance, hmmm – das war mal was, ist aber ruiniert, versuchen Sie's mal beim Trödler, vielleicht nimmt der es noch." Der Trödler würde sagen, „die Zeiten sind schlecht, das kann ich nicht verkaufen, nie, ham Sie nicht was mit nem Hirsch drauf? Geht besser."

Ich würde das Gemälde niemals verkaufen. Auch nicht, wenn man seinen Wert feststellen könnte – was halt nicht geht. Das interessiert auch nicht. Für mich ist es die Geschichte meines Großvaters und meiner Großmutter als schweigender Gegenstand. Nie würde ich mich davon trennen.

Ich werde jetzt erzählen, was ich seit meiner Kindheit über „den Eremiten" gehört habe. Die Versionen wurden immer länger, je mehr ich verstehen konnte, und letztes Jahr hat mir mein Vater die Geschichte „vom Eremiten" nochmal erzählt, mit mehr Details denn je. Er ist alt, mein Vater, und erinnert sich jetzt besser an früher.

Mein Großvater Arthur C., der Vater meines Vaters, wollte im ersten Weltkrieg Flieger werden, wegen der Flugzeuge, die fand er spannend. Er war ein völlig unmilitärischer Mensch. Als der Krieg begann, war er schon 36, viel zu alt für eine Fliegerausbildung. So musste er halt zur Infanterie. Später sollte er doch noch mit der Fliegerei zu tun bekommen, da wurde er nämlich Artilleriebeobachter im Fesselballon, 1918, als britische Doppeldecker ihn abschossen und er schwer verletzt gerade so herunter- und davonkam. Das gehört jedoch hier nicht dazu, zum „Eremiten".

Arthur war also in Italien, 1915, bei der Schlacht am Isonzo. Es war blutig und scheußlich. Italien hatte gerade entschieden, sich doch nicht mit Deutschland und Österreich zu verbünden, und das nahm man dort als billigen Verrat auf. So erhielt auch Arthurs Trupp den Befehl, italienische Schlösser in der Gegend ordentlich zu verwüsten, als Abschreckung und als Rache für die Perfidie der Spaghettifresser – wurde nicht so gesagt, war aber so gemeint. Arthur kam zum Schloss, sah Fenster von innen splittern, sah edle Möbel zerschlagen auf dem Hof liegen und Gobelins in Fetzen. Er war sprachlos. Dass deutsche Soldaten wie er selber so etwas täten, hatte er nie für möglich gehalten

– da flatterte ein Gemälde in einem zerbrochenen Rahmen von irgendwo herunter und klatschte unten auf die Trümmer. Arthur starrte darauf, da war eine prächtige Eiche unter welcher ein Eremit kniete, mit ausdrucksvollem Gesicht, das bat und schrie. Der Himmel unter und hinter den Eichenästen drohte gewittrig. Schon kamen von oben weitere Möbel geflogen, Trümmer, Porzellan, Arthur duckte sich, ihm war widerlich und elend zumute. Er dachte, das ist doch nicht möglich, das hier kann nicht regulär sein, meine Armee macht sowas nicht, ich muss etwas davon retten. So zog er sein Bajonett heraus und schnitt das Gemälde so vorsichtig wie es ging aus dem zerstörten Rahmen, rollte es zusammen und verstaute es in seinem Tornister.

Auf der Kommandantur ging er zum Leutnant, stand vor ihm stramm, bat sprechen zu dürfen und zog die Rolle hervor. Er breitete „den Eremiten" auf dem Tisch aus und sagte, „solche Dinge sind dort zerstört worden, einfach zerschlagen. Ich weiß nicht, was das war. Ich will damit nichts zu tun haben. Dieses Gemälde hab ich gerettet, ich gebe es Ihnen hiermit ab. Hier. Bitte gehen zu dürfen, Herr Leutnant." Da holte der Leutnant verdattert Luft und sagte, davon dürfe er eigentlich gar nichts wissen und er, der Gefreite Arthur C., sowieso nicht, und das da sei nie passiert, es seien neue Befehle da, ganz neue, das da sei nie passiert, und er, der Leutnant Sowieso, wisse nicht, woher der Gefreite Arthur C. dieses Ding habe, es sei ja wohl seines, er solle es bitte jetzt nehmen und gehen. Arthur nahm also das Gemälde, ging und schämte sich für die Anderen.

So schonend zusammengerollt, wie es ging, überdauerte „der Eremit" die Isonzoschlacht, wurde später ein wenig restauriert und hing ab 1916 in Hindenburg (Oberschlesien) an der Wand, nachdem Arthur meine Großmutter geheiratet hatte. Da hing es. 1933 kam ein SS-Mann in die Wohnung und verlangte Arthurs Weltkriegsorden, so etwas sollten Menschen wie er nicht besitzen dürfen. Arthur hielt ihm stinkwütend dieses eiserne Kreuz vors Gesicht und pfiff ihn an: „Was erlauben Sie sich?! Damals, als ich mir das verdient habe, waren Sie genauso dumm wie jetzt. Wissen Sie, was das ist?!" (Baumeln des eisernen Kreuzes vor dem Gesicht des SS-Manns) „Das hier?! Los, raus hier, raus!" Der Scherge verzog sich verängstigt.

„Der Eremit" hing auch noch, als Arthur 1936 schrecklich umkam. Das Gemälde hatte Knicke vom Eingerolltsein und genug übermalte Stellen, aber es strahlte, und so hat es mein Vater in Erinnerung, dort strahlend an der Wand in Oberschlesien in einer Zeit, in der alles zusammenbrach, einfach alles.

Meine Großmutter überstand dort als Zahnärztin arbeitend, sie war äußerst geschickt (und sowieso großartig), und so haben ihre beiden Söhne und sie überlebt. 1945 war sie allein dort. Die Sowjetarmee marschierte ein, die Russen waren blind vor Hass gegen alles ihnen deutsch Vorkommende und unterschieden nicht. Soldaten drangen in die Wohnung ein, stürzten alles um, prügelten, rissen „den Eremiten“ vom Nagel und einer trampelte mit seinen Stiefeln hasserfüllt darauf herum, bis er genug hatte. Seine Sohlen waren mit Nägeln beschlagen. Meine Großmutter stand bebend in der Ecke. Alles war verwüstet. „Der Eremit“ war durchlöchert, zerrissen und in den Fußboden getreten.

Meine Großmutter wurde Bataillonszahnärztin der Sowjetarmee. Sie reparierte Soldaten die Zähne, die noch nie so einen Bohrer gesehen hatten, und das machte sie so fürsorglich, dass einige ein gutes Wort für sie einlegten. Sie wurde nicht deportiert, in den Gulag. Schließlich durfte sie sogar ausreisen, in die amerikanische Zone. Nach Heidelberg zu ihren Söhnen. Mitnehmen durfte sie gar nichts, das war so. Abreisen dürfen war Gnade genug. Also rollte und knickte sie den zerfetzten „Eremiten“ behutsam so ein, dass die Ausbeulung in ihrer Bluse nicht auffiel und hoffte, nicht durchsucht zu werden. Sie hatte Glück.

In Heidelberg angekommen hatte sie schlimmes Untergewicht und litt, aber ihre Söhne waren da und „der Eremit“ auch. Jemand versuchte, ihn zu restaurieren, nein, zu reparieren. Er leimte, malte darauf herum, etwas Farbe hatte er irgendwo ergattert, und Braun kriegt man ja immer ungefähr hin. Jedenfalls dieses Braun. Aber er gab sich Mühe.

Dann hing „der Eremit“ wieder an der Wand meiner Großmutter, wo er hingehörte, er strahlte längst nicht mehr, er sah aus wie das ganze zwanzigste Jahrhundert.

So ist er noch heute, an meiner Wand. So wird er auch bleiben. Anhübschen kann man andere Gemälde, nicht dieses. Die Knickspuren, quer, sind oben stärker als unten, Großvater Arthur hat 1915 wohl hier begonnen, die Leinwand einzurollen. Die Löcher von sowjetischen Nagelstiefeln sind überall, darin ist gar nichts mehr, nur Leinwandfäden an den Rändern, braun übermalt, damit man's nicht so sieht.

KAFFEE.SATZ.LESEN 2

Stevan Paul
Aufstand und Verweigerung im ICE 782

Einmal quer durch die Republik mit dem „der Mehdorn spinnt doch"-Fan-Club. Im Vereinsheim, dem ICE 782, herrscht Hochstimmung. So schön war es schon lang nicht mehr, richtig heiß und man riecht einander ungelüftet, ob man sich riechen kann oder nicht. Der Zug ist übervoll, auch die beliebten Plätze auf dem Fußboden im Gang sind alle besetzt. Ich habe reserviert und vertreibe eine Trauer tragende ältere Dame von meinem Platz, helfe noch, das Trauergebinde aus der Gepäckablage zu zerren, und setze mich.

Zu meiner Entschuldigung ist anzumerken, dass ich vor Jahren während eines Zivildienstleistenden-Wochenendes in die Fänge eines Psychologen geriet. Der fragte damals, wer von uns Zivis denn für eine alte Frau im überfüllten Bus Platz machen würde. Ich war der einzige. Es gab einen dicken Anschiss und das Gelächter meiner Zivi-Kollegen obendrauf. So, meinte der Psychologe, käme ich schwerlich durchs Leben, und überhaupt hätte er bei mir schon in den letzten Tagen eine ungesunde Tendenz zum Weicheiertum bemerkt. Ausgerechnet auf einem Zivi-Lehrgang in dieser Art erkannt und belehrt zu werden, war mir unangenehm, so unangenehm, dass jetzt, Jahrzehnte später, die Trauernde meinen Platz räumen muss. Ich ignoriere die bösen Blicke der Mitreisenden, und wo ich mich schon so beliebt gemacht habe, öffne ich auch gleich noch eine Dose Bier. Schaumbläschen spritzen durchs Abteil, ich proste den Mitreisenden freundlich zu. Mich nennt niemand mehr Weichei!

Bis Fulda verläuft die Reise völlig normal. Betrunkene Bayern auf der Fahrt an die Ostsee, schwitzende alte Frauen mit labberigen Unterarmen und einem Bouquet von Veilchen und Leberwurstbroten, genervte Alleinerziehende und sportliche Laptoptipper bestätigen einander, was für ein Idiot doch der Mehdorn sei, und alle haben sie eine entschuldigende Geschichte parat, warum sie gerade trotzdem die Bahn benutzen und nicht das Flugzeug, obwohl das ja sogar preiswerter wäre, wie die Nörglervereinigung zu berichten weiß. „Aber ist ja auch das letzte Mal heute", rufen sie. „Jetzt aber echt!"

Neben mir sitzt ein kleiner Junge, der seinem Vater erzählt, in seiner

Klasse wisse niemand, dass es in Deutschland zwei Frankfurts gibt. Der Vater nickt stolz und erklärt seinem Sohn, welche Flüsse gerade wo da draußen fließen und wieso, weshalb, warum. Der Kleine starrt hinaus in die Landschaft, wo die Flüsse fließen, kaut schwer an Vollkornbrot und geschälten Möhren, mit vollem Mund folgt er dem Vater durch Deutschland: „Isar, Lech, Donau, Main, Rhein und Ruhr, Fulda, Werra, Saale-Unstrut, Leine, Weser, Elbe, Oder."

Ein paar Sitze weiter beobachtet mich eine Frau. Erst merke ich es nicht, doch dann, sie guckt. Dauernd. Sie ist angenehm dezent geschminkt, hat glatte, vornehme Gesichtszüge, strahlt Souveränität aus, Vermögen und eine Liebe zu Tennis und Golf. Später wird sie den Aufstand anführen. Jetzt ist alles noch ruhig, und sie studiert mich.

Irritiert nehme ich ein Buch und lese. Dann kommt die Durchsage. In Fulda müsse man zehn Minuten auf das einzuwechselnde ICE-Team warten. Da stöhnt es wahrhaft gregorianisch aus tausend Kehlen durch den Zug, Hände werden vor Gesichtern wie Scheibenwischer geschwenkt, Finger klopfen auf Stirn und Schläfen.

In Fulda kommt der Zug zum Stehen und die Bahn hat für den Mehdorn-Fan-Club eine Überraschung vorbereitet. Ja, äh, es wären dann doch eher 50 Minuten, die zu warten seien. Sofort wird die Party auf den Bahnsteig verlagert, erhitzt debattiert, geflucht und es werden Pläne für einen Aufstand geschmiedet. Aus der Sauna in den Sonnenschein strömen die aufrichtig Aufgebrachten, das wichtigste Hab und Gut an sich gepresst, zum Bahnhofsgebäude, Leberkäsebrötchen kaufen und Cola und Korn, man weiß ja nie.

Die vornehme Frau lernt auf dem Bahnsteig ein lesbisches Paar kennen, das vorhin wild knutschend auf den Sitzen lag, immer interessiert beäugt von dem kleinen Jungen, der als einziger in seiner Klasse weiß, dass es zwei Frankfurts gibt in Deutschland, aber vor zwei küssenden Frauen doch ratlos kapitulieren muss, denn sein Vater erklärt ihm nicht, wieso, weshalb, warum, sondern fragt schnell noch mal die Flüsse ab.

Als der Zug sich enttäuschend pünktlich nach fünfzig Minuten wieder in Bewegung setzt, steht das lesbische Paar konspirativ bei der vornehmen Frau. Die drei haben im Mittelgang Aufstellung genommen, mit konzentrierten Blicken überwachen sie gemeinsam die Abteileingänge und warten. Und dann kommt er. Herr Knopp. Herr Knopp ist Angestellter der deutschen Bahn. Herr Knopp erlebt gerade schwierige

Arbeitsbedingungen. Und er macht einen Fehler. Im Laufschritt versucht er, unser Abteil zu durchqueren, dabei ruft er laut und vernehmlich: „Ich hab kai Gutschein mehr, die hama alle scho verdeild, auf dr Herfahrt." Gutscheine! Umsonst! Geld zurück! Hätte er doch geschwiegen. Der Mob ist elektrisiert. Gutscheine! Umsonst! Geld zurück! Da freut sich die „Geiz ist geil"-Gesellschaft, und nach kurzem Handgemenge wird Herr Knopp von den drei Frauen im Mittelgang gestellt. „HERR KNOPP!" ruft die Rädelsführerin, sichtlich erfreut über den kleinen Trick, das Namensschildchen entdeckt und sofort eine persönliche Verbindung zu ihrem Opfer aufgebaut zu haben. „HERR KNOPP, das ist ja wohl nicht Ihr Ernst!" Die Lesben schauen grimmig. Angestachelt durch die problemlose Verhaftung des Herrn Knopp skandieren jetzt auch die anderen Passagiere: „Gutschein, Gutschein, Gutschein!"

Herr Knopp bittet angesichts der brenzligen Lage um sein Recht auf ein Telefonat. In Kassel-Wilhelmshöhe könne man am Bahnsteig neue Gutscheine in Empfang nehmen, wenn er doch bitte telefonieren dürfe. Nach kurzer Beratung lässt man Herrn Knopp ziehen, zuvor gibt man ihm warnende Worte mit auf den Weg: „Wir kommen Sie holen, wir holen Sie aus Ihrem Abteil, wenn Sie sich in Kassel nicht freiwillig stellen."

Herr Knopp hat Angst.

Vor mir liegt meine Reiselektüre. Eine alte Ausgabe eines Literaturmagazins. Der Verweigerungsrabe. Eine Sammlung von Verweigerungsgeschichten, komisch bis anarchistisch verweigern darin allerlei Autoren irgendwas. Während des Lesens hatte sich denn auch in mir eine Verweigerungshaltung breit gemacht, und als Herr Knopp in Kassel mit den Gutscheinen erscheint, erscheint mir die Verweigerung des Gutscheins eine gute Möglichkeit, mich vom geifernden Gutscheinmob abzugrenzen. Andererseits. Musste nicht auch ich hier mein Recht auf Entschädigung einfordern? Wäre es nicht wieder zu sehr Waschlappen, sitzen zu bleiben, nachgiebig, wehrlos, weich?

Die Mitreisenden reißen Herrn Knopp bereits die Gutscheine aus der Hand, da ruft es Beifall heischend aus der jetzt gar nicht mehr so vornehmen Frau: „AHA! Alles muss man selbst in die Hand nehmen, aber jetzt, jetzt wollen alle einen Gutschein." Ich bleibe sitzen. Nein, eure Gutscheine will ich nicht. Der Vater schickt seinen deutschlandkundigen Sohn an die Front: „Hol mal zwei."

Ich lese weiter, plötzlich beugt sich Herr Knopp zu mir runter: „Tut mir leid, die Gutscheine sind jetzt aus, ich könnte versuchen, in Hamburg ..." „Nee, lassen Sie mal, Herr Knopp", sage ich und wünsche alles Gute.

Zwischen Hamburg-Hauptbahnhof und Hamburg-Dammtor sind nur noch Vater, Sohn, die Rädelsführerin und ich im Wagen. Der Vater hat im Speisewagen eine Cola für den Sohn besorgt und überreicht ihm diese, irgendwie feierlich. Der Sohn bekommt glasige Augen und flüstert gerührt und überrascht: „Danke, Papa." Dann fordert der Vater seinen Sohn auf, an seinem Ärmel zu riechen, widerlich nach Rauch stinken würde er, wegen der Cola, die er für ihn geholt hätte, für ihn sei er in die Raucherhöhle des Bistrowagens. „Ja, ekelhaft", sagt der Sohn, und noch mal: „Danke." Der Vater nickt.

Die vornehme Frau beobachtet mich nicht mehr. Ich beobachte jetzt sie. Seit ihrem Triumph hat sie sich verändert, von Fluss zu Fluss, von Bahnhof zu Bahnhof ist sie immer kleiner geworden. Ihr Gesicht ist mit roten Flecken überzogen, sie schaut ins Leere. Von dort scheinen Geister zu kommen, immer wieder verzieht sie das Gesicht, wirft den Kopf nach hinten, als müsse sie etwas ausweichen, und kneift die Augen zu. Als wir in Hamburg-Dammtor einfahren, bricht sie in Tränen aus. Weinend packt sie zusammen.

Ihr Gutschein liegt noch auf dem Sitz, als sie den Zug verlässt.

Don Dahlmann
Bad Honnef brennt

„Nein", sagte mein Vater – und ich machte mir wenig Hoffnung, dass er seine Meinung revidieren würde. Ich war ja selber schuld. Was erzählte ich auch der Tochter eines Bad Godesberger Rathausangestellten und dem Sohn der ersten Arztfamilie am Platze, dass ich vorhatte, auf mein erstes und vor allem dann auf dieses Konzert zu gehen. Es grenzte schon an ein Wunder, dass die Band auch nur in der Nähe der Bundeshauptstadt einen Auftritt plante. Mein Leben bestand zu der Zeit aus schlechten Leistungen in der Schule, dem Beginn der Pubertät, nächtlichen BFBS-Sessions und den ersten Anzeichen von Rebellion.

Leider verboten mir meine Eltern jeglichen Versuch, mit der neuen Ideologie des „Punk-Seins" die Toleranzgrenze im Hause Dahlmann ein Stück weit nach oben zu verlegen. So wurden Experimente, die Haare zeitgerecht zu formen, ebenso abgelehnt, wie der Versuch, ein fortschrittliches Styling der äußeren Erscheinung umzusetzen. Was blieb, war die Musik und der Wunsch, auch mal auf ein Punkkonzert gehen zu dürfen.

Der Wunsch schien 1981 in Erfüllung zu gehen. Leider fand das Konzert in Bad Honnef statt. Genauer gesagt im Kursaal von Bad Honnef, einem repräsentativen Raum, in dem die örtlichen Honoratioren gerne irgendwelche Empfänge gaben. Was den Bürgermeister von Bad Honnef geritten hatte, dem Jugendverband zu gestatten, ausgerechnet die Dead Kennedys dort auftreten zu lassen, fragt man sich in der Kurstadt sicher heute noch.

Ich hatte ein hübsches Problem. Das sah so aus: In Folge von an Betrug grenzenden Einsparungen bei den täglichen Busfahrkarten, meinem Taschengeld sowie der Schlachtung eines Sparschweines hatte ich die exorbitante Summe von 15 Mark in eine Eintrittskarte für das Dead Kennedys-Konzert investiert. Das Konzert fand aber ungünstigerweise eben in Bad Honnef statt, quasi in Sichtweite von Bad Godesberg, nur durch den Rhein getrennt, aber auch durch eine Fähre, die nur bis 22.00 Uhr fuhr. Es musste also jemand mit einem Auto her.

Das durchaus deutliche „Nein" meiner Eltern, das verstärkt wurde durch meine Blödheit („Aber ich hab doch schon die Karte!" – „Dann erst recht nicht!") und die durchaus monopolistische Stellung meiner Eltern, was ihre abendliche Freizeitplanung anging, war ich in einer sehr schlechten Lage. Ich sah meine Felle samt Eintrittskarte wegschwimmen, als meine Eltern abermals dem Schicksal einen Schubs gaben. Mein Jammern und Flehen wurde nicht erhört, im Gegenteil, man erging sich in höhnischen Äußerungen, die nur diejenigen machen können, die sich ihrer Machtstellung mehr als gewiss sind. Der Satz „Dann sieh halt zu, wie du da hinkommst", stachelte meine Phantasie und vor allem mein strategisches Denken an.

Nach zwei unruhigen Nächten fiel mir ein: Da gab es doch einen Freund, dessen Bruder einen Freund hatte, der schon ein Auto hatte. Ich musste also nur mit dem Bruder sprechen und cool tun.

Das Problem, dass der Freund des Bruders meines Freundes eventuell und vielleicht gar keine Lust haben könnte, ein obskures Konzert einer unbekannten Punk-Band zu sehen, kam mir nicht in den Sinn, wurde aber durch den Freund des Bruders meines Freundes innerhalb von 30 Sekunden ins Spiel gebracht. „Wat soll isch denn da? Pönk? Näääää." Es gelang mir jedoch unter Zuhilfenahme diverser Tricks (Sprit, Bier und der Erwähnung von wahrscheinlich anwesenden Frauen), den Freund des Bruders zu überreden.

Tatsächlich gelang es mir auch, meinen Eltern (ich hatte den Termin des Konzertes nie mehr erwähnt und mich einsichtig gezeigt; ja, ich hatte sogar meinen Vater damit stolz gemacht, dass ich behauptete, ich hätte die Karte mit Gewinn weiterverscherbelt) an dem Abend glaubhaft zu machen, dass ich, wichtig wichtig, auf einer Party eingeladen sei, der Freund des Bruders des Freundes würde mich abholen und um Punkt 24.00 Uhr wieder abliefern.

Wir betraten den Kursaal von Bad Honnef. Ein Traum in Weiß, hohe, helle Sprossenfenster, alles sah sehr teuer aus, und ich bemühte mich, in meinem roten „Fruit of the Loom"-T-Shirt möglichst punkig auszusehen. Die erste Niederlage an dem Abend. Weitere sollten in loser Abfolge auf mich einprasseln. So zum Beispiel war das Punkmädel mit der Sicherheitsnadel in der Backe gar nicht so sehr an mir interessiert, wie ich zunächst dachte, und das, obwohl sie mir die ganze Zeit auf die weißen Adidas starrte.

Na ja, etwas enttäuscht war ich nicht nur davon. Eine schmale

Bühne war das, ein paar Funzeln, die rotes und grünes Licht machten, und vor allem frug ich mich, warum der Saal bestuhlt war. Sicherlich hübsche, schwarze Klappholzstühle, wie man sie in den Vorgärten von Bad Honnef öfter zu sehen bekam, aber warum man die ausgerechnet hier aufgestellt hatte, wollte mir nicht einleuchten. Wo sollte man denn da Pogen?

Ähnliche Fragezeichen sah ich in den Gesichtern der örtlichen Punks, nebst derer, die aus Bonn angereist waren und die Szenerie spöttisch belächelten.

Setz ich mich halt, dachte ich. Um von dem Freund des Bruders ... etc. sofort am Kragen wieder hochgerissen zu werden. „Bist du jeck?", lautete seine Frage. „Nein, nur bequem", dachte ich, blieb aber cool.

Irgendwann ging das Licht aus, ein paar Bonner Punks räumten die vorderen Stuhlreihen zur Seite und headbangten sich vor der Bühne schon mal warm. Musik gab es noch keine, außer dem Drummer, der seine Drums testete.

Dann kamen die Dead Kennedys und schrammelten los. Eine recht große Gitarrenwand erfasste mich und warf mich zwei Meter zurück, während Bassist und Drummer damit beschäftigt waren, meine Eingeweide zu malträtieren. Ich war begeistert und begann, ein anderes Punkgirl lächelnd anzuheadbangen. Der Freund des Bruders des Freundes schien trotz der ca. 250 Dezibel keine größeren Probleme zu haben, sich mit einer Frau zu unterhalten, allerdings war ich mir nicht ganz sicher, ob sie ihm zunickte oder headbangte. Ich wankte ein wenig herum, headbangte halbherzig weiter, die Cola in einer Hand haltend, und war sehr damit beschäftigt, das alles in meinem Hirn einzuordnen. Der Krach, die stacheligen Punks, der Bierdunst, das Licht und Jello Biafra, der sich langsam, aber stetig auszog, waren zusammen doch etwas viel.

Nach einer Stunde hatte ich mich dann eingegroovt. Ich headbangte schon recht ordentlich rum, der Freund des Bruders meines Freundes knutschte, und ich war insgesamt sehr, sehr glücklich. Dann brach die Musik ab, und Jello Biafra hielt eine Rede. Ich verstand leider nicht allzu viel, aber der Freund ... etc. hörte plötzlich auf zu knutschen und schaute sich nach mir um. Jello Biafras Laune schien sich ein wenig zu verschlechtern. Er hatte mittlerweile nur noch eine Unterhose an, so eine Marke Zehnerpack Woolworth mit seitlichem Eingriff, vorne allerdings mit deutlichen Gebrauchsspuren, die unter seinem Bierbauch gar nicht so schrecklich auffielen. Jedenfalls schrie er in sein Mikrophon. Irgendwas mit Kommunismus und destroy und so. Dem Freund ... etc. schien das nicht zu gefallen. Ich wurde auch etwas unruhig, als die ersten bösen Punks aus Bonn einen Klappstuhl zerschlugen, was dem beunterhosten Biafra zu gefallen schien. Er stieg von der Bühne, nahm einen Stuhl und schmiss ihn zu Boden, ergriff den nächsten und warf diesen in die hübschen Sprossenfenster des Kursaales, die protestierend zerbrachen. Sofort taten es ihm andere gleich, und die Klappstühle flogen in großer Anzahl und im hohen Bogen durch die Fenster. Rohe Gewalt! „Ups", dachte ich, fand es aber lustig. Der Freund ... etc. allerdings weniger.

„Lass uns abhauen", meinte er, und sah recht panisch aus. Ich hatte keine Wahl, und er zog er mich in einem Anfall von Erziehungsberechtigungstum hinter sich her, während ich versuchte, wenigstens mein Cola-Glas in Richtung Bühne zu werfen.

Wir rannten zum Auto, hinter uns landete die Inneneinrichtung des Kursaales auf der Wiese. Von weitem ertönten die ersten Polizeisirenen. Als wir im Auto saßen, wollte der Freund ... etc. direkt losfahren, aber RAF- und „Drei ???"-erfahren, wie ich war, riet ich ihm, einen Moment zu warten, bis die Polizei den Laden abgeriegelt hatte. Grandiose Idee! Dahlmann, der Checker! Der Ringfahndungsbrecher!

Wir warteten also 10 Minuten, fuhren los und landeten an der nächsten Kreuzung in der ersten Polizeikontrolle. Jetzt erwies sich mein „Fruit of the Loom"-T-Shirt als perfekte Tarnung. Schwitzend meinte der Freund ... etc. was von „Freund meines Bruders, den ich nach Hause fahre", wir durften passieren, und mein Vater musste mich nicht von der Polizei abholen. Ich war sogar schon um 23.00 Uhr zu Hause.

Am übernächsten Tag war in der Bonner Postille namens „General-Anzeiger" auf den Lokalseiten ein Bericht über die „Gewaltorgie" in Bad Honnef. „Und da wolltest Du hin!", meinte meine Mutter und fuhr fort: „Da siehste mal, wie gut es sein kann, wenn man auf seine Eltern hört."

Tex Rubinowitz
Kaledonia

Ich fuhr ja immer gerne mit Fähren. Sie haben so was Beruhigendes, man sieht nicht, dass man vorankommt, man kann nicht abschätzen, wie schnell man fährt, man wird angenehm durchgeschaukelt, eingelullt, wie im Uterus, manche kotzen, die haben wohl ein pränatales Trauma, ich nicht.

Es gibt schöne Fähren, z.B. die von Shanghai nach Hongkong, zweieinhalb Tage durchs gelbe Meer, eine alte holländische Fähre aus den fünfziger Jahren, teilweise noch mit holländischen Aufschriften und einem wasserlosen Schwimmbecken mit miroartigen Mosaiken. Ich liebe auch die Fähre auf die Insel Uunisaari von Helsinki weg, kein Finne fährt auf diese Insel, weil sie nichts bietet, alles, was auf der Insel ist, ist verrostet. Die Fahrt dauert auch nur eine Minute, deswegen nennen meine Frau, die ich dort kennen gelernt habe, und ich sie nur Minuteninsel. Ein paar Unterschichtler grillen auf der Insel dicke Würste auf rostigen Drahtkonstrukten.

Ich war in Odessa. Eine Freundin hatte dort gerade einen Film abgedreht und wir kamen noch gerade rechtzeitig zum letzten anstrengenden Drehtag und der für alle erlösenden und gleichzeitig sentimentalen Abschlussfeier auf einem Ausflugsschiff, das im Sonnenuntergang im Hafen kreuzte.

Auf dem Schiff warf ich mein Rückflugticket ins Wasser und beschloss, auf einem anderen Weg zurückzufahren. Es gibt ja auch Fähren von Odessa ins „richtige" Europa. Man kann nach Istanbul fahren, steigt um und fährt weiter nach Triest. So hatte ich das vor. Odessa-Istanbul-Triest, es gibt weiß Gott wenige derartig schillernd klingende Routen.

Im Hafen von Odessa, unterhalb DER TREPPE, hingen drei Schiffe an der Mole, die Gloria, die Passat und die Kaledonia, jede fuhr an einem anderen Tag. Für meinen Tag war die Kaledonia vorgesehen, und das war mir recht, denn die Passat war unfassbar verrostet, und die Gloria sah zu schick aus.

Es war schön auf dem Schiff, über eine Art Strickleiter kam ich in ihren Bauch. Ich hatte eine nette, kleine Kabine mit zwei Betten und einem zugeschraubten Bullauge. Das andere Bett war nicht belegt. An einigen Stellen in einigen Gängen hingen Passagierlisten, es waren ungefähr 134 Ukrainer, 88 Moldavier, ein Tunesier und ein Deutscher (ich) an Bord (komischerweise keine Türken).

Abends legte unsere kleine Kaledonia vom Odessaer Hafen ab, es war wunderschön, ein milder Wind und noch mal die eisensteinsche TREPPE zu sehen, die immer kleiner wurde. Natürlich wurde die Treppe nicht kleiner, sie blieb genauso groß, wie ich sie verlassen hatte, aber auf meiner Netzhaut wurde sie kleiner, und für sie wurde ich kleiner.

Es gab einen schönen Speiseraum mit SozArt an den Wänden, man saß mit netten Nutten an einem Tisch, aber auch mit Männern mit nur einer (durchgehenden) Augenbraue und struppigen Unterarmen.

Das Essen war gut.

Danach ging man in die kleine Bar, denn der Abend war noch jung. Da wurde Discogerümpel à la Modern Talking gespielt. Die Nutten tanzten lasziv, sie probten vielleicht für ihre neue Arbeitsstelle, aber sehr fröhlich, ungekünstelt mit ihren Kolleginnen.

Ich dämmerte so vor mich hin und in meine Wodkas und guckte drittklassige Actionfilme, die so synchronisiert waren, dass über die noch hörbare Originalstimme EINE Person alle Rollen auf Ukrainisch sprach. Wir waren ja jetzt alle abgekapselt von der wirklichen Welt, kein Druck, alles schlingerte, schwebte so vor sich hin.

Dann taumelte ich in meine Koje. Und schlief meinen gerechten Schlaf.

Um 6 Uhr morgens begann das Inferno.

Durch ein unglaubliches Gerüttel wachte ich auf, es war plötzlich sehr heiß in meiner kleinen Koje, ich wurde vom Bett hochgeschleudert, ich schwebte für Sekundenbruchteile wirklich in der stickigen Luft, kein Witz, wie in einem Zeichentrickfilm. Was war da los?

Alles war schief, ich sprang vom Stockbett runter (ich schlief oben, meine Gepäckplastiktüte unten, sie war bereits runtergefallen). Ich öffnete die Tür, alle anderen Türen in „meinem Gang" waren offen, und ich hörte nur Gewimmer und Gewürge. Der Gang war ebenfalls schief, o.k., schräg. Meine Kabine lag im Bauch des Schiffes, ich bekam Panik und hangelte mich nach oben. Man konnte nicht normal gehen, man musste sich an den Geländern entlanghangeln, sonst wurde man mit aller Wucht gegen die Gangwand geschleudert, mal nach links, mal nach rechts.

Ich dachte, o.k., du hast gestern Nacht vielleicht einen Wodka zuviel getrunken, jetzt hast du postalkoholische Angst, die ist aber unbegründet. Schiffe sinken nicht, sie haben da unten einen Kiel, der sie stabilisiert, außerdem kannst du schwimmen.

Ich kam in den „Verteilungsraum", von dem mehrere Gänge und Treppen abgehen und links eine Tür mit Fenster nach draußen, rechts das gleiche. Ich stand in der Mitte des Raumes, konnte aus beiden Fenstern schauen. Links Himmel, rechts eine Wasserwand.

Ich hangelte mich zum Himmelsfenster, ich sah riesige Wellentäler, in die die kleine Kaledonia im nächsten Moment sackte, und alle im Schiffsbauch versammelten Ameisen hochschleuderte. Die Wellentäler waren so groß wie zwei Fußballfelder, kein Wort gelogen.

Ich bekam so eine unfassbare Angst, alle an mir sich vorbeihangelnden Passagiere waren grau im Gesicht und in ihren Augen war die schiere PANIK. Sie bettelten um Erklärung für diese Scheiße.

Ich hielt mich am Griff bei der Tür fest, die Richtung Himmel zeigte und erinnerte mich einerseits an mein Schwimmen vor ein paar Jahren in Griechenland, als ich mal ertrunken bin, wirklich ertrunken, als mich eine miese Unterströmung in einer Sekunde 20 Meter rauszog, ich nicht mehr wusste, wo oben oder unten war, eine gnädige Welle (Gott?) mich aber wieder an den Strand schleuderte, blutend und kotzend, anderseits erinnerte ich mich an den Artikel im Spiegel über die Estoniakatastrophe, wo beschrieben wurde, dass die Leichen, die sie bargen, teilweise zerfetzt waren von den gigantischen Wellen.

Verkrampft stand ich da an diesem Scheißgriff, dann kam so ein dicker Schiffsangestellter mit zwei Streifen auf der Pulloveruniform, ich hab ja zu Dicken immer mehr Vertrauen als zu Dünnen, ich fragte englisch und nach draußen deutend, ob das normal sei, da flögen riesige Wellen über das Schiff (konnte man sehen) usw. Er brabbelte nur irgendwas Ukrainisches, Da Da, klammerte sich aber unvertrauenswürdig am Griff mir gegenüber fest, und meinte, ich solle was essen, das würde helfen. Dass er dick war und scheinbar eine Vertrauensperson, half mir ein bisschen. Ich hatte nicht vor zu essen, hangelte mich aber trotzdem in den Speiseraum, da saßen drei Leute, denen Serviertanten irgendwas auf den Tisch stellten, das eine Sekunde später vom Tisch rauschte. Das Gastropersonal war nur damit beschäftigt, Splitter und Scherben und Essen vom Boden zusammenzuklauben. Keine Ahnung, wie ein Koch in so einer Situation kochen kann.

Kein Mensch war an Bord zu sehen, alle lagen wimmernd in ihren Betten und gingen ab und zu ihre Seele auskotzen.

Ich ging auch in meinen nach Farbe und Schmieröl (in Friedenszeiten ein Aphrodisiakum) stinkenden Raum, legte mich in das zu kurze Bett, baute einen kleinen Altar mit dem Foto meiner Mutter auf (war nur ein Substitut, meine Freundin hatte mich in Odessa mit einer dicken Ukrainerin zusammen fotografiert. Das Foto trugen wir dann zu einem Emailleschildermacher (für Gräber), und der brannte das mit dem Satz „Mutters Hände waren immer kalt" auf ein Blechschild). Und da lag ich, immer wieder hochgeschleudert, einmal so stark, dass ich von der Pritsche fiel und mir eine heute noch sichtbare Wunde, bzw. Narbe zuzog. Das Bild, das mich nahezu Beten lehrte, befestigte ich mit kurz angekauten, also noch süßen Kaugummis am Tisch, nachdem alle darauf stehenden Gläser und Flaschen reihenweise zu Bruch gegangen waren.

Diese orkanbedingte Schlingerung ging von 6 Uhr morgens bis 21 Uhr abends, um 23 Uhr kamen wir mit 4-stündiger Verspätung im Hafen von Istanbul an. Als die Passagiere glücklich über ihr neu gewonnenes Leben von Bord gingen, taumelten nicht wenige nach, ich sah zwei Leute fallen, einer davon der Tunesier. Kurz vor der Ankunft hatten der Tunesier und ich noch von der Reling geblickt, er hatte behauptet, nichts mitbekommen zu haben von dem Orkan, weil er drei Schlaftabletten gefressen hatte, wir sahen Delfine neben dem Schiff springen, zwei Meter vom Schiff, so nah hab ich diese blöd aussehenden Fische nie gesehen, aber der Tunesier sprach immer nur von den Nutten, fummelte sich im Schritt, und warf den Gunstgewerblerinnen blöde Kusshändchen nach, der Idiot. Tunesien als Reiseziel hat sich danach für mich erübrigt.

Ich verzichtete auf den letzten Teil der Fährenreise und besorgte mir am Flughafen Istanbul einen erstaunlich billigen Lastminuteflug nach Wien, frei von Turbulenzen.

KAFFEE.SATZ.LESEN 3

Ursula Schötzig
Sonntag

Das Telefon klingelt, und ich bin völlig durchgeschwitzt.

Mein Atem geht schnell, zeitgleich mit dem zweiten Klingeln schlage ich die Augen auf. Bemerke, dass ich neben dem Bett liege, mein Traum ist endgültig weg. Immer der gleiche Traum, jeden Sonntag. Schnürsenkel. Unmengen von Schnürsenkeln, die langsam auf meinem Bauch herumkriechen.

Halbwach, die Bettdecke hinter mir herziehend, suche ich nach dem Gleichgewicht, bewegen meine nackten Füße sich ins Wohnzimmer. Ich nehme den Hörer ab.

„Hallo?"

„Schlecht"

„Habe ich auch nicht anders erwartet!"

„Wie immer"

„Beeil dich"

„Ciao!"

Meine nackten Füße gehen zur Balkontür, sie quietscht, als ich sie öffne. Die Luft riecht nach Frühling, es ist Sonntag. Ich mag das Quietschen, es ist, als wache meine Wohnung mit mir auf.

Sonntage sind leise. Sind unerwartet da, halten sich eine Weile bei mir auf und gehen unauffällig wieder, als wäre nichts gewesen.

Sonntage sind Warten. Warten auf Klaus, der mal wieder zu spät kommt. Ich schüttle meine Bettdecke ab, mir ist nach Abwaschen zumute. Ich möchte ein bisschen laut sein, meinen aufkommenden Ärger wegsortieren.

Als Teller, Tassen, Besteck unter meinen Händen klappern, fühle ich mich etwas besser. Das Telefon klingelt erneut. Eine leichte Gänsehaut kriecht an mir hoch, das ist doch noch gar nicht ihre Uhrzeit.

Nein. Außer Klaus möchte ich heute niemanden sprechen.

Ich hatte ihn nicht hereinkommen hören. Spüre seine Hände plötzlich unter meinem T-Shirt. Vor Schreck lasse ich den Teller fallen, der Sonntag wird lauter.

Sonntage erinnern mich an Höhlenmalereien. Urzeit. Kindheit. Einfache Striche genügten, um einen Menschen glücklich zu machen.

Klaus' Hände streichen meine Hüften entlang, wandern höher, ertasten ein Stück Haut, das auf Anfassen lauert. Inzwischen lasse ich mich wieder anfassen. Ich weiß, Klaus kann nicht eher von seiner Familie weg, doch wenn er da ist, haben wir den ganzen Sonntag für uns. Es dauert einen Kuss lang, bevor mein Ärger runtergespült ist. Es tut weh zu streiten, wenn man nur einen Tag in der Woche zum Lieben hat.

Kennen gelernt haben wir uns durch eine Wohnungsanzeige. Ich suchte eine Wohnung. Er rief an, suchte allerdings etwas anderes. Wir trafen uns. Der Mann passte. Die Wohnung nicht.

Ich blicke ängstlich zur Uhr. Soll ich mir für heute Abend noch schnell etwas vornehmen?

Sonntage sind Tage ohne Zwischenräume.

An Wochentagen bestimmen Zwischenräume mein Leben. Zwischen drei und sieben habe ich Zeit einzukaufen, Freunde zu treffen, zum Arzt zu gehen, zu essen, zu schlafen, zu essen, zu schlafen. Danach muss ich wieder ins Theater. Abendproben sind glücklicherweise etwas entspannter, als Regieassistentin habe ich zwar nur die halbe Aufmerksamkeit, dafür aber doppelt soviel zu tun. An Sonntagen muss ich gar nichts tun.

Klaus' Hände streichen meine Schenkel entlang. Sind sich unschlüssig, ob sie schon bei mir angekommen sind. Er sagt, er hat ein schlechtes Gewissen gegenüber seiner Frau und seiner Tochter, braucht aber den Kick neben der Ehe.

Ich bin etwas neidisch. Ich brauche auch einen Kick, allerdings keine Ehe. Ich möchte nur Sonntags gut behandelt werden.

Vielleicht sollte ich das Telefon ausstöpseln, damit ich ihren Anruf nicht höre.

Sonntage sind nie mittendrin. Sind entweder der Tag danach oder der Tag davor. Schlimmer ist der Tag davor, da man über Montage gar nicht zu reden braucht.

Ich genieße seine Haut auf meiner Haut, beginne leise zu stöhnen, als er mir zwischen die Schenkel greift. Jahrelang konnte ich keine Männerhände an meinem Körper ertragen. Sie waren alle staubig, leer, brachten keine Wärme mit. Und mit Schmutz spielt man nicht, hat man mir beigebracht. Also hörte ich auf, damit zu spielen. Hoffentlich vergisst sie, dass heute Sonntag ist.

Wir lieben uns durch die gesamte Wohnung. Im Schlafzimmer, im Bad, in der Küche, im Flur, im Wohnzimmer, wo die Bettdecke immer noch liegt.

Klaus liegt noch unter mir, als mein Blick auf das Telefon fällt. Mir wird leicht übel. Noch eine Stunde.

Sonntage sind grün. Manchmal gehen wir zu Ausstellungen in den grünen Salon gleich um die Ecke, die Bilder mit Ehepaaren meide ich, heute freue ich mich auf Küsse auf meinem grünen Sofa.

Ich kann die Anrufe meiner Mutter nicht mehr ertragen. Jeden Sonntag pünktlich um zehn nach sechs klingelt das Telefon und ein Mechanismus setzt sich in Gang. Nachbarn, Oma, Yoga, Wetter, Essen. Wechsel. Andere Seite. Wetter, Arbeit, Geld, Essen, Klaus. Seit mein Vater tot ist, leidet meine Mutter unter Angstzuständen und Depressionen. Und muss mich jeden Sonntag anrufen. Das ist wichtig, sonst ist ihre Welt kaputt. Dabei hatte sie ihn noch nicht mal gefunden. Ich war es, die auf den Dachboden hinaufging, um ihn zum Essen zu holen. Selten durfte ihn jemand stören, wenn er mit seiner Modelleisenbahn spielte. Eine H0. Es war still und staubig. Als Kind hatte ich es geliebt, die Eisenbahn zu verfolgen, wie sie an Plastikschafen vorbeifuhr, in der einen Tunnelseite verschwand und vierzig Zentimeter später auf der anderen Seite wieder herauskam. Die Haltesignale rasselten in O-Ton und ein fünf Zentimeter großer Zeitungsverkäufer wartete an dem noch frisch gestrichenen Bahnhof auf Reisende, um seine DIN A29 großen Zeitungen zu verkaufen. Wenn es dämmerte, und auf dem Dachboden dämmerte es fast immer, gingen kleine Straßenlaternchen an, die Schranken quietschten in h-Moll, und ein Güterzug mit Kleinstkohlen donnerte durch die Baumwolllandschaft.

Ich sah seinen Fuß in der Luft baumeln. Das Schnürband war offen. Die Adern seiner Hände traten blau hervor, als ob er sich kurz vorher noch mächtig angestrengt hatte. Seine Beine wirkten länger, jetzt, wo sie am Strick hingen. Das Seil, das er benutzte, hatte ich am Tag zuvor im Baumarkt für ihn gekauft. Das einzig vernehmbare Geräusch war die Märklin, die beständig ihre Runden drehte.

Er wirkte still und zufrieden. So, wie er immer sein wollte. Auf seinen Händen zeichnete sich eine leichte Staubschicht ab.

Meine Mutter sagte nichts, sah ihn nur an, ging weg, brach schreiend zusammen. Sie war tagelang nicht ansprechbar. Es war Sonntag. Und ich war eigentlich nur zu Besuch da.

Andreas Burgmayer
Herr Schröder

In einem verbrauchten Sessel hängend, den Blick fest auf den Bildschirm des grünstichigen Saba-Fernsehers gerichtet, ergibt sich Schröder kaum nach 20 Uhr an einem Dienstagabend dem gewohnten Zwang. Er lässt das ausgestreckte Bein von seinem Couchtisch sinken, rutscht tiefer in den Sessel, nestelt seinen halbsteifen Schwanz aus der offenen Jeans und beginnt routiniert zu rubbeln. „Sau, du geile!", stöhnt Schröder, mit einer im Speichel erstickten Stimme, die den ganzen Tag nicht gebraucht wurde.

Vom Bildschirm herunter spricht der Nachrichtentorso Laura Dünnwald in der Tagesschau über den Nahostkonflikt, über Arafat, den Weltsicherheitsrat und George W. Bush. Mit der freien, linken Hand stellt Schröder den Ton ab. „Sau, ich fick dich", ächzt er, schiebt und drückt das immer noch halbsteife Gemächt. Fast ist er soweit, da verschwindet Laura Dünnwald und wird durch das Bild des zerbombten Hauptquartiers des Palästinenser-Führers und durch einen israelischen Panzer ersetzt.

Schröder tauscht den Schwanz mit der Fernbedienung. Ärgerlich zappt er durch die Kanäle, landet in Fußballspielen, Rate-Shows und zuletzt bei Sandra Maischberger, worauf ihm seine mühsam erarbeitete Erektion beinahe zusammenfällt. Schröder rettet sich aus der medialen Beklemmung in die Phantasie. Er pfeffert die Fernbedienung auf den Tisch, zwischen eine leergefischte Dose Würstchen der Marke „Stramme Jungs", eine Flasche Hela-Ketchup und Salzletten, Schröder schließt die Augen, lässt den Kopf nach hinten sinken und denkt an Laura – sieht sie nackt, splitternackt, auf einem Fahrrad sitzend, wie sie den ganzen langen, schweißtreibenden Weg vom NDR in Lokstedt bis nach Hause radelt – wahrscheinlich irgendwo im feinen Eppendorf – sieht ihre weißen Schenkel, wie sie im gleichmäßigen Kreisen der Pedale rhythmisch gegen den Sattel streichen, sieht sie schließlich absteigen und wie ihre Scham den breiten, schwarzen Sattel des Rades freigibt, sieht ihren feuchten Glanz auf der glatten Gummierung des Sattels und so kommt Schröder endlich mit einem klanglosen Stöhnen, mit unterdurchschnittlich wenig Ejakulat, an einem Dienstagabend in seinem alten Sessel. Es ist 20 Uhr und 15 Minuten.

Ein wenig ist der nasse Fleck auf seiner Hose noch zu sehen, als Schröder den Fernseher ausmacht und zur Wohnungstür geht. Er hasst die Stille danach, in seinem Sessel, alleine, auf dem Bildschirm das durchgestrichene Lautsprecher-Signet, die klebrige Masse zwischen seinen Fingern.

Schröder lässt die Haustür hinter sich ins Schloss fallen und nimmt die ersten Stufen nach unten. In dem unrenovierten Altbau auf St. Pauli lebt er seit 23 Jahren, zwei Jahre davon mit seiner Frau Martha, ehe sie ihn vor allen Kollegen einen alten, perversen Wichser nannte, damals 1980 im Suff in der Küche, als sie Sylvester feierten. Neujahr 1981 packte Martha die Koffer und verschwand.

Im Erdgeschoss öffnet Frau Lose ihre Tür einen Spaltbreit. Alte Mistfotze, denkt Schröder und raunzt: „N'Abend." Die Lose nervt ungefragt. „Sie, Herr Schröder, gut, dass ich Sie heute noch erwische, ich wollt schon bei Ihnen klingeln. Das mit dem Licht im Keller. Es geht immer noch nicht. Wenn Sie sich doch bitte drum kümmern würden." Schröder läuft langsam weiter, während die Lose redet. Vor fünf Jahren, als er noch bei der Stadt war, da hätte sich die alte Kuh nicht getraut, so mit ihm zu reden.

Seit dem Autounfall, seit er zu 100 Prozent Invalide und Frührentner ist und sich als Hausmeister die Miete senkt, da glaubt die Lose, sie kann ihn rumkommandieren. Das Licht, die Mülltonnen, die Scheißtürken in der dritten Etage, alles soll Schröder richten. „Ich mach's gleich morgen", sagt Schröder mit einem unpersönlichen Lächeln. „Ich zähl drauf, Herr Schröder", sagt die Lose und knallt ihre Tür zu. Als Schröder endlich auf der Straße steht, nimmt er einen tiefen Zug der warmen Sommerluft, sieht sich verstohlen um und steuert den Kiosk an der Ecke an.

Drei Dosen Billigbier von Raven und einen Stonsdorfer-Flachmann. Schröder zahlt dem Kiosk-Besitzer, was er ihm schuldet, verstaut den Proviant für den Abend in den Taschen seines Polyester-Anoraks und läuft die vierspurige Ausfallstraße hinunter. Auf dem gelb erleuchteten Platz am Schulterblatt, mit guter Sicht auf die vielen Kneipen, setzt sich Schröder auf eine Bank. Ihm ist nach Gesellschaft.

Schröder tippt mit dem Finger auf die erste seiner drei Bierdosen und öffnet sie mit einem leisen Zischen. Drüben an der Ecke zur Susannenstraße, in einem Cafe, da ist viel los. Schröder nimmt einen Schluck Bier und betrachtet die Schatten der vielen Köpfe, die sich an den Tischen im Schein der Kerzen gegen die Wände abzeichnen. Ohne Ziel prostet Schröder mit der Dose in ihre Richtung.

Am Ende des Schulterplatzes taucht ein Mädchen auf einem Fahrrad auf. Ihr blondes Haar hat sie zum Zopf geflochten. Ihr Gesicht ist makellos, ihr Rock kurz. Das Fahrrad ist sportlich, dünne Reifen, ein langer, vorne sehr spitz zulaufender Sattel, mit schwarzem Kunstleder bezogen. Da ist nicht viel zwischen dem Sattel und dem Paradies, denkt Schröder spürt einen Hauch Erregung, der ihm in Form von Gänsehaut in den Nacken steigt.

Das Mädchen steuert die Bar gegenüber an. Sie steigt ab, sehr langsam, aufreizend langsam, wie Schröder findet, ihr linkes Bein beschreibt einen hohen, weiten Radius in der feuchtwarmen Luft. Schröder folgt dem Lauf ihres schwarzen Stiefels, erahnt für den ewig langen Bruchteil einer Sekunde die leichte Wölbung zwischen ihren Beinen unter dem Rock. Jetzt steht sie, Schröder gafft, merkt etwas zu spät, dass er sich ein wenig Bier über den Anorak gekippt hat, blickt herunter auf das Bier, das in schaumigen Perlen über das Polyester seines Anoraks gleitet und sich schließlich als nasses Mal zu den anderen Flecken auf seiner Jeans gesellt. Das Mädchen schließt das Rad mit einem großen Schloss an einem Metallbügel fest und geht in die Bar. Schröder blickt auf, sieht noch ihren schmalen Rücken, er öffnet den Stonsdorfer, nimmt einen tiefen Schluck und stiert auf das Rad, den Sattel, den spitzen, schwarzen Sattel.

Martha fuhr nie Rad. Schröder hatte sie Ende der Siebziger bei einem Seminar für Stadtverwaltungsangestellte kennen gelernt. Sie war 37, er 30. Er mochte sie gar nicht besonders. Trotzdem wurde Martha die erste Frau seines Lebens. Irgendwann nahm er ihre Einladung zu einem Tee in ihrer Wohnung an. Schröder wusste nicht recht, was er dort sollte.

Er hatte es bisher nur mit Frauen aus Papier zu tun bekommen, die ihm willig und stumm ihre glitschigen Mösen entgegenreckten, die es gern sahen, wenn er vor ihnen in die Damenunterwäsche aus Gummi oder Lack hineinwichste, die er sich in einem kleinen Sex-Shop auf der Reeperbahn gekauft hatte.

Martha war anders. Als der Tee getrunken war, zog sie sich aus und zum Vorschein kamen lila Baumwollunterhosen. Unvermittelt küsste Martha ihn auf die Lippen, und Schröder roch befremdet ihren Earl-

Grey-Atem. Dann lutschte sie seinen Schwanz, zog ihm schließlich ein Kondom über, raubte Schröder die Jungfräulichkeit und schenkte ihm die Frustration.

Nichts daran war so geil, wie das, was Schröder all die Jahre mit seinen zweidimensionalen Frauen und den Spielzeugen erlebt hatte. Nichts erregte ihn an diesem ungelenken Gehampel mit Martha. Schröder ging nach der Verrichtung wortlos in Marthas Badezimmer. Er setzte sich auf den Rand der Badewanne und zupfte das schleimige Kondom ab, das schlaff an seinem Schwanz hing. Er dehnte das feuchte Gummi zwischen seinen Fingern und schnupperte daran. Die Melange aus Latex und Martha erinnerte ihn an sein einsames Glück. Erst jetzt fühlte Schröder sich geborgen und erregt. Nach einer halben Stunde hörte er draußen Martha gegen die Tür klopfen. Er steckte das neue, aufregende Spielzeug in seine Kulturtasche und schloss auf.

Schröder brauchte keinen Sex mit Martha. Er hatte sich an sie gewöhnt, an die Sauberkeit, die plötzlich in der Wohnung herrschte, an die frisch gewaschene Kleidung im Schrank und die ungeahnte Anerkennung, die ihm die Beziehung auf dem Amt einbrachte. Manche dort hatten ihn für einen schwulen Kauz gehalten. Jetzt klopfte ihm der grobschlächtige Kollege Kwiatkowski auf die Schulter, nannte ihn Hengst und wollte wissen, was die Martha so alles Schönes macht.

Aber je länger er mit Martha zusammen war, desto weniger brauchte er Martha und all das. Sie mäkelte ständig an ihm herum, machte sich lustig, erniedrigte ihn mit Witzen über seine einsame Vorgeschichte, und dann, wenn sie weinerlich wurde und emotional, warf sie ihm vor, er liebe sie nicht, weil er immer öfter beim Sex nicht mehr kam. Wie Recht sie hatte. Schließlich schloss sie sich nachts im Schlafzimmer ein, verbannte ihn auf die Couch, auf der er keine Nacht durchschlafen konnte, nicht weil das Möbel zu hart war, sondern weil er Marthas ständiges Heulen und Gewimmer durch die Wand hörte. Schröder brauchte keine Frau aus Fleisch und Blut. Kurz vor dem Sylvesterabend 1980 fand Martha Schröders gebrauchte Spielzeuge, warf sie in den Müll, worauf Schröder wieder einen Teil seiner Unschuld verlor: Zum ersten Mal in seinem Leben schlug er eine Frau. Als Martha gegangen war, suchte sich Schröder ein neues Spielzeug.

Schröder leert die dritte Dose Bier und den Stonsdorfer und kegelt die leeren Dosen und den Flachmann unter die Bank auf dem Schulterblatt. Beim Aufstehen wankt er ein wenig. Gleichwohl behält er die

Balance und steuert das Rad vor der Bar an. „Du kleine geile Sau", lallt Schröder leise und greift nach dem Sattel. Der ist noch warm, eine Idee Schweiß liegt über dem glatten Kunstleder. Schröder geht in die Knie und schnuppert, denkt an die Kleine, an ihren kurzen Rock, die sanfte Wölbung. Gleich einer Nacktschnecke hinterlässt seine Zunge auf dem Sattel eine Schleimspur, die im gelben Licht der Straßenlaternen schimmert. Schröder zittert, stöhnt. Nachdem er nur noch seinen alkoholischen Speichel auf dem Sattel schmeckt, lässt er ab von ihm, wankt benommen in den dunklen Zugang einer unbewohnten Souterrainwohnung und zwischen Müll und den gebrauchten Utensilien eines Junkies braucht er keine halbe Minute, um seinem alten Schwanz eine weitere Ejakulation abzunötigen.

Schröder zieht die Tür seiner Wohnung hinter sich zu. Er schaltet den Fernseher an. Ulrich Wickert moderiert die Tagesthemen. Schröder fällt in seinen Sessel, er nimmt sich die Fernbedienung und schaltet den Ton ab. Zwischen dem kantigen Schädel des ersten deutschen Anchormans, zwischen der leeren Dose „Stramme Jungs", dem Ketchup und den Salzstangen herrscht die trostlose Stille, klafft das tiefe Loch, das zu füllen Schröder nicht mehr in der Lage ist. Laura hat längst Feierabend. Schröder nicht. Er steht auf, kramt in seinem Hausmeister-Abraum nach einer 40-Watt-Birne und dem blauen Montagekittel, Schröder steigt die knarzenden Stufen hinab in den dunklen Keller und repariert das kaputte Licht. Der matte Schein der Kellerlampe fällt auf die nie verschlossene Tür des Fahrradkellers. Nur Schröder hat einen Schlüssel dazu.

Benjamin Maack
Ich hätte wundervolle Hände

„Ich hätte wundervolle Hände. Glaubst du nicht auch? Schau mal, meine Füße. Die Zehen. Und die Beine. Jetzt kuck doch mal."

Kathrin lässt sich auf den Rücken plumpsen und streckt ihre Beine kerzengerade in die Luft, so dass ihr das Kleid bis zum Schlüpfer hoch rutscht.

Die Passanten starren sie an. Sie rührt mit ihren Füßen in der Luft herum.

„Und, wie findest du's?"

„Ganz okay."

Kathrin blitzt mich mit schmalen Augen an.

„Ganz okay? Das sind die besten Beine, die du überhaupt je gesehen hast. Willst du mal anfassen?"

Sie hat Recht, sie hat schöne Beine. Schöne, lange, sandbraune Beine, braun, weil sie sie den ganzen Tag zeigt, hier an der Straßenecke, und die Passanten um Geld angeht. Diese Beine würde jeder gern anfassen. Ich auch. Aber ich ekle mich vor ihren Armstümpfen. Die immer hochschnellen wie Flipperhebel um die Träger ihres Kleides hochzuschieben oder weil sie mit ihren Phantomhänden auf etwas zeigt. Ich verstehe einfach nicht, wie man nie Hände haben konnte und trotzdem ständig auf alles zeigen muss.

Sie hat es sich hübsch gemacht, hier an der Straßenecke. Auf einem blumenbestickten Deckchen steht ein geflochtener Korb, an dem ein Schild lehnt. „Ich habe Hunger", steht darauf in schnörkelig verschlungener Mädchenschrift.

Ich frage nicht, ob sie das mit ihren Füßen oder dem Mund geschrieben hat. Wenn man heute Behinderte im Fernsehen sieht, ist das ja immer ein einziger Zoo von: „Guck mal, wie arm die dran sind. Aber guck mal jetzt, was die trotzdem können. Guck mal, wie toll die ihr Leben im Griff haben, diese Krüppel." Kein Interesse. Echt nicht.

Meine Mutter ist eine Irre. Sie rennt durch das Haus und redet wirren Mist. Manchmal so laut, dass es nicht hilft, den Fernseher lauter zu stellen. Jedes Mal, wenn sie etwas in der Wohnung berühren muss, fängt sie an, diesen Quatsch zu erzählen. Die Seelenteufel kriechen in ihren Kopf und stehlen ihr den Segen Jesu. Ich habe meine Mutter noch nie in einer Kirche gesehen.

Am besten ist sie im Bad hinter dem Duschvorhang aufgehoben. Ich scheuche sie in die Badewanne und ziehe den Vorhang zu. Da steht sie ruhig, weil sie den Vorhang nicht berühren kann, wegen der Teufel. Irgendwann sackt sie dann erschöpft zusammen und schläft ein. Anders krieg ich sie nicht mehr zum Schlafen.

Wenn sie schläft, gehe ich ins Boutiquenviertel, um das Mädchen mit den Armstümpfen zu sehen. Sie ist immer da, wenn die Sonne scheint, sitzt immer an derselben Straßenecke und sieht fröhlich aus. Viele Leute grüßt sie mit Namen und manche stecken ihr einen Schein in den geflochtenen Korb.

Ich schiebe mich immer durch die Menge auf der anderen Straßenseite und tue so, als ob ich die Auslagen in den Schaufenstern ansehe. In Wirklichkeit spiegelt sich das Mädchen in der Scheibe und ich beobachte es, wie es dasitzt und lächelt und für sein Lächeln und seine Beine und seine Armstümpfe Geld bekommt. Dann gehe ich über die Straße und gehe ganz dicht an ihr vorbei, werfe ihr ein Geldstück in den Korb und lasse mich im Vorbeigehen anlächeln.

Doch heute werfe ich das Geld in den Korb, schaue ein wenig runter, um mein Lächeln zu kassieren, und plötzlich liege ich auf dem Bürgersteig. Das Mädchen lacht. Sie hat mir ein Bein gestellt. Sie lacht laut und ihre beiden Flipperstümpfe hebeln wild durch die Luft. Dann sagt sie: „Ich bin Kathrin. Wie heißt du?“

Wir sitzen auf der Bank vor einem asiatischen Schnellimbiss. In einer weißen Plastiktüte zwischen uns liegen der Korb, das Schild und das Deckchen. Wir essen Nudelsuppe und schauen rüber zu ein paar Hunden auf der anderen Straßenseite, feuern sie an, wenn es ihnen gelingt, mit den Zähnen etwas Essbares aus den blauen Müllsäcken, die dort herumliegen, zu zerren. Mit Stäbchen schaufle ich mir Nudelsuppe in den Mund. Kathrin hält ihre Schale mit beiden Stümpfen und balanciert sie aus, indem sie sie gegen die Unterlippe drückt. Immer, wenn sie etwas zu den Hunden rüberruft, schwappt ihr ein wenig Suppe übers Kinn, auf das Kleid und den Bürgersteig. Als wir aufgegessen haben, wischt sie sich mit der Schulter über das Kinn, ihr Kleid ist voll mit fettigen Suppenschlieren.

„Hast du Lust, mit zu mir nach Hause zu kommen?"
„Ich denke, du bist eine Pennerin. Die haben doch kein Zuhause."
„Komm mit, du Trottel."

Einige Schlösser klicken, bevor sich die Wohnungstür nach innen öffnet.
„Hallo, Schatz, wo bist du so lange gewesen?"
„Hallo, Mama. Unterwegs."
„Ja ja, verstehe. Die alte Dame soll nicht alles wissen. Wer ist denn dein Freund?"
„Das ist Benjamin. Sag schon Hallo zu meiner Mutter, Benjamin."
„Hallo."
„Grüß dich, Benjamin. Du kannst mich Barbara nennen. Ich mache gerade Essen für Georg, soll ich was für euch mitmachen?"
„Nee, danke, Mama. Wir haben schon gegessen."
Kathrins Mutter hat Hände.
Kathrin führt mich durch die große, helle Wohnung zu ihrem Zimmer. Vorbei an einem Flügel, Regalen voller Bücher, schweren Eichenvitrinen mit teuer aussehendem Geschirr. Sie schließt hinter uns die Tür.
„Wollt ihr vielleicht ein paar Kekse und Milch?", ruft Kathrins Mutter uns hinterher.
„Nein, danke, Mama. Wir kommen schon klar. Tja, das hier ist mein Zimmer. Du kannst dich ruhig setzen."
Kathrin hat ein großes Zimmer mit einem Computer und Regalen voller Bücher. Überall liegen Metallkonstruktionen, wie Cyborgarme mit langen Lederschlaufen und Schnallen, um sie an einem weichen Körper zu befestigen. Kathrins Körper.
„Ich benutze die Dinger nie. Ich fühle mich dann wie behindert. Aber mein Vater schleppt ständig neue an. Und irgendwie mag ich sie dann auch nicht wegwerfen. Vor dir siehst du die Geschichte der Entwicklung künstlicher Arme der letzten zehn Jahre. Ein bisschen wie in einem Ersatzteillager, was?"
Ich kann nichts sagen. Ich hocke auf einer weichen Bettkante im Zimmer eines Mädchens und gaffe auf ihr Dutzend Arme. Es gibt ganz gerade aus Holz, mit einer Art Haken, wie aus Piratenfilmen, komplizierte mit Roboterfingern und schwarzen Schläuchen und unbewegliche, hautfarbene mit schlanken Plastikhänden.
„Willst du sehen, wie gleichgroß meine Brüste sind?"
Kathrin setzt sich zu mir auf das Bett.

„Schau doch mal her. Siehst du? Absolut gleichgroß. Ich habe mal gelesen, dass viele Frauen ganz unterschiedlich große Brüste haben. Aber meine sind absolut gleichgroß. Willst du sie mal anfassen? Komm schon, sie sind ganz warm und weich."

Ich sollte raus hier. Ich ekle mich vor Kathrin. Wie sie die Träger des Kleides über ihre Schultern rutschen lässt. Ich glaube, dass sie schöne Brüste hat, und dass es schön wäre, sie anzufassen. Aber ich kann nicht hinsehen. Es ist pervers. Direkt neben den Brüsten baumeln diese grässlichen Stümpfe, die einen in die Träume verfolgen können. Kathrin ist gar kein richtiger Mensch. Menschen müssen einen Ball fangen, mit Messer und Gabel essen oder eine Einkaufstasche tragen können. Kathrin ist eine schlechte Kopie von einem richtigen Menschen. Kathrin ist nicht richtig. Ich überlege, wie es wäre, jetzt zu gehen, an den Büchern, dem Flügel und Mutter Barbara vorbei durch die Wohnungstür raus, und nach Hause zu kommen zu meiner wimmernden Mutter hinter dem Duschvorhang, und bleibe sitzen.

Kathrin stupst mir ihren Stumpf in den Bauch. Und ein bisschen fühlt er sich an wie eine Hundenase. Dann beugt sie sich vor und gibt mir einen Zungenkuss.

KAFFEE.SATZ.LESEN 4

Oliver Trific
R. Leavenworth Super Cop

Es ist so weit ein ganz normaler Samstag. Wie es sich für einen typischen, so gerade mal pubertierenden Jungen in einer amerikanischen Großstadt gehört, sitze ich seit exakt zwei Stunden, einundvierzig Minuten und elf Sekunden vor dem Fernseher.

Es ist zwölf Minuten nach acht am Morgen des 24. Juni 1972, einen Monat und zwanzig Tage vor meinem dreizehnten Geburtstag. Neben mir liegt eine Schale mit Cap'n Crunch Sugar Bombs, nicht vollständig geleert, aber auch nicht vollständig vergessen.

Wie ein gesundes Frühstück aussehen könnte, ist mir zu dieser Zeit entweder unbekannt oder unwichtig, und so versuche ich, wie wohl die meisten meiner Altersgenossen, auf diese Art lebenswichtige Kohlenhydrate aufzunehmen. Mit ca. 128 g Zucker pro Schüssel (meine Schätzung) hat meine bisherige Morgennahrung, nüchtern betrachtet, den Nährwert eines halben Kugelschreibers in 8 Litern Rübensirup, zuzüglich zweier Gläser Milch. Selbst die acht zugefügten Vitamine und Mineralstoffe können darüber nicht hinwegtäuschen.

An dieser Stelle sollte ich wohl erwähnen, dass der halbvollen Schale zwei ganze, überaus leckere Portionen vorausgegangen sind. Sowie eine vorgebackene, im Toaster wieder zu erhitzende Waffel mit Sirup.

Ich bin, gelinde gesagt, leicht unruhig.

Zwei Stunden, eine Coca-Cola und drei Mr. Super-Nut-Schokoriegel später sitze ich, schon in einem Zustand heftiger Agitation, was sich durch ein immer unkontrollierteres Vibrieren meines linken Beines äußert, auf der Rückbank eines riesigen Autos. Es ist unser Auto, ein blauer Pontiac Caprice Deluxe Station Wagon. Der wahrscheinlich einzige Wagen, bei dem sich Heck und Bug während der Fahrt in verschiedenen Zeitzonen befinden können.

In wenigen Jahren werden 3 Fahrzeuge dieses Typs zur Evakuierung der gesamten südvietnamesischen Regierung, deren Angehöriger und Haushaltshilfen aus Saigon eingesetzt werden. Sie werden nur einmal fahren müssen. Aber einundfünfzig Mal tanken.

Etwa 7 Meter von mir entfernt, auf der vorderen Sitzbank, sitzen mein älterer Bruder und mein Vater und streiten sich. Das Thema ist das ewig Gleiche und ich höre schon genauso ewig nicht mehr hin. Obwohl mein Vater durchaus als liberal bezeichnet werden kann, einige seiner Geschäftspartner nennen ihn halbspöttisch sogar „den österreichischen Kommunisten“, weil er einmal vor ewiger Zeit Senator McCarthy als Arschloch bezeichnet hat, kann er meinen Bruder nicht von seiner Meinung abbringen, dass er, also mein Vater, nichts als ein erbärmliches Zahnrad in der Maschinerie des weißen Kapitals sei.

Mein Bruder nämlich ist seit der Olympiade 1968 ein selbst ernannter solidarischer Kämpfer zur Befreiung des schwarzen Amerikas.

Leider wissen das die freiheitsberaubten Ex-Sklaven nicht. Und so beschränkt sich sein heldenhaftes Tun darauf, sich einen weißen Afro heranzuzüchten, in seinem Zimmer James Brown-Lyrics zu brüllen, und seiner etwas seltsamen Fixierung auf Angela Davis zu frönen. Mein Vater ist relativ frei von Solidarität oder einfach zu alt für diesen Scheiß, und somit der natürliche Widersacher meines Bruders.

„Say it proud. I'm white but I'm loud“ scheint Brüderchens Motto zu sein. Gott sei Dank war James Brown nie bei ihm im Zimmer.

Wir sind auf dem Weg nach Chicago. Der allmonatliche Friseurbesuch steht an, und mein Vater will sich ein neues Paar Schuhe kaufen. Das heißt: Endlich mal raus aus unserem zweistöckigen, im neokolonialen Ranch-Stil erbauten Vorstadt-Haus und auf nach Downtown. Raus aus dem langweiligen Weißbrot-Alltag und hinein in die Gefahr.

Denn da, zwischen den Häuserschluchten, in dunklen Seitenstraßen, passiert es. Das wirklich wahre, aufregende Leben. Dunkle Männer mit riesigen Kraushaarfrisuren! Drogenhändler! Prostituierte! Und Zuhälter! Seltsame Rituale wie minutenlanges Händeschütteln, das seinen Ursprung in irgendeinem bizarren senegalesischen Voodookult hat. Hier gibt es Männer, die Pelzmäntel tragen, und sie sehen darin guuut aus, verdammte Scheiße noch mal!

Ich wäre sicherlich auch ohne meine morgendliche Dosis Kinderamphetamine aufgeregt, doch jetzt stehe ich auf der Schwelle zum präpubertären Herzstillstand. Als ich durch die Windschutzscheibe die Skyline sehe, dreht Cap'n Crunchs Zuckerarmee so richtig auf.

Verdammt! Eine meiner Magnums hat bei der Verhaftung des peruanischen Drogendealers einen fetten Kratzer abgekriegt. Das ist richtig

Scheiße, Mann, aber Bruno, mein österreichischer Chauffeur, wird das später im Penthouse wohl in Ordnung bringen.

Mann, ich hasse Tage wie diesen. Anstatt das zu tun, wozu ich bestimmt bin, nämlich diese Stadt von dem erbärmlichen Dreck zu befreien, der sich in den Bordellen, Bars und Billardhallen herumtreibt, muss ich in ein paar Minuten dem Police Chief erklären, was 1206 Dollar „sonstige Auslagen" für Sweetness Dakota auf meinem Bericht bedeuten sollen.

Verdammt! Ich bin der böseste Motherfucker, der die State Street sein Revier nennt, da muss meine Lady Sweetness doch scharf angezogen sein, Mann.

Und das kostet, wenn mein Cover als Drogenboss nicht auffliegen soll.

Was sagst du? Du willst meinen Namen wissen, Mann?

Ich bin der Motherfucker, der schon mal einen Sackvoll Kohle einsteckt, wenn er die chinesischen Mädchenhändler auffliegen lässt. Scheiß drauf, Mann. Um dann mit dem Kies ein Nachbarschaftszentrum zu bauen. Mit zwei verdammten Basketballkörben, Mann.

Ich bin der Typ, den deine Braut eigentlich ficken will, aber leider muss sie sich in der Schlange erstmal hinten anstellen, und bis sie an der Reihe ist, nimmt sie halt dich.

Ich bin der Cop, der Shaft noch werden möchte, aber nie sein wird.

Ich bin der ultimative schwarze Superheld. Ich bin Detective Rufus Leavenworth, Chicago Police Department, und ich bin der coolste und härteste Motherfucker, den diese Stadt je gesehen hat.

Während mein Bruder, der jegliche Berührung seines lächerlichen Afros selbst durch fachkundiges Personal vehement ablehnt, draußen vor der Tür einem jungen Schwarzen ein Gespräch aufzuzwingen versucht, sitzen mein Vater und ich auf unseren Stühlen und lassen uns schon mal von den reizenden Mexikanerinnen den Kopf massieren. Die kreisenden Bewegungen der platinblonden Friseuse aus Tijuana versetzen mich in einen Zustand höchster Glückseligkeit, und während Aida mir nebenbei von ihren ersten Fahrversuchen erzählt, spüre ich immer wieder, wie ihre Brust meine Wange streift, als wäre es die natürlichste Sache der Welt. Ich rutsche im Sitz hin und her und versuche, das heftige Zittern meiner Beine irgendwie abzustellen, was mir leider nicht gelingt.

Der rote Plastikumhang, den man in Pablos House of Style umgehängt bekommt, verdeckt meine Erregung zum Glück vor den Blicken meines Vaters. Doch der hat sowieso die Augen geschlossen, während seine Mexikanerin mit der Maniküre beginnt.

Was ist das bloß für ein verdammter Idiot, dieser Flannigan. Anstatt seinen Alabaster-Arsch in einen von Pablos Sesseln zu setzen und die Chicas zaubern zu lassen, steht er da draußen und versaut mein Cover. Nicht ein verdammter Bruder wird ihm abnehmen, dass er ein Koksdealer aus dem Osten ist, mit dieser Scheiß-Solidaritätsnummer, die er da abzieht. Verficktes FBI-Arschloch.

„Hey! Hombre, komm doch rein und lass dir auch schön den Kopf massieren." Du sagst es, Pablo, hol den Schwachkopf von der Straße, sonst wird der ganze Salon in den nächsten Minuten mit Blei zersiebt. Die Hände der Mexikaner-Braut lassen mich den Wichser draußen vergessen, ich denke daran, dass ihre langen Finger auch ruhig mal was anderes kraulen könnten als meinen Afro, aber Scheiße, Mann, Rufus Leavenworth ist ein verdammt treuer Motherfucker und Sweetness ist nun mal seine Lady.

Ach Scheiße, Mann. Jetzt hat Flannigan auch noch mit einem Knöchelsandwich die Fresse gestopft gekriegt. Verdammt. Scheiß auf den Chief, scheiß auf das FBI, scheiß auf den verdammten Präsidenten. Ab Morgen arbeite ich wieder ohne Partner. Bruno lacht nur leise unter seinem heißen, nach Menthol duftenden Waschlappen. Und lässt sich von Pablo eine Havanna anzünden.

Aida nimmt ihre Zauberfinger von meinem Kopf und drückt meinem Bruder ein nasses Handtuch unter die blutende Nase. Mein Vater öffnet kurz die Augen, sagt mit unterdrückter, aber irgendwie schadenfroher Stimme „Selber Schuld" und lässt den Nagel seines linken Ringfingers weiter auf Hochglanz polieren.

Mit der Rechten drückt er meinem Bruder kopfschüttelnd 10 Dollar in die Hand und sagt ihm, er soll doch lieber gleich mit dem Zug nach Hause fahren. Nachdem der Blutfluss einigermaßen gestoppt ist, geht mein Bruder mit dem Kopf im Nacken zur Union Station. Und mein Vater und ich machen uns, zu Fuß in entgegengesetzter Richtung, auf den Weg ins Schuhgeschäft.

Flannigan ist fürs Erste aus dem Weg, hat sich mit seiner blutenden Nase ins Mercy Hospital begeben. Das verdammte Arschloch ist auch noch ein Schlappschwanz und wird sich wahrscheinlich erstmal vom Dienst befreien lassen. Ist auch besser so, diese FBI-Wichser mit ihren Collegeabschlüssen sind doch sowieso viel zu weich für das Leben auf der Strasse, Mann.

Wieder einmal kommt mir die Erkenntnis, dass der einzige Mensch, dem ich hundertprozentig vertrauen kann, ein 55-jähriger Glatzkopf aus der Steiermark ist.

Bruno ist mehr als ein Chauffeur, verdammt, für mich ist er der Vater, den ich nie hatte. Er ist immer da, wenn ich ihn brauche, Mann, und hat mir das eine oder andere Mal das Leben gerettet. Er kocht wie ein Gott, spricht sieben Sprachen und beherrscht alle asiatischen Kampfkünste. Er ist der einzige Mensch, der mich je hat weinen sehen. Und das soll verdammt noch mal was heißen, Mann. Ohne ihn wäre ich nicht mal halb der Mann, der ich heute bin.

Ich liebe ihn, Mann, aber wenn es um Schuhe geht, hat er einfach keinen verdammten Geschmack!

Er kauft immer die gleichen hässlichen Sandalen, das muss irgend so ein Scheiß-Trauma aus seiner Jugend sein, Mann. Verdammte Scheiße, Jesus persönlich hatte vermutlich coolere Schlappen an den Füßen als Bruno. Aber so ist er halt, der österreichische Motherfucker.

Während die blonde Süße meine Schlangenlederboots einpackt, schafft Bruno in brandneuen Sandalen die 20 Paar Converse, die ich für die Jungs im Nachbarschaftszentrum gekauft habe, in den Kofferraum meines Eldorado. Ich steige hinten ein, und während Bruno den mintgrünen Schlitten auf den Highway lenkt, bereite ich mich schon mal autogen auf meinen nächsten Fall vor. Draussen in den Vororten soll eine Gang ihren Stoff an der Junior High School verkaufen. Verdammte Scheiße. An der Schule, Mann!

Und jetzt brauchen sie mich, Rufus Leavenworth, Super Cop, in den Vororten!? Mann, die Welt ist einfach nicht mehr das, was sie mal war.

Der Wagen, aus dem ich 35 Minuten später aussteige, ist alles andere als ein mintgrüner Eldorado, und an meinen Füssen sind keine Schlangenlederboots, sondern ganz gewöhnliche neue Turnschuhe aus weißem Segeltuch.

Aber in meinem Kopf, da spielt noch die Musik aus Shaft, die Pablo in seinem Laden bei voller Lautstärke durch die Boxen gejagt hat, und aus meinen Beinen ist jegliches Zittern verschwunden. Mein Gang ist so fließend und rhythmisch, als ob meine Beine die Coolness von Isaac Hayes aus dem Gehweg saugen, und für einen ganz kurzen Augenblick verschmelzen ich und Rufus Leavenworth wirklich zu einer einzigen Persönlichkeit, und ich bin der coolste, härteste Motherfucker, den die Vororte je gesehen haben. Und in dem zweistöckigen, im neokolonialen Ranchstil erbauten Haus wartet Sweetness Dakota auf mich, mit einem Teller Schokokekse und einem Glas warme Milch.

Jana Liebig
Wie ich lernte, jemanden nicht zu mögen

Immer, wenn ich in Hamburg die Palmaille entlang fahre, krampft sich beim Passieren eines bestimmten Hauses mein Bauch zusammen, und obwohl ich ein gutmütiger Mensch bin, möchte ich dort zu schreien beginnen oder zu toben. Ich möchte etwas Sinnvolles zerstören, brandschatzen. Oder wenigstens eine Flasche in den Altglascontainer werfen.

Was da geschehen ist, in dem Haus an der Palmaille, möchte ich nun berichten.

Vor genau zehn Jahren begann ich zu studieren, nicht, um etwas zu lernen, sondern mehr, um meinen Vater stolz zu machen, der heimlich lieber einen Bernd statt einer Jana gehabt hätte.

Ich studierte nun also, machte einmal die Woche meinen Vater froh, indem ich ihn um Geld für teure Bücher aus der Uni-Taschenbuch-Serie bat und zwei Mal auch wirklich eins kaufte. („Viktimologie – empirische Erkenntnisse zur Opfersituation / Verbrechensfurcht" und „Theorien der Revolution" waren Titel, die mehr Glamour in mein Bücherregal und in mein Hirn brachten.)

Kurz nachdem ich in den Genuss gekommen war, von meinem Vater bemerkt zu werden, starb er. Er ging einfach fort. Und ließ mich allein mit all meinen Fragen zum Erwachsenwerden. Zweiter äußerst unangenehmer Nebeneffekt: Es war nun kein Geld für Bücher mehr da. Geschweige denn für Stromwasserheizung, und so begann ich meine Karriere in der Reklamebranche.

Karriereschritt Nummer eins war Robert Ast (Name geändert). Robert Ast muss damals Ende vierzig, Anfang fünfzig gewesen sein, trug einen Schnurrbart und stets ein „twinkle in the eye", as they say in diesem Business.

Was hier gerade nach alternder Hecht will's noch mal wissen klingt, war tatsächlich genau das Gegenteil. Ich möchte sagen: Robert Ast WOLLTE es nicht noch mal wissen. Weil er „es" – was auch immer das war – noch nie gewusst hatte.

Kurz: Robert Ast war ein Vollidiot, und wenn sämtliche Klischees der werbehurigsten Werbenutte zu hundert Prozent abstoßend sind – Robert Ast toppte sie alle.

Eben weil er nicht nur „es" nicht wusste, sondern dazu noch Choleriker, Wahnsinnsspießer und machtbesessen war. Ich wette, beim wochenendlichen Grillen hat er die Schürze mit „I'm the Boss"-Aufdruck ernsthaft gern getragen.

Ich möchte schon wieder was kaputtmachen, wenn ich an ihn denke.

Der Sommer 1993 war nun also einer der heißeren Sorte. Schwer geschockt durch den plötzlichen Tod meines Vaters, im Gepäck brachiale Existenzängste, eine Schwester, die nach Amerika abgehauen war, einen Freund, der nichts, aber auch gar nichts verstand, ein Studium, das ICH nicht verstand und eine Mutter, gelähmt von Traurigkeit, trat ich eines Morgens im August tapfer lächelnd meinen ersten Arbeitstag an.

„Hallo, guten Morgen, Herr Ast!"

„Guten Morgen, Jana. Es ist ja nun schon Einiges her, dass wir uns gesehen haben. Wie geht es Ihnen?"

Einschub: Im letzten bzw. ersten Satz von Robert Ast befinden sich bereits drei Zeichen, dass das mit uns nichts werden konnte.

Nummer eins: Er nannte mich beim Vornamen und siezte mich.

Nummer zwei: Dieses zuckersüße Fragen nach meinem Befinden, das er mir entgegenhauchte. Ja, er hauchte es. Wie Mädchen, die sich nicht gut kennen, aber meinen, sie müssten netter-de-nett zu einander sein: Sie hauchen einander Tschüs zu. Mit extra nettem Lächeln, so dass aus Tschüs Tschieees wird. Tschieeees! So hauchte dieser Kerl sein „Wie geht es Ihnen?" Ich sollte es noch oft hören, Betonung auf „geht", das „Ihnen" mit ernstem Ton nach unten phonetisiert.

Nummer drei: Die Nagelfeile, mit der er sich während unserer Begrüßung die Fingernägel säuberte. Sie haben richtig gehört: er-macht-sich-die-Nägel-sauber-während-ich-mit-ihm-rede. Das machte mich sprachlos, aber ich dachte: Halte durch, Jana, denk an das Geld. Und ich dachte an das Geld und wurde zur Nutte.

„Och, eigentlich geht's gut. Mein Vater ist gerade gestorben."

Beileidsbekundung. Betroffene Miene. Seine Hand auf meiner Schulter. Igitt. „Möchten Sie vielleicht später anfangen?"

Ich dachte ans Geld und sagte: „Nö."

So verbrachte ich also den Sommer in einem Büro, in dem ich mich „Text-Volontärin" nennen durfte. Was ich textete, waren Rechnungen an das Autohaus Quast in Trittau und einspaltige Anzeigen für den tschechischen Europalettenhersteller Lazur, Geschäftsleiter: Zenon Zuralski. Oder umgekehrt, weiß ich nicht mehr.

Herrn Lazuralski Wasimmer musste ich die Texte für seine Anzeigen stets per Telex übermitteln, da man da drüben noch über keinen Faxanschluss verfügte.

„Jana, ich bin einer der Ersten in Hamburg, die überhaupt ein Fax haben. Da kann man ja von einem Tschechen nicht erwarten, blablabla ... non?!"

Er hatte zusätzlich die Angewohnheit, fast jeden Satz mit einem „non" abzuschließen. Das war kein Französisches „Nein", ich weiß nur nicht, wie man dieses Geräusch anders beschreiben soll. Manche Lehrer haben das auch gemacht, non gesagtgefragt. Noong?

Das Telexgerät war ein Trumm von kleinwagenartigen Ausmaßen und wurde für mich das, was der Altglascontainer heute ist: Ein Gerät zum Punk-Sein, musste ich doch jeden einzelnen Buchstaben mit aller Kraft meiner Finger gen Tschechei tippen.

Der Lärm, den das Teil beim Senden machte, erinnerte mich immer an den Käfer meines ersten Freundes und vermittelte mir somit nach dem Aggressionstippen tröstende, vertraute Erinnerungen an die Zeit, als mein Vater noch lebte.

Die meiste Zeit jedoch verbrachte ich damit, für Robbies Nebenfirma Notizen zu machen. Er machte nämlich nicht nur in Werbung, sondern hatte gleich noch ein Im- und Export-Geschäft am Start. Mit, that's so business, EINER Angestellten! Heidewitzka! Die Angestellte war die stets einen Wrigley nach dem nächsten in den Mund schiebende, stark angefaltete Frau Strehlow. Frau Strehlows Stimme klang nach Domina. Frau Strehlows Chuzpe war allerdings eher die einer vertrockneten Rübe, zumindest, was die cholerischen Anfälle von Herrn Ast mir, ihr, dem Schreibtisch oder der Butterstulle gegenüber anging, und so verabscheute ich auch sie sehr bald.

Ich schrieb also fleißig mit, wenn wieder irgendwelche Russen einen Container Gummischuhe von Robbie gekauft hatten, die er kostengünstig irgendwoher organisiert hatte. Gummischuhe. Wieso Gummischuhe? Warum brauchten Russen mehr Gummischuhe als Deutsche?

Ich begann, all die Polen, Tschechen und Russen ins Herz zu schließen. Für ihre Doofheit, palettenweise Gummischuhe von meinem Chef zu kaufen.

Oder auch übelriechendes Mistshampoo, Formaldehyd kam auf der Ingredienzenliste des Etiketts vor. Aber nur auf den Etiketten für den deutschen Markt. Millionen armer Osteuropäer haben jetzt Haarkrebs, und ich bin irgendwie dran Schuld.

Ich schlief nicht gut in der Zeit. Auch wegen des unsäglichen Geizes meines Arbeitgebers. Von ihm weiß ich, dass Din-A4-Blätter auch dann noch als Notizpapier zu benutzen sind, wenn sie bereits vorne UND hinten bedruckt wurden. Die Ränder kann man prima abschneiden und mit dem Tacker zu einem Block verarbeiten, non? Und wenn diese Zettel beschrieben sind, dann gibt es immer noch andersfarbige Stifte (kostenlose Werbeexemplare), mit denen man prima zwischen die Zeilen schreiben kann.

Robert Ast. Ich erinnere mich noch genau an seinen selbstgefälligen, ins geschäftsmanneske abgleitenden Gesichtsausdruck, als er mal einen seiner Kunden am Telefon davon überzeugt hatte, sein Saftladen sei die beste Werbeagentur für ihn und sein Produkt. Dieses Gesicht, die Füße auf dem Tisch und dann das widerliche, nach Päderast klingende, gehauchte „Wie GEHT es Ihnen?"

Und dieses Einleiten der Abschiedsfloskeln erst: „Ja-ha (flöt), su-per (tirili)! Herr Klott-mann, su-per (tschilp), machen wir, bis spä-ter (tschalp). Tschü!"

Das S sparte er sich also auch noch, die geizige Sau.

Klick. Aufgelegt, Beine vom Tisch: „Jana, wir haben ihn!"

Na, Hipphipphurra.

Er steht auf und zückt seine bordeauxfarbene (sic!) Brieftasche von Aigner (sicsic!). Mit den Worten „Hier, Jana! Gehen Sie mal rüber zum Kiosk und holen Sie ne Flasche Sekt, aber was Gutes!" drückt er mir einen Zehnmarkschein in die Hand.

Damit es wenigstens ein Mumm (unendlich sic!) werden konnte, hab ich noch mal zehn draufgelegt, und dann musste ich mit ihm anstoßen.

Das Robert-Astigste jedoch kam erst später. Und ich weiß, dass das, was ich Ihnen jetzt erzählen werde, so abstrus klingt, dass Sie mir nicht glauben werden. Ich verzeihe Ihnen, denn ich konnte das auch erst nicht.

Robbie aber meinte es ernst. Mit zwei vollkommen neuen Geschäftsideen. „Jana, wissen Sie, ich verstehe mich ja nicht nur als Werbe-Konzeptioner, ich verstehe mich auch als Produkterfinder, non!?"

Ich verstand gar nichts, aber ich hörte auch nicht zu. Ich wurde erst wach, als er aufstand und die Absätze seiner Scheißschuhe dieses Scheißgeräusch auf dem scheißbilligen Scheißfickenlamifickennat machten.

Er tänzelte zur Vitrine (Ikea), öffnete sie, ein Teil der Vitrine fiel ab, es interessierte den Herrn im Erfinderwahn nicht.

„Jana, schauen Sie. Hall-o, Jana!"

Du blöder Vollhonk.

„Ja, Herr Ast, natürlich. Wassen?"

Er lehnte sich zurück und streichelte zufrieden zwei Packungen. Es waren Dummies. Ich beginne mit dem harmloseren, einer weißen 250-Milliliter-Plastikflasche mit Schraubverschluss. Und einem geschmacklosen Etikett:

„Greenclean" war darauf zu lesen. Schaute man näher hin, konnte man das erkennen, was Robert Düsentrieb nun aufsagte: „Das ist Greenclean, der erste Reiniger für Obst und Gemüse. Greenclean hat eine äußerst milde Rezeptur und wäscht so besonders schonend Ihr Obst und Gemüse."

Ich dachte, ich höre nicht richtig.

„Jana, wissen Sie, die Leute haben ANGST. Und ich NEHME ihnen die ANGST."

Ja, ich habe auch Angst. Und ich nehme mir gleich einen Strick.

Nun sollten die Leute also die Chemie ihrer Äpfel mit Chemie runterexperimentieren. Himmel, hilf. Das kann er nicht ernst meinen. Doch er meinte es ernst. Und so war ich diejenige, die sämtliche Pharmafirmen in Deutschland anrufen durfte, um einen Lizenznehmer für diese geniale Neuerfindung zu finden. Bereits das fünfte Telefonat beendete ich mit „Ja, nee, kein Witz." Telefonat sechs bis hundert bereiteten mir Freude, denn ich konnte das erste Mal seit dem Tod meines Vaters wieder herzlich mit anderen mitlachen.

Mit Greenclean hat er, Robert Ast, keinen Erfolg gehabt.

Und ich möchte wetten, mit seiner Pralinen-Neuerfindung „Salami-Konfekt – der deftige Snack" auch nicht.

Lars Dahms
Am Küchenfenster

Frau Gneisenau ist alt geworden. Wenn sie sich bückt, den Kühlschrank zu öffnen, um die Dosenmilchdose für ihren koffeinfreien Kaffee herauszuholen, vergisst sie inmitten des Bückens, warum sie sich bückt, und spürt einen stechenden Schmerz im Rücken. Schmerzen, denkt sie. Rücken, denkt sie. Der Kühlschrank macht sie ratlos. Sie schlurft hinüber zum Küchentisch, setzt sich und trinkt ihren Kaffee schwarz. Im Kühlschrank steht eine Dosenmilchdose. Der Kühlschrank ist immer offen, die Dose, auch sie lange offen, alt geworden.

Frau Gneisenau gegenüber sitzt Herr Gneisenau. Er sitzt dort regungslos seit einiger Zeit, die verschrumpelten Hände auf dem Tisch, die verdorrten Füße in Filzpantinen unter dem Tisch. Herr Gneisenau riecht leicht süßlich, nach Dosenmilch, und seine Augen hinter der Brille sind wie Milchhäute in den kleinen Löchern im Blech. Vor seinen Händen steht das Schlachtschiff Yamato der kaiserlichen japanischen Marine im Maßstab eins zu fünfhundert. Es ist fast fertig, nur einer der vorderen dreiläufigen Geschütztürme liegt noch in Herrn Gneisenaus rechter Hand. Am Antennenmast über der Brücke des Schlachtschiffes hängt der Tropfenfänger aus Schaumstoff für die Kaffeekanne, den Frau Gneisenau schon lange vermisst. Er ist gut sichtbar, so schlecht sind ihre Augen nicht, aber sie hält ihn für etwas, das zum Schiff gehört.

„Möchtest du auch einen Kaffee, Schatz?", fragt Frau Gneisenau. Sie hebt einladend die Kaffeekanne hoch. Die Kanne ist aus weißem Porzellan, hat ein blassblaues Dekor aus Windmühlen und Bauernkaten und tropft fürchterlich nach dem Einschenken.

Nachts liegt Frau Gneisenau schlaflos in ihrem Bett. Sie ist immer müde und kann nie schlafen. Jedenfalls glaubt sie das. In Wahrheit schläft sie gut, lang, und träumt davon, nicht schlafen zu können. Sie träumt, sie läge in ihrem Bett, schlaflos, sie wartet wie immer auf ihren Mann, der noch unten in der Küche an seinen Schlachtschiffen herumwerkelt, anstatt bei ihr zu liegen und sie zu wärmen. Gegen sieben Uhr früh wacht sie auf, allein, ihr ist kalt, und sie denkt, sie hätte nicht geschlafen.

Im Badezimmerspiegel sieht Frau Gneisenau Frau Gneisenau. Jeden Morgen denkt sie, ihre Ohren seien größer, ihre Nase länger und großporiger, die Augen trüber geworden. Was auch stimmt. Manchmal öffnet sie vor dem Badezimmerspiegel das Nachthemd, um ihren Körper zu betrachten. Sie kann ihn nicht sehen, der Spiegel hängt zu hoch. Das war nicht immer so. Frau Gneisenau ist krumm geworden. Sie sieht nicht, dass ihre Brüste wie leere Taschen herunterhängen, dass überhaupt alles an ihr bleich und trocken und faltig herunterhängt, schrumpft, ständig zittert. Aber sie ahnt es. Alte Fledermaus, denkt sie, und kichert dabei, weil sie innen nicht ganz so alt wie außen ist.

Einmal die Woche kommt der Lebensmittelbote. Er bringt geschnittenes Schwarzbrot, Streichkäse, Pichelsteiner Eintopf in Dosen, koffeinfreien Kaffee und einige Flaschen Multivitaminsaft. Der Lebensmittelbote darf nicht ins Haus. Er klingelt an der Tür, Frau Gneisenau hört das Klingeln oder weiß, wann es klingeln muß, steigt vorsichtig die Stiege hinunter ins Erdgeschoss und öffnet die Haustür.

„Guten Tag, Frau Gneisenau", sagt der Lebensmittelbote. Es ist ein junger Mann, kaum vierzig, sehr höflich.

„Keine Dosenmilch heute?", fragt er schelmisch.

„Ich hab' noch", gibt Frau Gneisenau zurück, wie immer.

„Sehr sparsam", sagt der Bote, wie immer.

„Ein Tropfen genügt, und sie hält sich", sagt Frau Gneisenau. „Stellen Sie bitte Ihre Lieferung auf die Fußmatte. Mein Mann wird sie später hinauftragen."

„Okay", sagt der Bote, stellt den Karton auf die Fußmatte und will gehen.

„Einen Moment noch", sagt Frau Gneisenau. Sie nestelt in ihrer Schürze nach der Börse. „Ich will Ihnen eine Mark geben, für die Mühe."

„Es heißt Euro", sagt der Bote.

„Natürlich", sagt Frau Gneisenau. „Ich gebe Ihnen also zwei Mark."

Sie gibt ihm zwei Euro, und der Bote nimmt sie an. Dann hebt er den Kopf, schnuppert und sagt: „Es riecht nach Dosenmilch. Haben Sie ein geheimes Lager, von dem ich nichts weiß?"

„Es gibt wohl einiges, von dem Sie nichts wissen", sagt Frau Gneisenau freundlich, aber kühl. Dem Boten fröstelt es. Er geht.

Einmal die Woche muß Frau Gneisenau die Lebensmittellieferung hinauf in die Küche tragen. Es erschöpft sie sehr. Es erschöpft sie vor allem deshalb, weil sie mehrmals gehen muß, aber auch, weil sie währenddessen vergisst, warum sie es tut. Sie trägt bloß Dinge hinauf in die Küche und weiß nicht mehr, was und wieso. Und anstatt zu helfen, hockt der werte Ehemann am Küchentisch und bastelt an Plastikmodellen von japanischen Schlachtschiffen herum.

Gegen Nachmittag und bei schönem Wetter scheint die Sonne durchs Fenster auf den Küchentisch. Frau Gneisenau sitzt immer dort, den ganzen Tag, wie ihr Mann. Manchmal kocht sie Kaffee, manchmal scheint die Sonne. Manchmal scheint die Sonne in ihre Kaffeetasse, sie blinkt und bricht sich an der schwarzen Oberfläche. Es lässt ihr Herz hüpfen. Die liebe Sonne, denkt sie dann, und fühlt sich etwas jünger. In diesem goldenen Licht werden auch die Spinnenweben sichtbar, die das Schlachtschiff Yamato umgarnen. Frau Gneisenau hält es für Takelage und wundert sich, daß ihr alter, alter Mann ein so feines Gewebe knüpfen kann.

Eines Tages sitzt sie da, greift nach der Kaffeetasse und nimmt einen Schluck. Der Kaffee ist kalt. Pfui, denkt sie, und nicht mal Dosenmilch drin, denkt sie weiter. Sie will es ihrem Mann sagen, der vor ihr sitzt, sie will sich beschweren, aber kommt nicht dazu. Bevor sie etwas sagen kann, verschwindet der ständige Schmerz in ihrem Rücken. Es ist ein derart ständiger Schmerz gewesen, daß sie ihn längst vergessen hat. Hoppla, gut, denkt sie noch, und stirbt.

Lars Dahms
Hauke

Hauke sieht schlimm aus. Er ist fett, häßlich und querschnittgelähmt. Er fährt in einem billigen Rollstuhl unbeholfen durch die Gegend, wenn er fährt. Meistens fährt er nicht, weil die Pfleger es verbieten. Hauke lebt und fährt in einer minimal ausgestatteten staatlichen Einrichtung, die extra für unnütze Wesen wie ihn geschaffen wurde. Hauke ist nicht nur fett, häßlich und querschnittgelähmt, er ist auch dumm. Er ist so dumm, dass er nicht weiß, wie schlimm er aussieht, daher baggert er manchmal halbwegs gutaussehende Pflegerinnen an, ohne auch nur zu ahnen, dass die Pflegerinnen ihn nicht mal mit dem halbwegs gutaussehenden Arsch anschauen, insofern geht es ihm besser, als man meinen sollte. Könnte ja mal klappen, denkt Hauke. Klappt aber nicht.

An Geburtstagen und zu Weihnachten kommen seine Eltern zu Besuch. Sie sehen beide völlig normal aus, bewegen sich geschmeidig und sind vermutlich auch klug. Jedenfalls klug genug, ihn bloß zweimal im Jahr zu besuchen. Was sollen sie auch groß mit ihm anfangen? Er kann nicht allein auf Toilette, er hat ständig Kreislaufprobleme und wunde Stellen, er ist nicht fähig, Konversation zu betreiben.

„Wie geht es dir heute, Hauke?", fragt zum Beispiel sein Vater.

„Scheiße", antwortet Hauke, danach ist Ruhe.

„Du bist trotz allem mein Sohn", sagt seine Mutter.

„Drauf geschissen", antwortet Hauke, und wieder herrscht Schweigen.

Dann fährt ein Pfleger oder eine Pflegerin ihn aus dem Besuchersaal. Manchmal schimpft er oder sie, weil Hauke mal wieder vergessen hat, den Deckel des entenförmigen Plastikurinals links unter der Rollstuhlarmlehne über die Öffnung des Urinals zu legen, wodurch sich Haukens Urinduft – ein spezielles Odeur, das mit nichts zu vergleichen ist, denn es ist das Aroma von Pisse, die durchsetzt ist mit Antibiotika und den geheimen, schweren Säften einer immer sitzenden Existenz – im Besuchersaal verbreitet.

Freunde hat Hauke bloß zwei. Zwei Freunde, das ist eigentlich ganz gut, aber dazu muss man sagen, dass diese beiden Freunde von Hauke nur deshalb solche sind, weil sie sich nicht wehren können. Der eine heißt Diego. Diego ist ein kompakter, kleiner Mann mit hängenden

Schultern, einem großen, kantigen Kopf, Doppelkinn, dunklem Haar und Schlitzaugen. Diego kaspert wie aufgezogen durch die Flure, besitzt eine tiefe, fröhliche Stimme, ist jedoch dermaßen bescheuert, dass Hauke manchmal denkt, er selbst sei klug. Genau deswegen mag Hauke Diego. Der andere Freund heißt Horst. Horst ist so gut wie tot. Horst liegt ständig in einem Sauerstoffzelt und schlürft nach Luft. Er hat keine Haare. Er hat keine Luft, keine Sprache, kein Ich. Er liegt nur da, schwer atmend, und heißt Horst.

„Hallo, mein Freund", sagt Hauke oft, vor dem Sauerstoffzelt sitzend, und niemand widerspricht.

Alle paar Monate kommt ein Mann vom Gesundheitsamt vorbei und schaut nach dem Rechten. Bei diesen Gelegenheiten trägt Hauke einen Schlips und darf raus. Er fährt dann vorsichtig an Rhododendren und Stiefmütterchen vorbei bis zum Tor, dann dreht er um und fährt zurück. Er blinzelt dabei in den blauen Himmel, er blinzelt sogar in die Wolken.

Irgendwann stirbt Haukes Vater an Krebs. Seine Mutter erzählt es ihm. Sie sieht nicht mehr so gut aus wie früher. Hauke ist unkonzentriert. Er denkt an riesige Scheren riesiger Krebse, die seinen Vater zerpflücken, und fragt sich, wo sie angefangen haben. An den Füßen? An der Nase?

„Es war Lungenkrebs", sagt seine Mutter. Hauke findet das verwunderlich. Er kennt nämlich Leute, die ohne Lunge leben können, zum Beispiel Horst.

„Scheißpech, verdammtes", sagt Hauke, um seine Mutter zu trösten. Ihm ist nicht bewusst, dass er unflätige Worte verwendet, so redet man hier eben, vor allem sein Freund Diego. Diego ist so wunderbar beknackt, dass er ständig flucht und schimpft, nur aus Freude an seiner eigenen, tiefen Stimme, wenn sie Schlimmes sagt.

„Du bist kaltherzig geworden, mein Sohn", sagt seine Mutter. Dann weint sie.

„Ich bin letzte Woche dreiundvierzig geworden", sagt Hauke. Er lässt seine Mutter weinen, bis sie aufhört, und rollt anschließend aus dem Besuchersaal.

Als Hauke achtundvierzig wird, stirbt seine Mutter. Woran, sagt ihm keiner. Auch egal. Hauke hat andere Sorgen. Freund Horst geht es nicht gut. Die Medikation greift nicht mehr, sagen die Wächter an Horstens Sauerstoffzelt. Er stößt alles ab, sagen sie. Und die Lungen kollabieren, und das Herz flimmert, und die Nieren versagen, sagen sie. Hauke rollt unruhig vor dem Sauerstoffzelt auf und ab, und fragt sich, warum er all die dramatischen Vorgänge darin nicht sehen kann. Horst scheint unverändert. Er ist bleich, kahl, und er keucht. Dann piept ein kleines, silberfarbenes Gerät auf einer Ablage neben Horstens Kopf nicht mehr. Es hat genau jetzt aufgehört zu piepen. Nun erst wird Hauke gewahr, dass dieses Gerät all die Jahre hindurch oder nebenbei immer da war und leise gepiept hat.

„Es piept nicht mehr", sagt Hauke. Eine Pflegerin packt seinen Rollstuhl und rollt ihn aus dem Zimmer.

Diego begreift den Ernst der Lage nicht.

„Wir müssen hier raus!", ruft Hauke. „Wir können hier sterben!", ruft Hauke.

„Kacke Hauke Hauke Kacke Plumps!", sagt Diego, und kichert sonor. Dann tänzelt er durch die Korridore davon, ein seltsamer Kamerad in schweren Zeiten, aber immer fröhlich, das ist doch schon was.

Hauke strafft sich. Er kann sich nicht gut straffen, nicht nach Jahrzehnten in Gefangenschaft im Rollstuhl, aber was an und in ihm nicht fett, häßlich und querschnittgelähmt ist, strafft sich. Es reicht immerhin, die minimal ausgestattete staatliche Einrichtung zu verlassen, über den bekannten Weg an Rhododendren und Stiefmütterchen vorbei durch das Tor. Hauke hat ein bisschen Angst, wie er das Tor passiert. Er rattert und rasselt ab jetzt durch unbekannte Gebiete. Er schaut nicht zurück. Er blinzelt in den Himmel.

KAFFEE.SATZ.LESEN 5

Daniel Beskos

Man muss ja nicht gleich grob werden

Eigentlich hätte ich ja einfach Guten Tag sagen können. „Guten Tag!", hätte ich sagen können und dabei freundlich nicken, das wäre kein Thema gewesen.

Aber das mache ich nicht mehr. Ich sage nicht mehr *einfach so* Guten Tag. Hab ich einmal gemacht. Und es war scheiße. Ich lief mal in Lübeck durch einen Park, und eine Frau schob einen Kinderwagen an mir vorbei. Ich sagte nett Guten Tag, weil der Tag ja auch wirklich gut war und Lübeck so schön und die Sonne schien und ich irgendwie frei hatte und also genug Zeit zum Grüßen da war. Die Frau schien mich nicht zu bemerken, ging ungefähr noch zehn Meter weiter und drehte sich dann um. Sie musterte mich von oben bis unten, dann sagte sie: „Wir sind hier nicht auf dem Dorf. Man sagt hier nicht einfach Guten Tag zu wildfremden Menschen, die man nicht kennt und bei denen man nichts kaufen will!"

„Hm, dann also Guten Tag, ich hätte gerne ein halbes Pfund Gehacktes", hätte ich sagen sollen. Hab ich aber nicht. Meistens bin ich nicht so schlagfertig.

Jetzt ist wieder so ein Moment zum Guten-Tag-Sagen, wo ich doch gar nicht mehr Guten Tag sagen will. Ich stehe also nur da und glotze. Ich glotze einen Balkon an.

Der Balkon liegt an einer kleinen Straße, durch die ich oft gehe, und ich hab ihn auch schon oft angeguckt, aber heute ist es irgendwie anders. Heute kann ich nicht vorbeigehen, nicht einfach so. Heute kommt jemand aus der Wohnung auf den Balkon heraus. Und jetzt reicht's.

Am Balkon befindet sich eine Plastikkatze, die an zwei seltsamen Metallkonstrukten an der senkrechten Wand hängt. Außerdem gibt es einen dicklichen rosa Harlekin, der sich mit einem aufgespannten Schirm von der Decke abseilt und debil grinst. Des Weiteren finden sich zwei große Windräder in Froschform, in deren Mitte, also da, wo bei einem ziemlich menschlich dargestellten Frosch der Bauch ist, ein Rad eingebaut ist. Das dreht sich dann bei Wind und dabei rollen die Frösche so psycho-spiralen-mäßig mit den Augen.

Und unten drunter, da hängt das Schlimmste: Ein Holzschild, auf dem ein Pfeil nach links weist und in lustiger Ballonbuchstaben-Kinderschrift zwei Worte gemalt sind: ZUM GARTEN.

Eigentlich mag ich ja seltsame Dinge. Beispielsweise fasziniert es mich, wenn Menschen sich morgens im Badezimmer unfreundlich mit Gegenständen unterhalten und Sachen sagen wie: „Du Scheiß-Fön, was bist du denn jetzt schon wieder kaputt!“ Oder: „Deine Zeit ist aus, französisches Duschgel!“ Und ich sammle ja auch gerne seltsame Namen, etwa Mira Bellenbaum oder Roman Tisch. Aber das hier, das ist nicht seltsam, das ist irgendwie anders.

Der Besitzer des Balkons schaut mich fragend an. Ich nehme ihn aber gar nicht wahr. Ich muss erst mal mit dem Balkon klarkommen.

Phase 1: Ich finde den Balkon einfach nur blöd. Wie kann man sich so einen Schiet dranhängen? Und überhaupt, „zum Garten“, was soll der Scheiß? Was für ein Garten? Ich gucke links am Haus vorbei, ich gucke rechts am Haus vorbei, kein Garten. Wollt ihr mich verarschen?

Ich schaue den Balkon böse an.

Phase 2: Ich habe Mitleid. Man sollte ja auch eigentlich Mitleid haben mit den Leuten, die da wohnen, und die sich in der großen, grauen Stadt nach einem eigenen Garten sehnen, den sie aber nicht haben, und den sie sich also vormachen müssen, die sich vormachen müssen, sie könnten jetzt, wenn sie wollten, so stellen sie es sich vor, in den Garten gehen, einfach vorne aus der Tür raus, abschließen, kurz ums Haus rum, umme Ecke, könnte man sogar sagen, ist ja ein Eckhaus, und hinten das Gartentörchen vom Jägerzaun auf und: Hallo, grünes Paradies! Ja, hach, wie das alles wächst und guck mal die Tomaten, wie schön und houw!, hier müssen wir aber mal wieder Unkraut rupfen!

So können sie es sich vorstellen, und daher gibt es dieses Schild zum Garten, und wenn man etwas theoretisch machen könnte, muss man es ja gar nicht unbedingt machen, es reicht einem ja oft schon die Möglichkeit. So wie man sich auch nie alleine fühlt, wenn man Leute kennt, die man theoretisch anrufen könnte. Das braucht man dann oft gar nicht zu tun, sondern kann sich schön einen Abend allein zu Hause machen und braucht sich dabei nicht einsam zu fühlen. Und so haben sie sich gedacht, wenn wir also jetzt in den tollen, großen, grünen Garten wollten, dann können wir das theoretisch tun, und das ist auch ganz gut zu wissen, dann können wir ja erst mal hier auf dem

Balkon sitzen bleiben und gehen dann später in den Garten, ok?

Das haben sie sich gedacht. Es tut mir leid, dass ich eben böse war.

Ich versuche, den Balkon freundlich anzuschauen.

Phase 3: Ich werde wieder wütend. Jetzt stehe ich schon ewig hier herum, glotze diesen wildfremden Balkon an und versuche, Verständnis für das Schicksal seiner Bewohner aufzubringen. So ein Schwachsinn! Warum denke ich so viel darüber nach? Warum muss ich überhaupt ein bestimmtes Gesicht gegenüber einem Balkon machen?

Ich gleite also nahtlos über in Phase 4: Katharsis.

Ich stelle mir vor, was ich dem Mann dort oben gleich alles sagen werde: „Sie machen sich doch was vor!", werde ich rufen, und mir dabei mit dem Finger an die Stirn tippen, „Sie haben doch einen kleben, da oben. Was wollen Sie mir denn erzählen? Garten und so'n Scheiß. Mann, das ist vielleicht erbärmlich! Soll ich Ihnen mal was sagen? Sie haben doch eh nur drauf gewartet, dass Ihnen endlich mal einer die Wahrheit sagt, so mitten ins Gesicht, dass Ihnen endlich mal einer die ganzen Lügen um die Ohren knallt, und wissen Sie was: Sie haben nämlich gar keinen Garten. So."

Puh. Das will ich also sagen. Ich kratze die gesamte in mir vorhandene Rage über diesen Scheißbalkon zusammen, atme tief durch, mache den Mund auf – und der Mann kommt mir zuvor:

„Guten Tach!" sagt er.

„Guten Tag", sage ich. Dann gehe ich schnell nach Hause.

Daniel Beskos
am start

o.k. o.k. wir sind am start im nur-noch-leere-flaschen-land wo die flaggen tot sind an den spitzen ihrer masten und parkplatzwächter lasch mit den händen in den hosentaschen graben und etwas zu finden hoffen irgendetwas und wenn es nur ein zettel ist auf dem steht „was für ein beschissener tag" damit sie sich dessen wenigstens sicher sein können einmal im leben

aber wir wir kennen keine ungewissheit denn wir sind am start ganz vorne wo immer alles los geht wo man die teestunde wie die oma hinter sich lässt und sich fast vor vergnügen die hose nässt darüber dass man nun weiß in welche richtung man blicken kann

wir sind am start wie ein volle kaffeekanne, wie eine von der kleinen schwester geklaute leerkassette, ninety minutes for free, wir sind ganz heiß darauf aufgenommen zu werden mit/in/durch irgendwas, egal, hauptsache anfang, null-null-eins, sonnenaufgang around the clock baby, resetknopf und los und immer bleifuß, und bloß nichts mehr von früher wissen, bloß kein gedicht auswendig wissen, bloß alles verbrennen im kopf/tagebuch/fotoalbum/plattenschrank/adressbuch, einmal totalschaden-wegschmeißen-neukaufen, alle stifte abbrechen und neu anspitzen und noch mal von vorn denn start ist immer und hier und scheiß auf ziel und scheiß auf hundert meter in zehn sekunden denn wir sind noch immer am start und noch nicht mal im block und da kriegt uns auch keiner rein denn das wäre der anfang von ziel und da will keiner hin und wenn doch einer dann rufen wir noch lauter „wir sind am start!" damit es auch jeder weiß und sieht und uns nicht für verloren hält

wir sind am start wie der prediger nach der apokalypse und scheiß auf gewissen und zerrissene hosen und das ganze verdammte puppentheater und wir reiben uns unsere nun wieder p.c.-freien und phosphathaltigen wurstfinger mit sonnenöl ein und fühlen uns startig und heißa lass die korken knallen und wenn die fahnen nicht wollen werden sie eben verbrannt oder mit zeltschnüren und heringen zu unserem glück gezwungen denn

wir sind am start und laut und unverfroren und spülen allen respekt vor irgendwas mit den galleresten rechtsrum das klo runter und dürfen grinsen denn wir sind am start und unsere taschen voller telefonnummernzettel und der morgen danach ist der morgen ihr wisst schon und unsere uhren gehen linksrum und hinken uns in der zeit hinterher und wir sind gut drauf und big in sonstwo tonight und morgen wieder und wir können uns ganz sicher sein dass es immer so weiter geht

Sven Heine
Die arbeitslose Schriftstellerin

Sie schreibt. Sie schreibt schnell und laut auf ihrer Reiseschreibmaschine. Ich sitze auf der anderen Seite des Tisches und schaue ihr zu. Ihre Finger kann ich kaum erkennen, so schnell tippt sie die Buchstaben. Wenn sie auf das Papier treffen, knallen sie laut, dazu klappern die Tasten. Es ist nicht irgendein Klappern. Auch nicht irgendein Knallen. Sie schreibt melodisch, aber ohne Rhythmus. Es klingt nicht wie die Vögel am Morgen. Schreibmaschinen klingen nie so, Schreibmaschinen klingen anders. Eher wie ein Güterzug, der langsam Wagen ungleicher Länge über einen Bahnübergang zieht. Das kommt schon eher hin, trifft es aber auch nicht ganz. Es ist irgendwie dazwischen. Ich lausche ihr, während sich das Blatt weiter füllt. Sie schreibt meine Lebensgeschichte. Das hat sie gesagt, und dass alles auf ein Blatt passen würde.

„Ein Blatt? War mein Leben so langweilig?", habe ich sie gefragt.

Das sei nicht der Grund, hat sie geantwortet, und dass es darum doch auch gar nicht gehe. Es gehe um etwas ganz anderes, und das würde dann auf der Seite stehen.

„Aha!"

Und dann wollte sie 5 Euro dafür haben, und ich sagte „Okay", weil ich neugierig war, was da stehen würde. Es ist wirklich Musik, denke ich, während sie weiter schreibt, und sich das Papier langsam aus der Schreibmaschine bewegt, bis es nicht mehr weiter kann. Sie zieht das Blatt heraus, und ich sehe ihre Hände wieder, ihre Finger und die Schatten darunter. Sie faltet das Blatt zweimal.

„Fünf Euro!", sagt sie.

Ich gebe ihr das Geld und sie mir das gefaltete Blatt.

„Mach es erst auf, wenn du fühlst, dass du es lesen willst", sagt sie, packt ihre Reiseschreibmaschine wieder ein und geht in Richtung Bahnhof.

Ich schaue ihr nach, hole mein Handy aus der Jackentasche und rufe meinen besten Freund an.

„Hallo", sage ich, „ich habe einen Zettel in der Tasche, da steht mein Leben drauf."

„Erzähl keinen Scheiß!"

„Ich erzähl keinen Scheiß! Echt jetzt. Hat 5 Euro gekostet."

„Na dann. Komm halt vorbei und investiere noch mal 5 in Bier!"

Ich kaufe Bier und gehe zu meinem Freund und denke. Ich denke daran, was ich genau fühle. Ich fühle nichts. Ich bin leer. Ich denke an die 5 Euro.

„Is' doch egal! Du glaubst doch eh nicht an den Quatsch oder? Richtiger Moment und so. Das ist doch gequirlte Scheiße!", sagt mein Freund.

„Weiß nich", antworte ich, „das mit den Gefühlen klingt doch ganz gut."

Ich halte den Zettel in der Hand und versuche weiter, etwas zu fühlen. Nichts. Absolute Leere.

„Und was ist, wenn da steht, dass ich bald sterben muss?", sage ich.

„Sterben müssen wir alle mal!", sagt mein Freund und reißt mir den Zettel aus der Hand. Faltet ihn auseinander. Ich schaue auf seine Gesichtszüge, während er anfängt zu lesen. Seine Augenbrauen schieben sich langsam nach oben. Seine Stirn wird in der Mitte faltig, und sein Kopf bewegt sich einige Millimeter nach hinten. Dann beginnt er zu lachen und sagt: „Du hast 5 Euro gezahlt! Die Tante hat dich aber so richtig beschissen."

Mein Freund lässt den Zettel fallen, wirft sich auf das Sofa und lacht und lacht und kann gar nicht wieder aufhören.

5 Euro, denke ich, ganz schön teuer war das. Ich hätte sie in Drogen investieren sollen. Selbst verbrennen hätte mehr Spaß gemacht. Jetzt sitze ich hier, und mein ganzes Leben steht auf dem Zettel, und mein Freund lacht sich darüber tot.

Der Zettel liegt auf dem Boden. Er hat ihn fallen gelassen, kurz nachdem ihn dieser erste Lachkrampf erwischte. Die beschriebene Seite liegt unten. Ich starre auf die weiße Rückseite und denke, das ich lieber eine leere Seite gehabt hätte. Aber meine ist voller Buchstaben. Ich sehe sie durch das Papier scheinen. Sie hat sie dort hineintätowiert.

Ich lasse mich auf den Boden gleiten, robbe zu dem Papier und ziehe es zu mir hin. Jetzt habe ich den Bogen in der Hand und denke, dass jetzt sowieso schon alles egal ist und ich den Text auch lesen kann. Auch wenn das mit den Gefühlen irgendwie nicht stimmt. Ich drehe den Bogen um und schaue auf meine Buchstaben.

Es beginnt mit Nebel. Buchstabennebel. Der ist wie Fernsehschnee, wenn man einen Sender wählt, auf dem keiner sendet, und dann der Bildschirm voll ist mit Punkten. Mit schwarzen. Und weißen. Und grauen. Davon jede Menge. Sie hat Buchstaben zusammengewürfelt, die nicht zusammengehören, und daraus Worte geformt. Zsalopü steht da und urgrumal und poparsol.

Das eine Wort steht in der Mitte des Blattes. Es wiederholt sich bis zum Ende. Zuerst sind alle Buchstaben klein, dann wird der erste groß, dann der zweite und dann der dritte. Der Großbuchstabe bewegt sich wie ein Dominostein durch das Wort. Zum Schluss hat sie es in Großbuchstaben geschrieben.

SCHWANZVERSTÄRKER.

Was gibt es da zu lachen?, denke ich und eigentlich müsste man doch eher weinen. So ein furchtbares Wort. Was hat das nur mit meinem Leben zu tun? Ich weiß es nicht und will auch gar nicht drüber nachdenken.

„Lass uns lieber Bier trinken gehen", sage ich.

Ich liege wach und starre an die Wand. Von dem ganzen Bier fühlt sich mein Mund wie ausgetrocknet an. Scheiße, habe ich schlecht geträumt. Ich war auf dieser Party eingeladen und meine Freunde auch. Ich tanzte wild, als meine Oma plötzlich durch die Tür trat. Sie fuchtelte mit irgendwas vor meinem Kopf herum, was aussah wie ein vertrockneter Obstbaumast, und kreischte dazu

SCHWANZVERSTÄRKER.

Ich bekomme wieder Lust auf Bier. Ahne aber, dass das auch nichts bringen wird und greife nach der Selterflasche neben meinem Bett. Ich beginne zu trinken. Die Hälfte tropft auf mein T-Shirt, weil ich alles falsch mache. Früh morgens. Noch halb besoffen. Mit einer wütenden Oma im Kopf.

Einige Zeit starre ich unmotiviert an die Decke. Unter mir spielen die Nachbarskinder Kampfszenen aus irgendeiner japanischen Zeichentrickserie nach, bis einer heult.

Ich weiß, ich kann eh nicht mehr schlafen und greife zur Fernbedienung. Ich schalte durch alle Sender, bis ich bei Hamburg 1 ankomme. Dort erzählt eine Frau etwas über Tarotkarten, und wie sie damit gleich einer Dame die Zukunft vorhersagen will.

Die Dame erzählt aber erst mal aus ihrem Leben, wie sie sich vor vier

Jahren hat scheiden lassen, wie sie für ihre Kinder den Job aufgeben musste, den sie jetzt aber gerne wieder haben möchte, und dazu noch einen Mann. Also einen Vater für ihre Kinder, das wäre es.

Die Wahrsagerin hört zu, legt die Tarotkarten aus und zieht auf Zuruf der Dame die Karten. Dann holt sie aus. Sie stellt Verbindungen her, knüpft seichte Bande zwischen den Karten und sagt voraus.

Die Liebenden, das sei eine klassische Karte. Sie würde in ein neues Leben weisen. Alte Rahmen werden zerbrochen, neue zusammengehämmert. Das alte Leben wird zurückgelassen und ein neues betreten.

Der Eremit symbolisiert das alte Leben und die Zurückgezogenheit in der Ehe. Der Hierophant und die Hohepriesterin zeigen den Glauben und dass in der Zukunft die Gerechtigkeit wartet. Vielleicht in der Gestalt eines neuen Mannes? Das seien sehr gute Karten. Die Dame könne sich ruhig zurücklehnen und abwarten.

Schön, denke ich und schaue wieder auf meinen Zettel, der neben dem Bett liegt. Das Wort steht immer noch da. Ich drehe den Zettel um.

Einige Tage später sitze ich wieder vor diesem Café und trinke Milchkaffee.

„Du bist nicht zufrieden, oder?"

Plötzlich sitzt die arbeitslose Schriftstellerin neben mir. Ich schaue sie an, sehe wieder ihre schmutzigen Fingernägel und sage:

„Nein, bin ich nicht!"

„Du hast nicht gewartet! Oder? Ich kann dir noch eine Chance geben."

Ich nicke. Sie öffnet ihren Koffer, holt die Schreibmaschine heraus und beginnt sofort zu schreiben. Und da ist sie wieder. Diese Musik. Ich starre auf den Tisch und lausche. Als sie fertig ist, reicht sie mir das Blatt und sagt „5 Euro".

Ich schiebe meine Hand in die Hosentasche und hole einen 10-Euro-Schein heraus.

„Schreib noch eine!"

„Ein Leben passt auf ein Blatt. Es gibt kein zweites."

„Dann schreib das Leben von der Frau da auf", sage ich und zeige wahllos über den breiten Bürgersteig.

„Okay."

Sie schreibt. Sie schreibt schnell und laut auf ihrer Reiseschreibmaschine. Ich lausche ihrer Musik und denke daran, wie ich die Zettel nachher wegschmeißen werde.

Maria Regina Heinitz
Unter Mördern

Ich komme aus Vorarlberg. Wenn es in Vorarlberg regnet, gibt es dafür eine Regel. Eine Regel, die besagt, warum es regnet. Die Bauern haben bereits vor Jahrhunderten darüber nachgedacht, und diese Regel stimmt. Immer.

Wenn es im vorarlbergischen einen Streit gibt, dann schlichtet den der Liebe Gott, dessen Sprachrohr der Pfarrer Lenz ist. Und auch der hat – im Einvernehmen mit dem Lieben Gott – für jeden Fall eine Regel parat. Die wirkt, zumindest eine gewisse Zeit lang, Furcht einflößend. Deshalb ist es überwiegend recht beschaulich in Vorarlberg.

Der Pfarrer Lenz sagte eines Sonntags von seiner Kanzel herab: „Du sollst nicht töten." (Er zeigte mit dem Finger direkt auf mich). Dass er das wiederum direkt vom Lieben Gott hatte, verstand sich von selbst.

Was denn geschieht, fragte ich den Pfarrer Lenz einige Tage später, wenn einer gegen seine Regeln verstößt. Mein Interesse an den Auswirkungen eines Regelbruchs lag in erster Linie im Verhalten meiner Familie begründet. Die Augen des Pfarrer Lenz leuchteten Unheil verkündend in der Dunkelheit, als er mir antwortete, dass der seine gerechte Strafe erhalten würde, im Himmel oder auf Erden, wo, bestimme Er, der Allmächtige allein. Ich gelangte in der Düsternis des Beichtstuhls zu der Ansicht, dass der liebe Gott meinen Vater bereits auf dem See bestraft haben musste, dort war er nämlich beim Einholen eines Hechtes, den er zweifellos später mit uns verspeisen und demzufolge vorher hatte töten wollen, einfach ertrunken.

Ich hatte nicht gewusst, dass er nicht schwimmen konnte – der Liebe Gott wohl schon – und ich hatte alles für einen Spaß gehalten. Ich hatte am Ufer gestanden und in die Hose gepinkelt vor Lachen, weil der Vater so wild mit den Armen gerudert und komisches Zeug gerufen hatte, sonst wäre ich ganz sicher früher losgelaufen, Hilfe holen. Zum Glück war er schon tot, als sie ihn rausholten, der Großvater hat es nie erfahren, sonst hätte er mich womöglich auch noch totgeschlagen.

Die Großmutter sagte später zu mir, dieses „Du sollst nicht töten" gelte nur für die Menschen untereinander, von Tieren habe der Herrgott nichts gesagt. Ich wünschte, dass sie Recht behielte. Doch irgendwie wurde ich seit meinem Gespräch mit dem Pfarrer Lenz das Gefühl nicht los, jung sterben zu müssen, und dass ich all die Großartigkeiten, die das Leben bereithält, nie in vollen Zügen würde genießen können. Mich plagte die Angst, niemals das erstrebenswerte Alter von zehn zu erreichen, um die Andachtsglocke bei der Wandlung läuten zu dürfen. Dieses Läuten zauberte ein solch entrücktes Lächeln auf die Gesichter der Gemeinde, vornehmlich die weiblichen, dass jeder Messdiener darauf hinlebte, diese Handlung vornehmen zu dürfen. Später befiel mich eine grausame Unruhe wegen der Frage, ob ich jemals die Brust eines Mädchens berühren dürfen würde. Mit achtzehn, nachdem ich in den Genuss von Andachtsglocken und anderen Dingen gekommen war, trieb mich den Großteil des Tages der Gedanke um, ob ich die schmutzigen Hefte unter meiner Matratze verbrennen sollte oder nicht, und wenn ja, wann, schließlich konnte es mich jederzeit erwischen.

Der Hitzeneder-Sepp hatte wohl auch diese Angst gehabt und es nicht ausgehalten, er hatte sich auf dem Heuboden erhängt und damit eine ganze Welle von selbst bestimmten Morden im Dorf ausgelöst, bis der Pfarrer Lenz genug davon hatte, und an einem Sonntag von der Kanzel ein Donnerwetter auf die Gemeinde losließ, in dem er jedem die ewige Verdammnis androhte, der es auch nur ansatzweise wagte, in Gottes Handwerk zu pfuschen. Eine ganze Weile gab es dann keine Selbstmörder mehr in unserem Dorf. Aber das war viel später ...

Ich war damals erst acht und hatte noch zwei Jahre bis zur Andachtsglocke vor mir. Mich beunruhigten zwar die Strafen, die der Liebe Gott hier und da für uns bereit hielt, doch gleichzeitig hoffte ich inständig, dass er uns in Zukunft verschonen würde, der Verlust meines Vaters war bereits genug.

Eines schönen Herbsttages saßen wir beim gemeinsamen Mittagessen. Die Sonne leuchtete durch die kleinen Fensterchen in der Stube und tauchte Großmutters und Mamas Gesicht in ein leuchtend warmes Gold. Hinter Großmutters Rücken auf der gleichfalls golden schimmernden Küchenwand hockte eine fette, schwarze Fliege. Sie hatte die schillernden Flügel gespreizt, und verschnaufte neben dem sterbenden

Jesus im Mittagslicht. Der lange Flug über unsere Suppenteller hinweg hatte sie wohl ermüdet. In kühler Berechnung war sie haarscharf an unseren Nasen vorbeigebrummt, um die verstaubte, rot-weiß-karierte Küchenlampe herum, zwischendurch hatte sie den ein oder anderen von uns touchiert, was ihrerseits geschicktes Ausweichen vor unseren schlagenden Händen gefordert hatte. Zum Schluss hatte sie sich unter unseren Blicken wie eine Turbine in die Höhe geschraubt, um nun theatralisch neben dem Kruzifix zu verschnaufen.

Wir wendeten uns wieder unserer Suppe zu. Mit hochgezogenen Schultern noch, mit Blicken den Feind taxierend, aßen wir weiter. Die Anspannung wich langsam mit dem Löffeln der Suppe. Zögernd schwoll das Klirren des Bestecks auf dem Porzellan wieder an, die Stimmen verwirrten sich, meine Mutter stützte die Ellbogen auf den Tisch und strich sich das Haar aus der Stirn. „Vier warn heut drin", sagte sie. Wir wussten, sie meinte die Wühlmäuse, die sie heute morgen tot aus den Fallen gezogen hatte. Die Adler-Wirtin hatte ihr gestern ein besonderes Köder-Rezept gegeben, vertraulich, von Frau zu Frau, hatte sie gesagt und das linke Auge dabei umständlich in meine Richtung zugedrückt, wahrscheinlich hatte sie das im Fernsehen gesehen, sie hatten nämlich seit kurzem eins, und seitdem sagte die Adler-Wirtin merkwürdige Dinge und machte komische Gesichtsverrenkungen, die gar nicht zu ihr passten.

Ich hatte die kleinen, schlaffen, braunen Fellsäckchen neben dem Salatbeet liegen sehen, ich würde sie später neben dem Familiengrab am Weiher begraben müssen. Dort schliefen sie, all die Mäuse und Ratten, die Vögel und Hunde, unter meinen selbst geschnitzten Holzkreuzen, neben meinem Vater. In Gedanken sah ich auch manchmal meine Mutter dort in einer riesengroßen Mausefalle unter der Erde liegen.

Der Großvater pulte sich mit den Fingernägeln Hühnerfleischreste aus den Zahnzwischenräumen und nickte der Mutter anerkennend zu.

Karla rülpste ein kleines Kinderrülpsen in die Essensstille hinein und Großmutter erzählte vom Markttag. Sie hatte mehr als alles verkauft und strahlte übers ganze Gesicht. Großvater sollte später noch einmal im Tal eine Runde Kartoffeln ausfahren, was bedeutete, ich würde dem Alten vorher das Auto beladen müssen. Schöne Scheiße, dachte ich, eigentlich wollte ich mit dem Franzel Rotwürmer sammeln gehen.

Dann hörte ich das Summen. Ich sah, wie die Großmutter sich fröhlich mit der rechten Hand einen Löffel Suppe in den Mund schob und fast gleichzeitig mit der anderen hinter ihren Stuhl griff. Ihre schmalen Augen taxierten den schwarzen Fleck, der sich über dem Trockenblumenstrauß niedergelassen hatte. Es war nur eine Frage der Zeit. Da. Mmmmmmmmmh. Die Löffel in der Hand, selbstvergessen, folgten unsere Blicke den Flugbahnen der Schmeißfliege, von mir im Stillen auch Scheißfliege genannt, weil sie vornehmlich auf warmen wie kalten Kuhfladen anzutreffen waren, wenn sie uns nicht gerade in der Küche besuchten. Die Küchenbesuche hatten in den meisten Fällen einen Zuwachs in der großmütterlichen Trophäensammlung an unseren ehedem weiß getünchten Küchenwänden zur Folge, kurz, sie endeten in der Regel tödlich – wenn sich Großmutter nicht doch noch erbarmte und das Mistvieh, mithilfe einer Zeitung etwa, zum geöffneten Küchenfenster hinauskomplimentierte.

Der Großvater war so gnädig nicht, auf der Jagd ließ er keinen Hasen entkommen, er behauptete, seine Schrotflinte schösse schneller als der Toni vom Reberhof, von dem es hieß, dass er keine hübsche Frau entkommen ließ und dass er goldene Eier hätte. Mir war nicht ganz klar, was sie damit meinten, aber auf gewisse Weise war ich beeindruckt, vom Toni und vom Großvater. Das mit den Eiern stimmte übrigens nicht, ich habe mir, als ich mit dem Älterwerden die Fähigkeit erlangte, das Pissoir zu treffen, die Eier vom Toni einmal genau angesehen: Sie waren blassrosa.

Großmutter hatte ihre Waffe fest im Griff. Eine rotstielige, mit einer vormals weißen, jetzt mit dunklen Flügelresten und Blutflecken durchsetzten Schlagfläche versehene Fliegenklatsche. Ihr Anblick war nicht schön, aber irgendwie hatten wir uns an ihn gewöhnt, und wir sahen in ihr gar nicht mehr das, was sie eigentlich war.

Großmutter erhob sich. Unsere Augen folgten dem mmmmmmmmmh. Bis es relativ nah an der Decke erstarb und sich oberhalb der Spüle sacht niederließ. Mit großer Behändigkeit erklomm Großmutter einen Küchenstuhl, sie hatte ihn nahe genug an die Spüle herangeschoben, um dort in Stellung zu gehen. Der Hauskittel klaffte vorne ein wenig auseinander und gab ihre Beine frei, die bis unterhalb der Knie von hautfarbenen Strümpfen zusammengepresst wurden. Ich sah Großvaters

Blick auf ihre Waden, ein bisschen Suppe lief ihm dabei aus dem Mundwinkel. In diesem Moment empfand ich so etwas wie Mitleid für meine Großmutter. Aber dann holte sie aus. Wir verharrten in höchster Anspannung. Sie schmetterte, mit einem scharfen, zwischen geschlossenen Zähnen hervorgestoßenen „ssssso" das Plastikgitter gegen die Wand. Stille.

Mmmmmmmmh.

Die Großmutter wirkte sehr müde, als sie von ihrem Stuhl herabstieg. Ihr graues, langes Haar hatte sich teilweise aus dem Knoten gelöst, es hing ihr wirr um das blasse, zerfurchte Gesicht. Sie holte tief Luft, mit so einem kleinen Ton im Seufzer, wie man das macht, wenn man enttäuscht ist. Jesses Maria. Sagte sie mit Nachdruck. Jesses Maria. Es war ein Hilferuf, ein Schimpfwort, eine Beschwörung – es war das Todesurteil.

Das Fenster würde sie in keinem Fall mehr öffnen. Mich schauderte.

Die anderen aßen inzwischen weiter. Allen war klar, die Fliege würde sterben. Sie hatte sich nun provokativ an der oberen Kante der Küchenvitrine platziert.

Die Suppe dampfte in unseren Tellern. Ich betrachtete Großmutter, die sich langsam und leise, wie um keinen unnötigen Luftzug zu verursachen, eine nahe stehende Holzkiste vor die Vitrine zog. Die anderen redeten über dies und das, lobten die köstliche Suppe mit dem toten Huhn darinnen, das der Großvater tags zuvor geschlachtet hatte; es hatte Hilde geheißen, schneeweiße Federn gehabt und ich hatte ein merkwürdiges Gefühl.

Als die Fliege zum Abflug ansetzte, ging alles sehr schnell. Großmutter hielt sich an einem Regal der Vitrine fest und folgte mit der Klatsche dem Flug der entfliehenden Fliege. Durch die Drehbewegung, die sie dabei ausführte, zog sie die Vitrine mit ihrem Körpergewicht zu sich hin, und ich sah sie bereits unter der Vitrine liegen, als sie noch gar nicht dort lag. Aber Bruchteile von einer Sekunde später lag sie dort, und unter ihrer Fliegenklatsche zeichnete sich reglos, still und nunmehr sehr flach, die Fliege ab.

Der Großvater verlor einige Tränen über Großmutters Tod, und ich meinte, ihm Trost zu spenden, als ich zu ihm sagte: Sie hat sie aber erwischt, ich habs gesehen! Da knallte mir der Großvater eine und abends gingen wir rauf zur Kapelle, zum Rosenkranz-Beten für die Großmutter.

Beim Angelus-Läuten gingen wir los. Auf dem Weg murmelten die Erwachsenen Gebete. Nachbarn und andere Dorfbewohner stießen hinzu und murmelten mit. Wie eine Beschwörung klangen ihre Worte, und in dieser Wolke aus unverständlichem Gebrabbel stiegen sie den Hügel hinauf. Ich zog Karla hinter mir her, und wenn sie kreischte, weil sie nicht mehr laufen wollte, nahm ich sie auf den Arm, obwohl ich das nicht durfte; sie war ein dickes, schweres Kind.

Die Kapelle war angefüllt mit Menschen. Ein warmer, stechender Dunst von Kuhdung und Schweiß, die Wärme brennender Wachskerzen und ein Hauch längst vernebelten Weihrauchs lag über dem kleinen Raum. Rechts in dem dunklen Gestühl saßen die Männer, links die Frauen. Ich saß bei den Frauen, weil ich erst acht war. Mich ärgerte das ungemein, weil der Alois vom Meierhof schon bei den Männern sitzen durfte und dort prahlend mit seinem beginnenden Stimmbruch in die Lieder einstimmte, die er früher nicht mitgesungen hatte, als er noch neben mir sitzen musste. Blöder Depp, der, dachte ich und fasste Karlas Hand, die sich an meinen Ärmel gekrallt hatte.

Die monotonen Gebets-Melodien waren beruhigend. HeiligeMaria MutterGottesbittefürunsSünderjetztundinderStundeunseresTodes Aaaameeen. GegrüßetseistduMariavollderGnadederHerristmitDirDubist gebenedeitunterdenFrauenundgebenedeitistdieFruchtDeinesLeibes JesusAaaaameeen.

Meine tote Großmutter. Aug um Aug und Fliege um Großmutter, dachte ich, das wird dem Pfarrer Lenz gefallen. Sie hatte wohl zu viele getötet. Wie hatte sie immer gesagt? „Kleine Sünden bestraft der Liebe Gott sogleich.“ Sehr wahrscheinlich waren die vielen toten Fliegen zu einer kleinen Sünde herangewachsen, sonst hätte der Liebe Gott nicht so schnell gehandelt.

In der kleinen Kapelle vibrierte Frömmigkeit, Frauen mit ihren hellweinerlichen Sing-Sang-Stimmen sangen im Wechsel mit dem festen Bariton der Männer. Ich lehnte mich an die warme Brust meiner Mutter, schloss die Augen und versenkte die Hand in der Tasche meines Kittels. Ich sah diese schwarze, platte Fliege vor mir, wie sie aller Aufmerksamkeit entgangen auf dem Küchenboden gelegen hatte. Weich und kantig lag die Streichholzschachtel, in die ich sie gesteckt hatte, in meiner Hand.

Zwei Tage später legten wir die Großmutter auf ein weißes Spitzenkissen in eine schicke, schwarz glänzende Holzkiste, die innen mit reiner Seide ausgeschlagen war.

Wir standen in einer langen Reihe vor Großmutters Sarg. Zum Abschied durfte jeder kurz neben ihr stehen bleiben und etwas Nettes sagen oder weinen oder sich bekreuzigen. Karla sang „Summ, summ, summ, Bienchen summ herum." Ich legte ihr vorsichtig eine kleine, abgegriffene Streichholzschachtel unter das Spitzenkissen.

Seitdem hatten die Scheißfliegen ein besonders geruhsames Leben bei uns und das Sterben ringsherum hörte auch auf.

Martin Bartholmy
In der wogenleeren Höhlung

Sie merken schon, diese Geschichte ist einen Tick kompliziert; sie scheint ein wenig verworren. Sie merken schon, hier ist einiges durcheinander geraten – Zeit und Raum beispielsweise. Eben das aber führt zum Kern der Geschichte, dieser Geschichte, die ganz eben selbst Ursache all dieser Verschlingungen und Klitterungen ist.

Und: Wo fange ich an? Beginnen wir – zu sehr soll im Verwirrenden nicht noch weiter verwirrt werden – beginnen wir mit Altbekanntem, mit Gewohntem, mit Zuständen, von denen sich das ganz Andere irgendwie ableitet oder ableiten lässt:

Kalle, so nennen wir eine Parkuhr, die schon seit Jahren fest im Straßengrund der Stuttgarter Innenstadt steckt. Übrigens nennen nur wir ganz für uns jene Parkuhr bei diesem Namen, erinnert sie uns doch mit ihrem Zyklopenauge an den einäugigen Kater Kalle, den wir früher als Haustier hatten. Und wie der Kater schnurrt die Parkuhr, wenn man nach Münzeinwurf ihr Rädchen dreht und sie einem dann, schnurr-di-burr, die zum Parken gestundete Zeit aufzieht.

Es ist 1974. Ein gutes Jahr. Deutschland wird Fußballweltmeister. Jetzt ist es April, der 4. April. Die Parkuhr weiß schon: Deutschland wird Weltmeister werden. Woher die Parkuhr dieses Vorwissen bezieht? Nun, es ist eben nicht irgendeine Parkuhr. Wir werden sehen.

Momentan denkt die Parkuhr nicht an Fußball. Die Parkuhr wartet auf ihre Kusine Evi Sachenbacher. Eine Namensvetterin dieser Kusine wird bei den olympischen Winterspielen 2002 in Salt Lake City überraschend eine Medaille im Langlauf gewinnen. Auch das weiß die Parkuhr. Im Moment denkt sie aber auch daran nicht. Wenn man alles schon im Voraus weiß, kann man an all diese Dinge nicht auch noch denken.

Bleibt die Frage, wie die Parkuhr zu einer menschlichen Kusine kommt. Nun ja: Gute Frage! Und nicht leicht zu beantworten. Ungefähr, sagen wir mal, verhielt es sich so:

Die uhrenungemäße Kusine Evi war irgendwie angeheiratet, zugezogen, anverbandelt, umgemendelt, beigeordnet. In der Uhrenverwandtschaft nannte man sie, ob ihrer schwer zu übersehenden menschlichen

Natur, scherzhaft die „nouvelle Kusine". Auch erging man sich gerne in ulkigen Anspielungen der Art, die fremde Kusine ticke wohl nicht ganz richtig. Unsere Parkuhr jedoch, mein Kalle, liebte seine Kusine sehr und entgegnete auf solches Lästerwerk, ging es ihm zu sehr auf den Zeiger, schon einmal: „Dafür ist bei ihr sicher auch kein Rädchen locker." Und Recht hatte er. Bei Evi war kein Rädchen locker.

Heute allerdings ließ Evi unsere Parkuhr warten. Zwar war sie gleich nach Feierabend aus der Soßenbinderfabrik, in der sie dem Team der Zusatzstoffrührer vorstand, nach Hause gefahren. Allein, eine Sehnenscheidenentzündung, von der sie meinte, sie habe sie sich beim Proberühren neuer Geschmacksverstärker zugezogen – wir, wie auch die Parkuhr, kennen die wahre Ursache der Entzündung, Evi jedoch konnte sie nicht kennen, waren doch 1974 Computermäuse noch nicht erfunden – die Sehnenscheidenentzündung jedenfalls hatte sie, ungeachtet ihrer fragwürdigen Anamnese, bei der Lenkarbeit am Steuer ihres Opel Eridu so behindert, dass sie am Pragsattel einen anderen Wagen, ausgerechnet einen neuen Daimler, leicht streifte. Die Aufregung und die versicherungsbedingt notwendigen Absprachen hatten ihren Zeitplan über den Haufen geworfen. Und deshalb war sie an diesem Abend spät dran für ihren Volkshochschulkurs über sumerische Schöpfungsmythen. Unsere Parkuhr, günstig vor der Volkshochschule gelegen, machte sich bereits Sorgen – 19 Uhr 40. Kursbeginn war um halber acht.

Da kommt Evi angebraust. 19 Uhr 43. Sie parkt eilig ein. Reifen quietschen am Bordstein. Noch schnell ihre Tasche, das Portemonnaie. Autoschlüssel? Abschließen und zur Parkuhr. Die wackelt schon unmutig mit dem Drehknopf. Evi zieht einige Groschen hervor, wirft sie ein, dreht am Rädchen, schaut gleichzeitig auf die Uhr und sagt: „Dammich, schon 19.44."

Ein leises Vibrieren. Es schwummert ein wenig. Hitzespiegelungen vielleicht? Aber abends? Im April? Die Parkuhr ist verschwunden, weg, keine Spur, nichts, keine Trümmer, kein Loch im Asphalt, Leere, Luft. Evis Groschen fallen zu Boden. Einer rollt in den Gulli, andere rollen bergab. Ein Groschen bleibt liegen, wie tot. Ein Skarabäus krabbelt herbei und kugelt ihn fort, in eine andere Zeit.

1944. Bomben fallen auf Stuttgart. Gelegentlich hört man auch Flak. Die Standuhr im Wohnzimmer lauscht. 19 Uhr 40. Die Einschläge kommen näher, leicht zittern die Holzdielen. 19 Uhr 43. Putz fällt von der

Decke. Die Standuhr knurrt und schnarrt. Sie bereitet in ihrem Inneren den nächsten Schlag vor. Gleich ist es Viertel vor acht. 19 Uhr 44. Etwas birst, es staubt, die Standuhr fällt. Die Parkuhr träumt von ihrem Vater. 1944 ist er gefallen, um 19 Uhr 44. Uhren vergessen nicht.

Zufällig stimmten die Zahlenreihen überein. Was dann geschah, war kein Zufall. Eins Neun Vier Vier. Die Standuhr war weg. Eins Neun Vier Vier. Die Parkuhr hat einen epileptischen Anfall. Eins Neun Vier Vier. Die Standuhr reinkarniert. Eins Neun Vier Vier. Die Standuhr ist Standuhr gewesen; die Standuhr ist Mondamin geworden – Mondamin, der 19. König der 44. Dynastie von Ur, Sumer, im Zweistromland.

Hier müssen wir daran erinnern, dass die Sumerer mit dem Sexagesimalsystem rechneten. Mathematik, Religion und Staatskunde waren damals ein integrierter Studiengang. Auch die Dynastien gehorchten diesem Zahlensystem. Ein König herrschte genau 60 Tage. Nach 60 Dynastien war Schluss. Dann waren die Akkader an der Reihe.

Aus Ur die Uhrzeit. Aus Ur das Sexagesimalsystem – noch heute hat die Stunde sechzig Minuten. Die Stadt Ur schrieb sich ursprünglich ohne H; das Sumerische kennt kein H. Der Buchstabe H wurde erst später von den Hethitern erfunden, aus naheliegenden Gründen.

Spätestens in der Hethiterzeit geriet auch das Sexagesimalsystem der Sumerer in Vergessenheit. Bereits beim Turmbau von Babel, so wissen wir heute, experimentierte man mit dem dezimalen Maßsystem. Da konkurrierend noch das ältere Sechser-System bestand, gab es Missverständnisse, und der Turm wurde um einiges zu hoch in den Himmel gemauert – babylonische Zahlenverwirrung.

So werden Mythen geboren. Um eine Wiederholung dieser peinlichen Panne zu verhindern, schaffte der drakonische Hammurapi salomonisch das alte Sechsersystem ganz ab. Nur bei der Uhrzeit, beim Eiskunstlauf und beim Lottospielen blieb das alte Zahlensystem noch ein wenig erhalten.

Randnotiz:

Die Vereinheitlichung der Zahlensysteme hat sich in der Folge sehr bewährt. Alles wäre gut gewesen, hätten Engländer und Anglophile nicht eine Extrawurst bestellt. Es kam, wie es kommen musste, der Turmbau von Babel wiederholte sich, wie allgemein bekannt, in dem finnischen Dorf Kerimäki. Dort baute man um 1845 eine Holzkirche. Im

Bauplan waren die Abmessungen der Kirche in Fuß angegeben. Die Finnen, als gute Europäer, führten den Bau plangetreu, jedoch in Metern aus. In Kerimäki steht die größte Holzkirche der Welt.

Ein anonym gebliebener finnischer Dichter schrieb aus diesem Anlass einen Merkvers, den noch heute jedes Kind zwischen Helsinki und Polmaki auswendig hersagen kann:

Zwischen Ur und Uruk
Fährt der 60er Bus.
Vom Ural nach Uruguay
Fährt er nicht,
das ist zu weit.

Ende der Randnotiz und zurück nach Mesopotamien. Dort war es Usus, dass jeder König innerhalb seiner 60tägigen Regierungszeit etwas erfand. Das Gottkönigtum bedingt bei Untertanen eine gewisse Erwartungshaltung. Und die will befriedigt werden. In der 44. Dynastie wurde das Zweistromland bekanntlich von Sintfluten noahesquen Ausmaßes heimgesucht. Etwas Flutdämmendes wäre da sehr marktgerecht gewesen – nur was genau sollte das sein? Mondamins Vorvorgänger, Mondragon, hatte sich den Flammenwerfer auf Eidechsenbasis patentieren lassen. Sein Nachfolger Mondrian hatte grundfarbene Rettungsinseln erfunden, auf denen man sich, bis Rettung kam, mit einer Urform des Damespiels die Zeit vertreiben konnte.

Mondamin ließ eine Marktanalyse erstellen. Und siehe: Was fehlte, war ein Flutbinder. Also erfand er einen, in nur sechs Tagen und Nächten. Bei der Markteinführung zeigte sich allerdings, dass die flutbindende Wirkung zwar tadellos vorhanden, allein nicht ausreichend viel von dem Pulver zu produzieren war, um eine echte Spring- oder Sturmflut zu binden. Feldstudien bei Hüpf- und Kleinfluten verliefen ebenfalls wenig ermutigend. Zwar wurde das unerwünschte Salzwasser von dem Pulver fein abgebunden, hernach jedoch hatten die Bauern und Städter „den Dreck", nämlich wahre Endmoränen von Molasse auf dem Feld und hüfthoch Pampe in den Gassen. Noch heute erinnert eine alte Weise an diesen Missstand: „... sixty tons, water you get, another day older and closer to death. Heaven calls but I can't go. I have to shovel Mondamin to the shore."

In der Folge beließ man es deshalb dabei, mit König Mondamins Pülverchen Soßen zu binden. Und so ist es bis in die Gegenwart unserer Erzählung geblieben.

Evi hielt auf die Tradition ihrer Familie, ihr Vater aber war aus der Art geschlagen. Er, der bekannte elsässische Archäologe Evian Sachenbacher, grub Altertümer aus, in Mesopotamien. Just am 4. April 1974 stieß er dabei auf das Grab von König Mondamin. Als er die Siegel des Königsgrabs erbrach, zerstörte er damit unwissentlich auch das Mondamin-Originalrezept, das man auf die Rückseite der Grabplatte gebacken hatte. Das Rezept zerbröselte. Mondamins Schädelknochen wurde zur Sanduhr. Eins Neun Vier Vier. Durch seine Augenhöhlen rieselten die Körnchen des Rezepts langsam herab, in die leere Hirnschale hinein. Eins Neun Vier Vier. Uhrzeit wird zu Unzeit. Eins Neun Vier Vier. Ein Skarabäus krabbelt herbei und kugelt die Körnchen fort, in eine andere Zeit. Und der Fluch gegen die Rezeptschänder erwacht. Der Fluch aber geht so:

„Wer auch immer dieses Rezept zerstört,
dem sage ich,
wir wissen, wo du wohnst.
Und damit du nicht glaubst,
wir würden hier leere Sprüche machen,
verkünden wir,
dass es dir,
hörst du Eins Neun Vier Vier,
dreckig gehen soll, und so weiter,
im Mannesstamm.

Gegen weibliche Nachfahren aber
wollen wir mal Nachsicht üben,
die soll höchstens einmal
eine Maus in die Sehnen beißen,
worauf sie Armweh haben werden,
für einige Tage oder auch Wochen, je nachdem.

Und im übrigen wollen wir noch einmal
unserer Empörung über dein Tun Luft machen.

Und, achso, fast hätten wir es vergessen:
Das mit dem Rezept, das ist nun auch vorbei,
das Rezept funktioniert nicht mehr, haha,
und statt Mondamin kommen dabei nur noch heraus
Hausstaub, Backpulver, Kokain und andere
weiße, pulvrige, ungenießbare Sachen.
Da siehst du, was du davon hast,
du elender Rezeptschänder, du."

Die Rückrufaktion begann am nächsten Tag. Evi kündigte bei den Soßenbindern und wurde wie ihr Vater Archäologe. Die Parkuhr reinkarnierte in der Zukunft, Vier Vier Neun Eins, aber die Zukunft geht uns nichts an.

Und falls Sie sich jetzt fragen, warum es im Supermarkt heute immer noch Mondamin zu kaufen gibt – das sind alles Restbestände aus der DDR.

KAFFEE.SATZ.LESEN 6

Finn-Ole Heinrich
Letzte Wünsche

Früher hat Marlon Nächte in den Krebsfingern seines Vaters verbracht. Hat nicht geschlafen dann, nur da gelegen und die Zeit gezählt. Denn jeder Moment war kostbar, jeder Moment mit diesem Vater, dem die Knochen im Bett brachen. Marlon hatte Angst in diesen Nächten. Er hatte Angst, seinem Vater im Schlaf die hohlen Knochen zu zerdrücken. Er wollte hier nicht liegen, aber er musste. Letzte Wünsche sind die Wünsche, die in Erfüllung gehen sollen.

Marlon kann sich nicht vorstellen, dass, was er hier tut, einem erwachsenen Menschen angemessen ist. Er schiebt den weißen Bart beiseite, um besser atmen zu können. Er stellt sich vor, dass eben noch seine Hände nicht wie jetzt an seiner eigenen Hose herumzerrten, sondern kleinen Kindern auf seinen Schoß halfen, sie dort festhielten, die kleine Hüfte fest umklammert und den Oberschenkel abtastend.

Er muss sich beeilen. Es fällt auf, wenn er zu lange weg bleibt. Deshalb drückt er seinen Schwanz mit dem linken Daumen und Zeigefinger an der Wurzel fest zusammen und reibt eifrig mit der Rechten seine Eichel. So kann das Blut nur in eine Richtung fließen.

Trotzdem wird er nicht hart. Marlon kann sich nicht konzentrieren. Ständig muss er daran denken, wie lächerlich er aussehen muss. Was für ein krankes Bild er abgeben würde, wenn jemand sehen könnte, wie er hier steht: Das lächerliche rote Gewand, die Weihnachtsmannmütze auf dem Kopf, auf einer öffentlichen Kaufhaustoilette, den zweiundfünfzig Jahre alten, schlaffen Schwanz in zwei Händen, angestrengter Blick, roter Kopf und das Bemühen, nicht laut zu atmen.

Marlon findet einfach kein Bild, an dem er sich festhalten kann, das ihm ihn aufrichten könnte. Nur dieses hässliche Selbstbildnis schwirrt vor seinen Augen. Er versucht es noch einmal, stellt sich die Auszubildende von der Kasse im zweiten Stock vor, die seit einer Woche schlechte Witze über Marlons dämliches Weihnachtsmannkostüm und seinen großen Sack macht. Ist das nicht eigentlich ein Studentenjob, hat sie gefragt. Sie heißt Nina, und Marlon lacht über ihre Witze nur, weil er sich weiter mit ihr unterhalten will, sich dabei vorstellen will, wie er dieses kleine, dumme Ding zum Schweigen bringen würde, wenn sie ihn nur ließe. Er achtet besonders auf ihre Lippen, wenn sie spricht. Und lacht. Und trinkt. Sich öffnen und schließen.

Bedenklich findet Marlon nicht, dass er ihr Vater, sondern dass sie seine Tochter sein könnte.

Eben, als er noch da gesessen, Kinder auf seinen Schoß geschaufelt und Müttern beim Einkaufen zugesehen hat, da war Marlon sich sicher gewesen, dass es klappen würde. Er hatte das alte Prickeln gefühlt.

Aber jetzt geht nichts. Jetzt steht nichts. Selbst vor den eigenen Händen gibt er sich nun schon die Blöße. Vor diesen Händen, die eben noch Kinderhintern gestreichelt haben und es gleich wieder tun werden. Ungewaschen.

Über ihre Gesichter wird er streichen, nachdem sie ihre Gedichte aufgesagt haben und artig lächelnd dastehen. Und er wird sich nicht die Hände waschen. Er wird das kleine Geheimnis der Toilette auf hundert Gesichter verteilen. Mütter werden es von Kinderwangen küssen und Omas werden es herunterstreichen mit Händen, die später Weihnachtskekse für die ganze Familie backen. Unsichtbar wird Marlon Duftmarken in der ganzen Stadt setzen, sein Revier markieren, sein Gebiet abstecken.

Marlons Mutter hat nicht geweint. Nie geweint. Hat immer ein Lächeln gefangen gehalten zwischen zwei Punkten, die nicht weiter außen lagen als die eigenen Nasenflügel. Verkniffen, unterdrückt, zurückgehalten. Leben verwalten. Pläne aufstellen. Nie die Kontrolle verlieren. Alles ist nachweisbar.

Marlon hatte seine Mutter lieb. Und er hatte sie noch lieber, als sein Vater in sich zusammengefallen und vergraben war. Da war so viel Liebe übrig, mit der Marlon nicht wusste, wohin. Und so gab er sie seiner Mutter. Sie lächelte. Aber nicht breiter als sonst.

Statt sechs falteten sich nun vier Hände zum Gebet, am Abend, am Morgen und zu Mittag. Vielleicht war das der einzige Unterschied. Und der leichte, fremde Glanz in den Augen der Mutter für einige Wochen. Vater ist bei uns, wenn wir ihn brauchen. Dann kommt er zu uns, in Gedanken. Es wurde zu einer Antwort auf jede Frage.

Marlon liebte seine Mutter so sehr, dass er Angst um sie bekam, wenn er nicht bei ihr war. Er nahm sich vor, immer an seine Mutter zu denken, wenn er nicht bei ihr sein konnte. So konnte er ihr nah sein.

Und irgendwann fühlte er: Alles geht gut, wenn ich an sie denke. Und er wusste: Immer soll ich an sie denken, denn wenn nicht, dann schwebt sie in Gefahr, ist auf sich allein gestellt. Unbeschützt. Ausgeliefert. Marlon verbot sich, nicht an seine Mutter zu denken. Nur, um sicher zu gehen. Nicht, dass er sich später Vorwürfe machen müsste. Wenn er dann allein wäre auf der Welt.

Wenn er sich dabei ertappte, nicht an sie zu denken, bestrafte er sich: Aß kein Abendbrot, durfte drei Tage keine Musik hören, legte eine Rasierklinge in seinen Schuh.

Marlon wusste, was Liebe bedeutet.

Da hat Marlon, der auf dem Kaufhausklo im Weihnachtsmannkostüm wichsend über Weihnachtsgebäck mit den Spuren seiner Genitalien darin nachdenkt, plötzlich einen prächtig harten Schwanz in der Hand.

Er findet sich pervers. Dass er bei solchen Gedanken geil wird und nicht, wenn er in Gedanken die kleine Kassiererin fickt.

Marlon ist zweiundfünfzig und hat noch nie eine Frau gefickt. Wohl mal eine Muschi gesehen, auch den Finger hineingesteckt, aber wenn es ernst wurde, dann wurde Marlon einfach nicht hart. Er zog den Schwanz ein. So sah er das.

Jeder Mann wird hart, wenn er in Gedanken ein junges, dummes Ding durchfickt, denkt Marlon, warum nicht ich, und Marlon spürt schon, wie er wieder weich wird vor lauter Denken.

Wütend schiebt Marlon diesen lauen Gedankenbrei beiseite und denkt an Nina und daran, wie er sich gleich in die Hand spritzen wird und sich nicht die Hände waschen wird. Höchstens abstreifen, nicht waschen, denkt Marlon und muss schmunzeln.

Es gibt nichts Schlimmeres, als wenn eine Liebe geschieden wird. Aber Marlon hatte keine Schuld. Er war bei ihr, als sie starb. Hielt ihre Hand. Das war vor vier Jahren. Ihr fraß es die viel zu hohe Stimme weg. Der Krebs ist eine Familienkrankheit.

Marlon wohnte nun allein in der großen Wohnung. Doch Marlon war nicht allein. Ein Mensch stirbt erst, wenn niemand mehr an ihn denkt. Und Marlons Eltern waren nicht tot, nur umgezogen: In Marlons Kopf. Hier konnten sie endlich alles sehen. Alles überprüfen. Verwalten. Gedanken lesen. In Träume kriechen. Kommen und gehen und sich niemals blicken lassen.

Du bist ein Abgesandter des Festes der Liebe, sagt sich Marlon und dreht sich um und lauscht, weil er sich nicht sicher ist, ob er es laut oder leise gesagt hat. Du kannst dich nicht in diesem Gewand, und während der Arbeitszeit, in der du den höchsten unserer Feiertage und die Nächstenliebe repräsentierst, auf ein Klo stellen, dir in die Hand wichsen und dein Sperma in fremde Gesichter schmieren.

Du bist pervers, Marlon. Du bist krank. Du bist kein Kind mehr, du bist ein alter Mann. Alte Männer wichsen nicht. Nicht auf Kaufhaustoiletten und auch sonst nicht. Du siehst ja, wie deine schrumpelige Wurst dich hängen lässt. Das ist gegen die Natur. Gegen das Gesetz. Das ist keine Liebe, Marlon. Ein Mann in deinem Alter sollte keinen Sex mehr wollen. Er sollte sich im schlimmsten Falle eine kleine Kassiererin vorstellen und am Abend zu Hause seine Frau küssen. Küssen, nicht ficken. Nicht mehr in diesem Alter, Marlon. Du bist krank.

Der Pisser zwischen deinen Beinen würde nicht stören, wenn der Sack nicht wäre. Alle deine kranken Gedanken sammeln sich in diesem Sack, in zwei kleinen Kugeln. Hier wohnt der Teufel. Männer müssten sich häuten können, wie Raupen, wie Schlangen. Sich in einem gewissen Alter einfach für ein paar Wochen ins Bett legen und häuten, den Sack abwerfen und in Unschuld glücklich sein. Nicht weiter vom eigenen Zwiespalt terrorisiert.

Das könnte funktionieren, denkt Marlon, sich häuten.

Er denkt es nicht zum ersten Mal. Eigentlich ist es ganz einfach. Ein einfacher Schnitt und der einzige Mangel der Natur ist behoben. Dem Teufel den Anschluss abklemmen.

Wütend nimmt Marlon alles in seine rechte Hand, was reinpasst, den halben Schwanz und beide Eier und er ist so wütend, dass er zudrückt, wie man zudrückt, wenn man zerdrückt.

Marlon schreit nicht, seine Stimme bleibt irgendwo hinter seinem schmerzverzerrten Gesicht stecken. Er packt alles ein und zieht sich an und gibt Acht, dass nichts heraushängt und dass alles richtig sitzt, und er riecht an seiner Hand und lächelt und macht kurz Halt vor dem Waschbecken, nur, um in den Spiegel zu sehen. Und Marlon findet: Er sieht ganz normal aus, wie ein ganz normaler Mensch in einem albernen Kostüm, kaum zu erkennen, wenn er den Bart wieder vors Gesicht zieht.

Oben warten die Kinder auf den Weihnachtsmann.

Verena Carl
Ingrids Weihnachten

Männer und Frauen passen nicht zusammen, so sagen sie's ja alle heutzutage, mehr als einmal hab ich diesen Spruch schon gehört. Vor allem nachts, von diesen lütten Hühnern, die auf der Reeperbahn zusteigen und wo du nie weißt, gehen die nem Gewerbe nach oder trägt man das jetzt so, Röcke knapp überm Allerwertesten, Pupillen groß wie Untertassen, weiß der Deibel, was fürn Drogenkram die so nehmen. Ich sach da nüscht zu, ich denk mir meinen Teil, nämlich: dass sie schon zusammenpassen, Männer und Frauen, es muss nur die richtige Frau sein für den richtigen Mann, und umgekehrt natürlich.

Meine Ingrid und ich, wir sind jetzt bald 40 Jahre verheiratet und ich sach ma, man gewöhnt sich doch so aneinander, dass jetzt, wo sie im Krankenhaus ist, ich mich doch manchmal dabei erwisch, wie ich mit mir selber schnack. Walther, alter Falter, sach ich zu mir, du musst dir noch ne Stulle schmieren, wird heute lang auf Schicht, oder: Vergiss man nicht, mit Mieze Gassi zu gehen, und was soll ich sagen, ich muss da immer noch lachen über. Ingrid hat ihn so genannt, wie er noch ganz lütt war, geknurrt hat er so nüdelich, das hat sich wirklich angehört, als wär's ne Miezekatze. Ich dachte erst, der kriegt noch ne Idenfi-, Identi-, na ja egal, ne Krise halt, aber sie wollte natürlich nich hören. Jetzt, wo sie im Krankenhaus liegt, da erzähl ich ihr jeden Tag von Mieze, und auch ma von den Nachbarn oder wenn ich was erlebt hab im Taxi, und bei jedem Satz denk ich mir, Walther, was machst du man, wenn du mal keinen mehr hast, dem du was erzählen kannst?

Heute früh, da sitz ich so hinterm Steuer vorm Terminal A, Regen klopft an die Scheibe, so'n richtiges Hamburger Schietwetter, und ich denk mir, fängste am Flughafen an, hat der Tach Sonne in die Füße, so wie Ingrid immer sacht, wegen der Extramärker, oder Euros, heißt das ja jetzt. Steigt da so ein schnieker alter Herr ein, gediegene Krawatte, Anzuch vom Feinsten, aber'n Gesicht wie'n Grillhähnchen, so braun war der. Er tropfte förmlich, als wär er freiwillig im Regen gestanden, bevor er zu mir ins Taxi gestiegen ist, aber scheint ihm nüscht auszumachen, er strahlt übers ganze Gesicht. Na, sach ich, lassense mich raten, zurück ausm Urlaub, und nu nach Hause zu die Lieben. Ich muss ja sagen, erstmal war ich'n büschen misstrauisch, weil, wenn das einer von den Kameraden gewesen wär, der mal eben nach Thailand düst wegen der lütten Deerns, und dann zu Hause knackebraun vorm Christbaum einen auf heile Welt macht, dem sein Trinkgeld hätt ich nichma mit ner Rohrzange angefasst. Nein, sacht er, falsch geraten, nächste Woche geht's zurück in die Staaten. Was, sach ich, Amerikaner sind Sie, da sprechen Sie aber gediegen deutsch für. Guter Mann, sagt er, das liegt dran, dass ich in Hamburg geboren bin, Parkstraße, Othmarschen. Und, frag ich, was hat Sie in die Staaten verschlagen? Business, sagt er, ausgewandert bin ich. Ich wollt ja nicht neugierig sein, ist ja sowas wie'n Gesetz, dass man den Gast nicht ausfragt, aber in dem Fall konnt ich's dann doch nicht lassen und hak nach: Business? Und er: Ja, Klimaanlagen, in Florida. Mit einer kleinen Fabrik für Ventilatoren haben wir angefangen, 1931. Und heute sind wir Marktführer, unsere Klimaanlagen sind überall, sogar im Weißen Haus. Und, frag ich weiter, was führt Sie dann hierher, in die Heimat? War mächtig stolz auf diesen Satz, klang ja auch amtlich. Und da klopft er von innen an die Scheibe, dass die kleinen Tröpfchen so das Zittern anfangen und sacht: Das da. Und ich: Wie? Und er: Dieses Wetter, das Sie hier Schietwetter nennen, wenigstens taten wir das zu meiner Zeit. Dazu fällt mir nüscht mehr ein, aber er erzählt weiter: Sie können sich nicht vorstellen, wie das ist, jeden Tag der gleiche blaue Himmel, Sonne, Palmen, das Meer. Das ganze Jahr über freu ich mich auf die Woche im Dezember. Im Regen an der Elbe spazieren gehen, das Wasser, der Wind, verstehen Sie? Das ist wahre Liebe, wissen Sie? Und da merk ich, dass ich auf einmal ganz schlecht seh, Sturmflutwarnung im Blick, sozusagen, und ich denk, Walther, alter Falter, du kannst doch jetzt nicht losheulen vor so einem feinen Mann, aber ich muss plötzlich so an Ingridchen denken, und daran, dass wir auch nicht immer Sonnenschein hatten, gerade in letzter Zeit, und in dieser Nacht, als sie sie mit Blaulicht ins UKE transportiert haben, ganz klein und grau hat sie ausgesehen und war gar nicht mehr ganz von dieser Welt. Ich greif nach meinem Taschentuch, böse Erkältung, sach ich, is eben so bei diesem Schietwetter. Als wir beim Vier Jahreszeiten vorfahren, drückt er mir einen Fünfziger in die Hand, wünscht frohe Weihnachten, und ich seh, wie der Portier in seinem Operettenjackett auf ihn zugeht und ihm den Koffer abnehmen will, aber er winkt ab und hebt das Gesicht und hält es in den Regen, im Rückspiegel kann ich noch erkennen, wie es vor Nässe glänzt.

Es ist man gerade halb neun Uhr früh, als ich im Krankenhaus ankomm, die schönsten langstieligen Rosen in der Hand, und als ich die Tür zu Ingridchens Krankenzimmer aufmach, sitzt sie im Bett, richtig Farbe hat sie wieder bekommen, trägt das rosa Jäckchen, das ich ihr letztens mitgebracht hab, und sacht, Du, so früh? Weil ich schon wieder schlucken muss, sach ich nix, und sie klopft auf das Bett neben sich und ich setz mich, obwohl ich das ja eigentlich nicht darf und gleich die Krankenschwester kommt und wieder schimpft mit mir, und da seh ich, dass sie auch gar keine Schläuche mehr drinstecken hat, nur noch so'n lütten in der Armbeuge, und sie sacht: Schietwetter, was?, aber dabei macht sie'n ganz glückliches Gesicht. Und ich küss sie und pieks mich dabei mit den Rosen in die Brust, und sie sagt, Walther, alter Falter, was haste mir denn heute für eine Geschichte mitgebracht, und ich sach: Eine vom Schietwetter, ist noch ganz frisch. Und dann fang ich an zu erzählen.

Hartmut Pospiech
Weihnachtsgeschichte mit fünf Enden
(Zutreffendes bitte ankreuzen)

„Zu Weihnachten", schrieb die kleine Leslie-Marie auf ihren Wunschzettel, „zu Weihnachten wünsche ich mir, daß es am Heiligabend schneit. Es hat noch nie an Weihnachten geschneit, seit ich auf der Welt bin. Und außerdem wünsche ich mir einen kleinen süßen Hund zum Knuddeln. Und einen goldenen Haarreif."

Annegret Schott, Leslie-Maries Mutter, runzelte die Stirn, während sie in ihrer Küche saß und den Wunschzettel ihrer Tochter studierte. Ihre Tochter wünschte sich einen Hund. Annegret mochte keine Hunde. Hunde hinterließen überall auf den Möbeln und auf den Teppichen Haare, da konnte man aufpassen, wie man wollte. Kleine Hunde machten außerdem Haufen da hin, wo sie keine Haufen hinmachen sollten. Zum Beispiel auf den neuen Teppichboden im Farbton beduin, und das war noch viel ärger als Hundehaare. Und die Putzfrau würde bestimmt auch furchtbar schimpfen. Annegret Schott überlegte, ob sie ihrer Tochter den Hund ausreden konnte, aber dann bekam sie so eine verzückte Miene, wenn sie sich nur vorstellte, wie ihre einzige Tochter glücklich unter dem Weihnachtsbaum mit einem kleinen Hund spielte, dass sie sofort alle Bedenken vergaß und ihren Mann Richard in der Kanzlei anrief, um ihm mitzuteilen, dass ihre einzige Tochter sich einen Hund wünschte, und dass sie trotz aller Bedenken um den hellen Teppichboden im Wohnzimmer entschlossen war, ihrer Tochter einen kleinen Hund zu schenken, und Richard solle sich darum kümmern, während sie sich auf die Suche nach einem goldenen Haarreif machen werde.

Richard Schott war abgelenkt, als seine Frau anrief. Nicht nur, weil in seinem Zimmer gerade der Gründer und ehemalige Vorsitzende einer politischen Partei saß, der von seinen Parteigenossen gerade wegen angeblich parteischädigenden Verhaltens aus allen Ämtern und der Partei ausgeschlossen worden war und nun seinen ehemaligen Parteifreunden auf gerichtlichem Wege untersagen wollte, ihn aus allen Ämtern und aus der Partei auszuschließen, aber eigentlich vor allem stinkwütend war und am liebsten eine persönliche Einsatztruppe ausgeschickt hätte, die alle ihm missliebigen Personen in seiner ehemaligen

Partei ohne weitere Umstände vor eine beliebige Wand gestellt und sie standrechtlich erschossen hätte, mal abgesehen von der Unzahl der Personen außerhalb seiner Partei, die er bei dieser Gelegenheit auch gern erschossen gesehen hätte – egal ob vor einer Wand oder nicht – und der nun von seinem alten Freund Richard Schott erwartete, dass er wenigstens die rechtlich abgesicherte Variante eines Erschießungskommandos noch vor den Weihnachtstagen auf den Weg brachte, damit er in seiner Partei nicht in Vergessenheit geriet. Nein, Richard Schott war nicht nur deshalb abgelenkt, als seine Frau anrief. Er war auch abgelenkt, weil ihm gerade ein Schnürband an seinem linken Schuh abgerissen war, als er einen schmucken Knoten machen wollte, während auf der anderen Seite des Schreibtischs der ehemalige Parteivorsitzende tobte. Richard war deshalb so irritiert, weil er gleich einen weiteren wichtigen Termin mit einem Klienten hatte. Und wichtige Termine mit kaputtem Schnürband machten ihn aus unerfindlichen Gründen nervös. Und so murmelte er nur ins Telefon, als seine nunmehr total begeisterte Frau ihn bat, sich um einen kleinen, süßen Hund zum Knuddeln zu kümmern: „Ich frage Johannes Rüter", obwohl er sich geschworen hatte, nie wieder Johannes Rüter wegen irgendwas zu fragen.

Johannes Rüter saß in seinem uralten Adria-Wohnwagen, der zuletzt bewegt worden war, kurz nachdem Deutschland bei der WM 74 durch das Tor von Sparwasser 1:0 gegen die DDR verloren hatte, und überlegte, in welche der gebrauchten Tassen er zwei Löffel Nescafé kippen sollte, während er mit Richard Schott sprach und behauptete, er kenne einen Züchter, bei dem sich etwas machen ließe mit einem kleinen Hund zum Knuddeln, alles mit Stammbaum natürlich, aber deshalb eben auch teuer, und mit Genugtuung hörte Rüter, dass Schott sagte, Geld spiele dabei keine Rolle. „Für mich schon", sagte Rüter laut, als Richard Schott aufgelegt hatte. Und dann rief er Jens Segelmann, seinen Gehilfen, streckte ihm einen 20-Euro-Schein hin und sagte ihm, er solle einen Hund besorgen, egal, welche Sorte, Hauptsache, er sei klein, einigermaßen sauber und beiße nicht gleich jeden.

Jens Segelmann ging ins Tierheim und fragte nach einem Hund, aber die Leute im Tierheim wollten seinen Ausweis sehen, deshalb ging Jens Segelmann wieder weg und riss um die Ecke bei Rüters Gebrauchtwagenhandlung einem kleinen Jungen, der einen kleinen Hund spazierenführte, die Hundeleine aus der Hand und gab dem Jungen noch eine schallende Ohrfeige, als der anfing zu weinen, worauf er noch mehr weinte, worum sich Jens Segelmann aber nicht mehr kümmerte, sondern den kleinen Hund an der Leine wegriss, ihn griff, ohne sich darum zu kümmern, dass der kleine Hund nicht knuddeln wollte, sondern nach ihm schnappte, wegrannte, und von Rüter zwanzig Euro extra verlangte, der ihm aber nur fünf gab.

Rüter sperrte den Hund unter der Spüle ein und kümmerte sich nicht darum, dass er jaulte, und schrieb selbst die Expertise über die Abstammung von Borgward von Oppenbrunnen, wie der kleine Hund zum Knuddeln nunmehr hieß, betonte die einzigartige Züchtungslinie des Middle-Highland-Terriers, Rassereinheit seit über dreißig Generationen und schnitt solange an einem alten Stempel herum, den er einmal in einem Golf-Totalschaden gefunden hatte, bis er fand, dass er wie ein Stempel vom Hundezüchterverein aussah, haute ihn erst in ein grünes Stempelkissen, dann unter die Expertise, unterschrieb mit „Dr. Waldemar Ingwersen" und rief Richard Schott an. Er sagte ihm, er habe einen Hund für Schotts Tochter gefunden.

Richard Schott hatte zwar immer gedacht, Geld spiele keine Rolle, wenn es um seine Tochter ging, aber 800 Euro für einen kleinen Hund zum Knuddeln, der ihn gleich erst mal gebissen und dann auf den Teppich am Eingang seiner Kanzlei gemacht hatte, wo jeder Klient den Fleck sehen würde, 800 Euro für einen Hund waren denn doch eine Stange Geld, und das musste er auch erst verdienen, und die Kanzlei hatte im vergangenen Jahr nicht mehr so viel abgeworfen wie sonst, und er hatte sich schon lange vorgenommen, der Teilzeitgehilfin zu kündigen, weil die sich dauernd um ihr kleines Kind kümmern musste und keinerlei Überstunden machte, also war das jetzt der richtige Anlass, auch wenn es nur noch ein paar Tage bis Weihnachten waren, und die Teilzeitgehilfin sagte, das träfe sie unvorbereitet.

Annegret Schott war unzufrieden, weil der Hund überhaupt nicht zur Farbe des Teppichs passte, nicht zum goldenen Haarreif für Leslie-Marie und erst recht nicht zur Farbe der Weihnachtsdekoration, in die sie so viel Mühe gesteckt hatte, und generell ließ sich der Hund auch nicht gut dekorieren, weil er dauernd irgendwo hinlief, wo er nicht hinlaufen sollte.

☐ Ende 1 (Turbo-Kapitalismus Radio Edit):

Leslie-Marie hatte Tränen in den Augen, als sie den Haarreif auspackte, und sagte schluchzend: „Genau der, den ich mir gewünscht habe", und lächelte glückselig, als der Hund viel zu früh aus seinem Karton sprang und die große Standkerze neben dem Weihnachtsbaum umrempelte, und als sie zehn Minuten mit dem Hund geknuddelt hatte, und mehrmals gesagt hatte, dass das genau der kleine, süße Hund zum Knuddeln sei, den sie sich gewünscht hatte, fiel ihr Blick aus dem weihnachtlich geschmückten und erleuchteten Wohnzimmer auf die Veranda, und sie sagte: „Mama, Papa! Es schneit!" Und da wussten Annegret und Richard Schott, dass sie wieder einmal alles richtig gemacht hatten.

☐ **Ende 2 (Verzogenes Blag-Remix):**
... aber als sie zehn Minuten mit dem Hund geknuddelt hatte fiel ihr Blick aus dem weihnachtlich geschmückten und erleuchteten Wohnzimmer auf die Veranda, und sie sagte: „Mama, Papa! Warum schneit es denn nicht?"

☐ **Ende 3 (Ist das Leben nicht wundervoll-Mix):**
... aber als sie zehn Minuten mit dem Hund geknuddelt hatte, und unbedingt auf die Veranda hinauswollte, weil es angefangen hatte zu schneien, sprang der Hund hinaus und störte sich nicht daran, dass Leslie-Marie und Annegret und Richard hinter ihm herliefen, sondern rannte und rannte, bis er zum Haus des kleinen Jungen kam, der unglücklich vor dem Plastik-Weihnachtsbaum saß und heulte, und kratzte an der Scheibe, bis der Junge sich umdrehte und ein seliges Lächeln auf seinem Gesicht erschien.

☐ **Ende 4 (Busta Rhymes Ironie des Schicksals-Mix):**
... fiel ihr Blick aus dem weihnachtlich geschmückten und erleuchteten Wohnzimmer auf die Veranda, und sie sagte: „Mama, Papa! Es schneit!" Und da wussten Annegret und Richard Schott, dass sie wieder einmal alles richtig gemacht hatten. Doch als sie auf die Veranda traten, damit Leslie-Marie nach den Schneeflocken greifen konnte, rannte der kleine Hund weg, und Leslie-Marie rannte ihm hinterher und ertrank im Gartenteich, und Annegret brach sich beide Beine bei dem Versuch, sie zu retten, und erfror, und Richard Schotts notdürftig repariertes linkes Schnürband riss ab, als er versuchte, beide zu retten, er stolperte, rammte sich einen Ast ins linke Auge und verblutete, bevor er erfrieren konnte.

☐ **Ende 5 (Völker höret die Signale-Mix, Guest Vocals: Xavier Naidoo):**

... und als sie zehn Minuten mit dem Hund geknuddelt hatte, stürmten die Entrechteten aller Länder unter Führung von Jens Segelmann und der ehemaligen Teilzeitgehilfin aus Schotts Kanzlei das Grundstück der Schotts, zündeten das Haus an, knüpften Richard Schott am nächsten Baum auf, vergewaltigten seine Frau und steckten Leslie-Marie in ein Umerziehungslager.

Kristian Bader
Weihnachtspunsch

Weihnachtspunsch mit Nelken drinne, das ist der Tod. Da kommst du auf die merkwürdigsten Eindrücke und Bilder, ich schwörs dir! Also, das war so:

Wir hatten ziemlich gut gebechert, in irgendeiner widerlichen Spelunke hinterm Schauspielhaus, so wie das eben öfter ist, in diesen unerträglichen Tagen vor Weihnachten, wenn die Stadt voll ist von Lüge und Betrug.

Geschenke als Bestechungsgelder, Alter oder Schweigegeld, vom Chef an seine Sekretärin, weißt du, für „eindringliche Erörterungen" oder von Mama an den kleinen Berni, weil der in Rechnen doch den Zweier geschafft hat, Geschenke als Knebel vom Filialleiter an seine Untergebenen: „Na, da war ich aber überrascht, ich hab mich so gefreut, na ja also, irgendwo hat der ja doch 'n gutes Herz!" oder von Kollegin zu Kollegin: „Die kriegt von mir 'n Schminkspiegel, bin mal gespannt, was die sich darüber für Gedanken macht!"

Und wie gesagt, irgendwann, wenn dann der Kopf rauscht von „I wish you a merry Christmas!" und „Oh du fröhliche" und „Jingle Bells", dann muss man sich da am eigenen Schopf rausziehen und rein in die Kneipe und einfach mal wegspülen den ganzen Weihnachtssirup ... aber das ausgerechnet mit Weihnachtspunsch?! Weihnachtspunsch mit Nelken drinne ...

Ich weiß auch nicht, das wievielte Glas es gewesen war, aber irgendwie muss ich wohl eingenickt sein und als ich wieder aufwachte, ich schwör, sitzt neben mir der Weihnachtsmann. So 'n dicker Kerl, richtig wie aus Walt Disney. Rauschebart, weiß, 'n großen Sack dabei und in der Hand natürlich diese 1,5 Liter Coca Cola Flasche, die ja zu Weihnachten jetzt immer dazugehört! Er hat so 'n merkwürdigen Hut auf, so mit zwei Beulen links und recht, sieht 'n Schlag dämlich aus und an irgendwas erinnert mich das ...

Und er kuckt so 'n bischn bräsig übern Tisch rüber und sagt auf einmal: Willst dir was wünschen? Darf aber nix mit Schleife drum rum sein, oder so eingepackt, muss so was ideales, also ausm Kopf raus sein:

Und ich guck auf die beiden Beulen auf seinem Hut, irgendwas kommt mir komisch vor, und ich sag: Versteh' schon, sonst wird der Sack zu groß, kann man ja nich alles da drinne haben – und spart ja auch Geschenkpapier!

Du sagst es, sagt der Weihnachtsmann, bin ja auch nicht mehr der Jüngste und seit zwei, drei Wintern geht mir das Geschleppe ganz schön aufn Ischias! Also los, was soll's sein?

Also nichts Materielles also, so in echt zum Anfassen also?!

Dann will ich, dass da jemand sein soll! So mir am Tisch gegenüber, wenn ich mich halbtrunken aus dem Tag schleppe, das Gegenüber, mit dem man nächtliche Telefonate führt, so mit einem Ohr auf dem Kissen, kurz bevor man einschläft, das was einem Briefe schreibt, die man in der linken Westentasche trägt, nahe über dem Herz, Briefe auf gewelltem Papier, vom vielen Anfassen, mit schwitzig-feuchten Händen. Das Gegenüber in der S-Bahn, mit dem man sich vorstellt, dass diese Bahn plötzlich nicht mehr in Holstenstraße hält, sondern weiterfährt durch die Nacht ans Meer, und man sitzt im Abteil und dann liegt man mehr und dann liegt man zusammen auf den viel zu kleinen Sitzen und die Scheiben beschlagen und man will gar nicht mehr anhalten, und der Duft ihres Parfums streift dich wie eine Faust im Wattehandschuh und du siehst auf ihren Hals, und der Schal löst sich und du siehst unter dem Frottee ihrer Jacke ihr Schlüsselbein und schaust tiefer in das Universum, in das kein Licht mehr dringt, weil die Schwerkraft zu groß ist zwischen ihren Achselhärchen und der von Dessous verhüllten Stelle, an der sich ihr kleiner Busen so an der Seite wölbt, dass man von hinten noch gar nichts sehen würde, sondern erst dann, wenn man wie das Spaceshuttle um den Mond herumfliegt auch erst in dem Augenblick erkennt, dass er rund ist, wenn die Sonnenstrahlen einem entgegenscheinen und dem Anblick Plastizität verleihen!

Also so in etwa ... das hätte ich gern und dann morgens am Strand aufwachen, eng umschlungen so im warmen Sand vielleicht?

Und der Weihnachtsmann lacht dreckig und nimmt den Hut ab und da wo die Beulen waren, sind kleine Hörnchen und er schiebt mir eine große Tasse übern Tisch es riecht so klebrig süß nach heißem, billigem Rotwein, Tütenapfelsinensaft und Nelken und ich sehe hinein und die Suppe verschwimmt und ganz auf dem Grunde sehe ich die Nächte mit Elsa, meiner Ex, und wie wir sagten, als wir dann schon lange auseinander waren, „– aber dieses Mal so um Weihnachten müssen wir es wirklich schaffen, uns mal wieder zu sehen!“

Und das ist jetzt schon sieben, acht Jahre her, und wie wir uns das wirklich vornahmen, und immer kam was dazwischen und wir dachten: „Na ja, dann halt im nächsten Jahr!“ aber im nächsten Jahr passte dann der Kurzurlaub so günstig in die Zeit, das Jahr drauf musste ich dringend in der Firma mal mehr Einsatz zeigen, na ja, dann halt im Jahr drauf, aber da hatte ich ja gerade diese Geschichte mit Brigitte ... und ich kuck so übern Tisch und der Typ in seinem Weihnachtsmannkostüm hält mir die Tasse hin und sagt: Trink das mal aus! Sonst wird das nix mit deinem Wunsch!

Und ich sag, du bist der Teufel! Ich dachte den gibt's gar nicht!

Und er sagt: Aber du glaubst an den Weihnachtsmann!

Los, sagt er, trink!

Seht ihr, Weihnachtspunsch mit Nelken drinne, das ist der Tod!

KAFFEE.SATZ.LESEN 7

Andreas Prieß
Fall

Langbeinig bis knapp unter,
nein,

über,
nein,

unter den Rocksaum pumpst sie daher, dass Herrenaugäpfel sich schälen,
nein,

stielen und prall sehn am wiegenden, schwingenden,
nein,

eher am wankenden, schlingernden Schritt.
„Tr(i)tt"r(i)tt"t(i)tt" schrammen die Stöckel auf dem Gestein.

„Vorsicht an der Bahnsteigkante! Die S3 fährt ein."

Ein Stöckel bricht, ein Ausfallschritt,
nein,

sie knickst ein.
Ein Herr wird behilflich und langt ihr galant wohl unter die A –,
nein,

oder doch – – – da,
sie fasst seinen Arm,
nein,

wohl doch jetzt sein Bein und nun schlingern sie beide und trudeln,
nein,

sudeln und drecken sich ein.

Er wälzt sich noch, doch er –

nein,

rappelt sich auf und sie,
sie sucht bei ihm Halt und hakt sich auch ein.
Der Herr aber will wohl allein, denn er reißt sich jetzt los,
doch sie jetzt,

nein,

sie schlingt ihre Arme um eins seiner Beine und er,

nein,

er windet sich aus der Umklammerung
und versetzt ihr dabei wohl so derb einen Tritt, dass sie sich verletzt am –,
nein,

da – doch, ja, –
jetzt blutet ihr Kinn und sie fängt an zu schrein,

nein,

sie kreischt vielmehr Unflätiges, etwas wie „Schwein"
und zerrt noch am Hosenbein, wohl auch am Mantel.
Denn der reißt jetzt ein.
Der Herr aber stößt sie endgültig zurück, denn er *will* sich,

nein,

kann sich befrein und lässt sie – – –

„Zurückbleiben bitte!"

jetzt liegen. Ein *feiner* Herr, das!

Nein, so was!

Nein, nein, nein!

Andreas Prieß
Spiritus sanctus

Da ist er nun!
Ein Mann von zirka ... fünfunddreißig (?) Jahren.
Der steht und dreht sich, geht fünf Schritte, steht und weicht zurück,
prescht vor,
macht kehrt, fünf Schritte, sechs, auch mehr und predigt,
predigt teils nur tauben Ohren, teils den Tauben.
In jedem Fall: Der Raum um ihn herum bleibt ziemlich menschenleer,
als hielten er und Jesus auf Distanz,
als sei ein Bannkreis unsichtbar um sie gezogen, in dem er
– mit der Bibel in der Rechten – stehn und gehen darf.

Mit lauter Stimme predigt er.
Die schwingt sich lodernd auf in die mit Bachmusik erfüllte, laue Luft
des nur vom Bahnhofsvordach abgeschirmten lautern Himmels,
springt aber züngelnd auch nach unten in die Tiefe eines S-Bahnschachts.

– Dass sie in dem Gewimmel all der Reisenden
zum Glauben eine Seele neu entfacht,
das meint hier sicher niemand und am wenigsten wohl er. –

Allein
ein Greis, der bisher wankend streunte, scheint gerne zuzuhören.
Jedenfalls,
er findet sich als Zaungast ein,
lehnt rücklings sich an einen Pfeiler,
weil er so gänzlich frei zu stehn wohl nicht so recht imstande ist, und,
je nachdem, ob ihm behagt, was der da sagt,
wiegt er den Kopf und wackelt schnalzend oder nickt im Takt
und manchmal krächzt er laut vernehmbar: „Jajaja!“

Ob dadurch angefacht und angestachelt,
ob ihn des Greises Laute stören oder nicht,
es schreit der Prediger,

wobei sein glattes Haupt ganz rot und roter, ganz puterrot erglüht
von Schrei zu Schrei
und seine Worte dröhnen immer heiserer dabei.
Dabei gerät er vollends nun in Fahrt:

Worte peitschend rast er fast. Faust fährt himmelwärts,
stößt, ja, stürzt schon wieder nieder. Wider Jesu Erzfeind Satan,
wider diese harsche Welt zieht er barsch und hart zu Feld
und sprengt längst in apokalyptischem Ritt durch Markus, Rut, Lukas,
nimmt Micha noch mit
und puzzelt mit Verve sehr versiert Vers an Vers
ein Schreckensbild des die Welt gar so mit Arglist verderbenden Luzifers.

Unbeeindruckt von dem Vortrag und als wollt' der Alte sagen:
Das, was der kann, kann ich auch,
reißt er sich mit voller Kraft vom Pfeiler ab und schafft
– fast schon erfreut, dass ihn die Klapperbeine tragen –
die ersten Schritte beinah fehlerlos.
Die nächsten wollen da schon weniger gelingen.
Zum Glück fing ein Passant, der eben noch dort ging, ihn auf.
So aufgerichtet, breitet jetzt der Greis zu Schwingen die Arme aus
und nimmt im Tiefflug,
trudelnd zwar – fast wär' er doch gestrauchelt –,
des Pred'gers unsichtbare Festung ein und landet.

Hier nun steht er vier, fünf Meter von dem Prediger entfernt,
blickt stumm sich in der Runde um
und offeriert, ja, präsentiert sich fast bigott dem – ach –
so gottesfernen Publikum.

So, als gelte es, auf seine Art den
– wen und was auch immer – hier zu loben, *singt* er,
was wiederum den Prediger nicht grade gnädiger in seiner Verswahl stimmt.
Schon droht der nämlich mit entsetzlich fiesen Sätzen eines Evangeliums.
Wie dem auch sei:
Das ficht den alten Gauch nicht an. Der singt sich frei.

Der Text klingt sehr verschroben, ja, unverständlich,
Nur einmal hört man deutlich „Reeperbahn".
Er singt ...
Was heißt da singen? Nein, er *plärrt*.
Die Melodie ist jeder Kenntlichkeit enthoben. Egal:
Er *plärrt* jetzt gegen diese Predigt an.
Das bringt den Prediger in Rage.
Dies macht nun wiederum den Alten froh und plötzlich klingt es so,
als seien beide ein disparates Paar aus Noahs Arche-Zoo:

Kläfft und bellt der Prediger, bäht und kräht der Greis,
laut miaut und jault er lauter sehr versautes Zeugs.
Faucht der junge Bibelworte, quakt der alte Mann.
Schnatternd bald, bald balzend fängt er schwankend an zu tanzen
zu dem Bachgedudel. Dann ...

halten plötzlich beide inne.

Zum Gebet der Prediger beugt sein rotes Haupt, alldieweil der Alte sucht,
sucht in seiner Hosentasche „den ... , na,
kruzifix, wo issa? ums vareckn, eivärfluch! ...
inner rechn musser steckn oär hin'n?"
Und er sucht am Gesäß: „ ... da issa au nich!"
Lallend sucht er, sucht und flucht und er nestelt weiter oben,
fingert in der Jackenta- ... „ah, da issa! ... ja, das issa!"
Spiritus, welch Gloria!
Denn jetzt zieht er einen Flachmann aus der Jackentasche raus
und er schraubt den Deckel mühsam, langsam schraubt er,
schraubt und schraubt.
Er ist auf, der kleine Flache, und er leert ihn gluckernd nun
in nur einem Zuge ...
aus.

Und es folgt ein breiter Rülpser und ein zweiter und ein Hicks.
Nochmals hickst er, grunzt ein wenig, tiefer Atemzug, dann ...
nix.

Danach aber geht es fix:

Augen lassen Weißes sehn, Hals knickst ab nach vorn,
Oberschenkel, Waden haben schnell an Kraft verlorn,
Knie werden seltsam flauschig, Arme baumeln schwer,
Mund erschlafft, ein Speichelfaden flattert hin und her.

So betrunken, eingesunken, schnorchelnd steht (!) der Greis
und schon schreit der Prediger Worte wie „Herr Jesus“, „Leben“,
„ganz für euch, für uns gegeben“,
„anvertrauen“, „anzuschauen“, „Kreuz aufheben und entschweben“,
„fortan nicht in Sünde kleben“ ...
– Sagte er soeben „kleben“? –

Nun, wie dem auch sei,
Zeit bleibt kaum, die Worte zu verdaun. Denn ...
zeigte eben erst der Greis
– der ist mehr als breit bereits – die Bereitschaft, sich – o, Gott! –
vor der Welt zu übergeben,
lässt er seinem innern Streben nunmehr vollends freien Lauf:

Augen springen glupschig auf. Wangen plustern sich.
Konvulsivisch zuckt der Bauch. Schmerz verzerrt Gesicht.
Magendrücken krümmt den Rücken, so gebückt schießt saurer Brei
schlund- und mundwärts und die Lippen, die bisher verschlossen blieben,
stieben auf und geben nunmehr mehr als einen Mund voll
von der trüben Brühe frei,
dass es nur so schwallt,
spritzt,
kleckert.

Übrigens, ganz nebenbei:
Die hier nun mit Stückchen Ausgespienem besprenkelt stehn und gehn,
sind nicht allein des Greises Hosenbeine, nein.
Hast du die Schuhe dieser Frau gesehn?

Kaum, dass man wegschaut, ist der Alte fort, verschwunden.
– Ich glaube, der da hinten, ja, das ist er, ja, das wird er sein. –

Mit einem strammen Amen abgerundet,
hat auch der Prediger die Predigt schnell erledigt.
Erledigt packt er seine Bibel wieder ein und geht.

Zwei Tauben haben ihre Mahlzeit längst gefunden
und würgen säuerliche Magenreste in sich rein. Naja,
der Rest der Pfütze trocknet – so Gott will – dort ohnehin bald ein.

Ich gehe auch und frag mich schadenfroh
– gewiss, kein feiner Zug von mir –,
ich frag mich also:
Wenn der Greis noch heute was zu Abend isst,
ob er wohl weiß, dass dort
– fragt sich, wie lange noch –
sein Oberkieferteilgebiss zu finden ist?

Jochen Reinecke

Warum in der Curry-Station so viel los ist

Wenn ich aus meinem Fenster kucke, sehe ich auf der anderen Straßenseite zwei Gaststätten. Die eine heißt Pilsstübchen Es handelt sich um eine nicht ungemütliche, quasi archetypische Berliner Schankwirtschaft mit einem kleinen Tresen, an dem mehrere braune Holzhocker stehen. Gereicht wird Schultheiß Pilsener, ansonsten kann man sich auch an einer Magnumflasche Asbach Uralt eines oder mehrere Stamperl zapfen lassen. Zwei Daddelautomaten und eine Musikbox mit Schlagermusik und Kirmestechno sorgen für Geräuschkulisse. Der Wirt ist Mitte 60, resolut und drahtig. Soviel zur einen Wirtschaft. Direkt nebenan liegt die so genannte „Curry Station", ein neonbeleuchteter, gekachelter Imbiss mit insgesamt fünf bestuhlten Tischen. In der Vitrine der Curry-Station liegt, solange ich zurückdenken kann, immer das gleiche, Tag für Tag: Ein zu einem Viertel gefülltes Töpfchen Fleischsalat, ein halbvolles Töpfchen mit an den Rändern zart beigefarbenem Kartoffelsalat, ein dreiviertelvolles Backblech mit Pizza sowie mehrere belegte Brötchen, deren Belag (Kochschinken und Gouda) sich schulterzuckend der Neonröhre zuwendet. Nur die obenliegende Gewürzgurkenscheibe verhindert wohl, dass der Belag völlig abhebt. Nie habe ich in der Curry-Station jemanden etwas essen sehen. Es ist nicht auszuschließen, dass es sich beim Inhalt der Vitrine um Attrappen handelt.

Man sollte also annehmen, in der ungemütlichen, leicht verwest wirkenden Curry-Station sei nichts los, und nebenan im Pilsstübchen tobe der Bär. Pustekuchen. Jede Nacht das gleiche Schauspiel, das mich allabendlich an meinem Fenster Platz nehmen und nach gegenüber starren lässt. Gegen 20 Uhr trudeln in der Curry-Station die ersten Gäste ein, durch die Bank Schwersttrinker ab vierzig. Die Stimmung muss erregtaufgepeitscht sein, man hört zwar nichts, aber stets wird aktiv gestikuliert, ich sehe Menschen herumfuchteln, der Wirt reicht im Zehnsekundentakt Bierflaschen über den Tresen. Nebenan im Pilsstübchen gähnende Leere. Ich sehe durchs Fenster, wie der Wirt ein sehr dickes Kreuzworträtselheft durcharbeitet, langsam, aber gewissenhaft.

Die Curry-Station hingegen ist bis 21 Uhr proppenvoll. Zeit für den Wirt, das Radio (Spreeradio) ein wenig aufzudrehen. Jetzt höre ich es auch ganz leise über die Straße bis in meine Wohnung. Der Wirt hat inzwischen alle Hände voll zu tun, geschäftig flitzt er hin und her und verteilt weitere Bierflaschen. Blick nach rechts, ein einziger Gast steuert wankend auf das Pilsstübchen zu und geht hinein. Blick zurück nach links, völlig unfassbar, in der Curry-Station wird getanzt. Getanzt! Und dabei handelt es sich nicht um einen einzelnen volltrunkenen Tänzer, wie man ihn gerne nachmittags auf Stadtfesten sieht, nein, hier tanzen sicherlich zehn Leute. Besonders schäumend ist die Stimmung zum Monatsersten, wenn Arbeitslosengeld und Sozialhilfe auf den Postbank-Girokonten der Curry-Station-Gäste eingetrudelt sind.

22 Uhr. Auftritt Else. Das muss ich erklären. Else kommt jeden Abend Punkt 22 Uhr. Sie ist knapp sechzig Jahre alt, 150 cm groß und die Gattin eines des Herren, die sich gerade in der Curry-Station bewusstlos saufen. Irgendwann muss sie in der Curry-Station mal etwas sehr Schreckliches getan haben, jedenfalls hat sie Hausverbot. Einerseits. Andererseits will sie ihren Mann abholen, er soll nach Hause. Und das geschieht immer nach dem gleichen Ritual. Sie schleicht sich gebückt zur Eingangstür der Curry-Station und versucht, unerkannt hineinzugelangen. Das geht natürlich schief, denn die gesamte Frontseite der Curry-Station besteht aus einem einzigen großen Schaufenster. Der Wirt sieht sie schon, wenn sie noch 100 Meter entfernt ist. Kaum ist sie drin, wird sie wieder rausgeworfen. Nun beginnt sie eine Litanei mit dunkel raunendem, aber gleichzeitig metallisch-scharfen Otto-Sander-Bariton:

||: Doo Schlappschwanz, komm daraues, doo Aaschloch!
Komm sofocht daraues doo blöde Sau.
Biss wieda besoffen doo Aaschloch,
wachte, kannzich uff wat jefasst machen doo Aasch doo
wennde da raueskomms. :||

Manchmal tritt sie dabei auch rhythmisch gegen die Scheibe.

Nach einigen Strophen kommt normalerweise einer der Mittrinker ihres Gatten in schlichtender Absicht heraus und versucht, Else in versöhnliche Gespräche zu verwickeln. Meist entsteht daraus ein Handgemenge, das üblicherweise in eine handfeste Schlägerei mündet, in die sich schnell Unbeteiligte einmischen, sodass sich – wenn das Wetter nicht allzu schlecht ist – defaultmäßig gegen 23 Uhr etwa acht bis zehn Menschen vor der Curry-Station prügeln. Gegen 23.08 Uhr LALÜ LALA! LALÜ LALA! Lautstarke Anfahrt dreier Polizeiwagen, es endet je nach Gemütszustand der Schupos mit allgemeiner Versöhnung oder mit Festnahmen. Um 23.30 ist der Spuk normalerweise vorbei. Nebenan, im Pilsstübchen, hockt immer noch ein einzelner Trinker.

Ab Mitternacht sind in der Curry-Station erste Ausfälle zu verzeichnen, ein Mann wird aus der Eingangstür gestoßen, schafft es bis zur Strassenlaterne, hält sich an ihr fest und beginnt unverzüglich zu erbrechen. Der aufmerksame Wirt der Curry-Station eilt ebenso unverzüglich mit einem vollen Wassereimer hinterher, um die Spuren schnellstmöglich zu verwischen, da kann man sehen, wie viel ihm die Kneipenlizenz wert ist.

Dann gibt es noch den tragischen Haltestellenhelden, der ist auch so eine Sache. Unmittelbar vor der Curry-Station befindet sich eine Bushaltestelle der Linie 174. Unser Held sieht durch das Schaufenster den Bus kommen, trinkt gierig sein Bier aus, zieht Hut und Jacke an und wankt aus der Kneipe, um gerade noch die Rücklichter des Busses zu sehen, denn Busfahrer geben gerne Vollgas, wenn Sie Menschen aus der Curry-Station wanken sehen. Schulterzuckend geht der Trinker wieder in die Curry-Station zurück und trinkt weiter. Das Spiel wiederholt sich von nun an alle zehn Minuten bis 00:12 Uhr, denn da fährt die Linie zum letzten Mal. Meist kriegt er diesen letzten Bus; ähnlich wie dem Diener bei Dinner for One, der irgendwann schon Meter vor dem Tigerkopf in die Höhe hüpft, gelingt auch unserem Helden das, was man Antizipation nennt. Schafft er es jedoch, wie an einigen wenigen Abenden, nicht, dann wackelt die Heide. Ein langgezogenes VAFLUCHTE FOTZEN SCHEEEEISSE und mehrere feste Tritte gegen den an der Haltestelle angebrachten orangefarbenen Mülleimer sind die Folge. Im Anschluss Rückzug in die Curry-Station mit finalem Komasuff.

Da! Die Augen rechts! Der Gast aus dem Pilsstübchen wird jetzt ebenfalls wegen Trunkenheit hinausgeworfen. Er erbricht eine Runde, versucht, ins Pilsstübchen zurückzukehren, wird erneut des Hauses verwiesen und wankt dann sehr, sehr bedächtig die drei Meter weiter zur

Curry-Station, öffnet die Tür – und wird hereingelassen.

Und vielleicht ist ja genau dies das einzige kleine und doch so große Geheimnis der Curry-Station, das große, große Wirtschaftswunder: Dass deren Wirt ein ganz kleines bisschen mehr abkann als der Wirt des Pilsstübchens. Vielleicht!

Jochen Reinecke

Mutige ausländische Gastronomen

Es muss gebrochen werden, und zwar eine Lanze. Eine Lanze für mutige ausländische Gastronomen. Ich finde es ehrlich bewundernswert, dass Menschen, die außer den Fragen „Mit Swibel?" oder „Schaff odä Sesam Sose?" oder „Möhte Si Bahmati Lei ohdä nohmáa Lei?" keinen einzigen Satz Deutsch können, ausgerechnet einen ESSENLIEFERSERVICE aufmachen. Nur zu gerne stehe ich in der Schöneberger Rheinstraße bei meinem Stammthailänder, dessen Saucen unter anderem Kokosmilch, Glutamat, Pepperonini, Kerosin, gentechnisch verändertes Zitronengras und Chilikonzentrat enthalten, und schaue ihm einfach bissl beim Kochen zu. Der Koch lässt vier Woks durch die Luft wirbeln, gießt hier Kerosin nach, streut dort Glutamat rein, im nächsten Wok pupst siedendes Öl und in der Friteuse dämmert Krabbenbrot wellenschlagend der Knusprigkeit entgegen. Das dampft und duftet und macht Gemütlichkeit. Ich kriege in diesen Momenten immer Lust, eine Cola zu bestellen und das frische Krabbenbrot hineinzutunken, weil das so schön knistert. Ein Fetisch, mit dem ich wohl weltweit relativ alleine dastehe.

Während des Kochens nimmt der Koch auch noch telefonische Bestellungen entgegen. Es ist offensichtlich, dass er kein Wort versteht. Mit angstgeweiteten Augen kritzelt er vage Vermutungen auf seinen Notizblock und kocht ansonsten um sein Leben.

Irgendwann geht die Tür auf, der Fahrer kommt rein, ein drahtiger, 80 cm großer Thailänder mit zerfleddertem Stadtplan unterm Arm, er empfängt vom Koch eine Runde vokalreiches Kauderwelsch und eine dampfende Styroporschachtel mit eingesargten Speisen. Währenddessen pappt draußen eine blau bemützte Politesse Knöllchen an den Liefer-PKW. Tapfer schleppt der Fahrer das Essen aus dem Laden und fädelt sich mit seinem kleinen Fiat Ford Corsa Polo in den Berliner Feierabendverkehr ein.

Eine kleine, liebe Frau steht da auch noch, sie lächelt immer, macht den ganzen Tag benutzte Woks sauber und kocht Reis bzw. Lei. Wunder Wirtschaft! Wie schaffen die das? Gewerbeanmeldung, Gesundheitspass, Umsatzsteuererklärung, Sie wissen schon. Ich als normala Balina schaffe es ja nicht mal, einen Brief zu frankieren und einzuwerfen.

Jetzt mal ehrlich, ich würde nicht unbedingt in Bangkok einen Wurst-Maxe aufmachen. Aber ich bin ja auch ein Weichei.

Dierk Hagedorn
Alles Schweine

Alles Schweine, so rufe ich unablässig, alles Schweine, denn Schweine sind sie durchaus – allesamt. Um keinen Zweifel aufkommen zu lassen und um meinem Ausruf Nachdruck zu verleihen, führe ich einen Einkaufswagen mit mir, einen aus dem Supermarkt, den ich einmal auf der Straße gefunden habe. Diesen benutze ich, um damit unter lautem Allesschweinerufen den Schweinen, die in der Einkaufsstraße und in der Fußgängerzone unterwegs sind (und es sind etliche), nach Herzenslust in die Hacken zu fahren. Wohl bin ich mit dem Einkaufswagen in meiner Mobilität etwas eingeschränkt, doch das Überraschungsmoment ist jedesmal auf meiner Seite, jedesmal bin ich unter lautem Allesschweinerufen bereits meinem nächsten Opfer hinterher, bevor das letzte noch sich zu erheben vermochte (zumal, wenn es ein gelungener Treffer war). Im Kindersitz des Einkaufswagens habe ich eine Rolle Faxpapier liegen. Darauf notiere ich meine Treffer. Für jeden Erfolg streiche ich eines der kleinen Schweine durch, mit denen ich die Rolle vollgezeichnet habe. In guten Monaten komme ich mit einer Rolle nicht aus.

Dierk Hagedorn
Physik

Ich habe hier, liebe Freunde, zwei Flaschen Bier, eine volle, eine leere. Könnt ihr's sehen? Hier die volle, hier die leere. Welche, was meint ihr wohl, wird zerspringen, wenn ich sie, so, wie ich es hier andeute, seht ihr, sachte aneinander schlage, dann etwas kräftiger, welche wird zerbersten, die volle? Die leere? Keine? Beide? Seht her, hier die Flaschen, die volle, die leere, hier halte ich sie am Hals, so lasse ich sie pendeln, hin und her, schön gleichmäßig, und gleich werde ich sie aneinander schlagen, welche wird zerbrechen? Wie viele werden zersplittern? Könnte ich, Frau Wirtin, bitte einen Handfeger bekommen? Und eine Schaufel? Und einen Lappen, bitte? Seht her, noch pendele ich, gleich schlage ich, der Handfeger, die Schaufel, danke sehr, und jetzt, und eins und zwei und drei! Voilà! Das ist Physik!

Dierk Hagedorn
Tee

Zwei Teekannen befinden sich in meinem Besitz: die schreckliche und die furchtbare. Ich habe lange Zeit gar keine Teekanne besessen. Doch da die Dame, die mich bisweilen besucht, Teetrinkerin ist, wurde der Erwerb einer Teekanne erforderlich. Es handelt sich dabei um die schreckliche. Schwarz ist sie, mit weißem Deckel. Der Griff wird nach dem Einfüllen des Wassers so heiß, daß man ihn nur unter Zuhilfenahme eines Topflappens anfassen kann. Da die Grifföffnung sehr eng ist, bereitet dies einige Mühe. Nicht selten verbrennt man sich einen Finger.

Als die Dame, die mich mitunter besucht, diesen Jammer bemerkte, schenkte sie mir eine weitere Teekanne. Das ist die furchtbare. Sie ist vollständig schwarz und hat einen großen Bastgriff. Die Ausgussöffnung weist nach oben und befindet sich auf gleicher Höhe mit der Einfüllöffnung. Kleckerfreies Gießen ist nicht möglich. Dennoch klage ich nicht und nehme schmerzende Finger und benässte Tischplatten und Fußböden in Kauf, damit die Dame, die mich manchmal besucht, mir nicht eine weitere entsetzliche Teekanne mitbringt.

Dierk Hagedorn
Silberhochzeit

In meinen Blumenladen kam heute die junge Dame, die ich fortgesetzt beobachte, wenn sie an der Haltestelle vor dem Schaufenster wartet. Ich male mir dann aus, wie sie mein Geschäft betritt, wie wir gemeinsam auf Reisen gehen, Hand in Hand. Aber nie bringt sie die kleine Glocke über der Tür zum Läuten.

Heute stand sie nicht an der Haltestelle, heute kam sie geradewegs zu mir in den Laden. Ich war nicht vorbereitet. Sie wollte Rosen kaufen, fünfundzwanzig rote Rosen für fünfundzwanzig Ehejahre. Die Eltern feiern Silberhochzeit. Das Geld der jungen Dame reichte für den Kauf nicht aus, sie verließ mich, und sie kehrte zurück, sie bezahlte, sie nahm die papierverpackten Rosen, sie dankte mir, ich dankte ihr, die Glocke klingelte, und ich begann zu warten.

Denn ich weiß, was sie noch nicht weiß: Das Einwickelpapier enthält neben den fünfundzwanzig roten Rosen einen zweiten, fünfrosigen Strauß mitsamt einer Notiz: Von mir für Sie.

Ich träume aus dem Fenster und warte auf die Rückkehr der jungen Dame, ich träume von unserer Silberhochzeit.

Dierk Hagedorn
Zack, zack

Ich kann es nicht ertragen, wenn Mutti auf dem Nachhauseweg mit dem Einkaufsroller trödelt. Ich bin es, der die schweren Taschen trägt. Vier Taschen trage ich, Mutti zieht bloß den Einkaufsroller hinter sich her. Sie muß ihn lediglich 500 Meter ziehen, eine Gehwegkante herunter und eine herauf. Dennoch braucht sie mehr als doppelt so lange wie ich mit meinen vier schweren Taschen. Jedes Mal, wenn ich mich umsehe, hat Mutti sich gerade wieder in Bewegung gesetzt. Ich brülle ihr eine Aufforderung zu. Trödelei dulde ich nicht. Die Beine, sagt sie dann, die Beine, und bleibt stehen. Schaut mich an. Aus faltengesäumten Augen. Bei unserem nächsten Einkauf, beschließe ich, nächste Woche, werde ich Mutti vorangehen lassen und werde sie anfeuern, werde das Megaphon wieder einmal benutzen.

Friederike Trudzinski
Volkslieder

Dieses Auto riecht ganz besonders nach Auto.

Die Nacht ist besonders dunkel und sternenklar, und wir sind so bunt angezogen wie die Jugendlichen in Werbefilmen. Wir sind auf dem Weg zu einer Party, irgendwo draußen auf dem Land. Dass der lange Weg gar nicht lohnen kann, überspielen wir mit Witzen und partyseichten Gesprächen.

Vanessa hat mich mitgenommen, obwohl wir schon lange nicht mehr richtig befreundet sind. Vanessa ist zu groß, zu laut, und – ich sage es ungern – auch zu dick, zu geschmacklos. Aber wenn ich sie sehe, irgendwo in der Stadt, und sie mir mit hässlichen Worten erzählt, dass sie verliebt ist oder krank oder genervt von ihrer Ausbildung, ihrer Schule oder was auch immer sie gerade neu angefangen hat, dann kann ich nicht anders, als sie in den Arm zu nehmen, an ihren albernen Anziehsachen herumzuzupfen und Kosenamen zu sagen. Und dann verabreden wir uns und sie nimmt mich mit, auf fremde Partys mit ihren Freunden und diesem Geruch nach Haaren und Auto.

Eng ist es hier.

„Scheiße, ihr, geht das da hinten?" fragt Vanessa. „Echt, wenn ihr euch sehen könntet ..."

Ich sitze zwischen zwei Jungens. Der rechts von mir, Stephan, massiert Vanessa und redet mit ihr über die Straßen, sagt wo man ab- oder einbiegen muss, streicht sich über seinen rötlichen Bart, lacht viel. Stephan ist wohl so was wie ihr bester Freund. Links von mir sitzt Niko. Niko redet kaum. Hin und wieder lacht er, kehlig oder rauchig, manchmal zu hoch, dann wieder viel zu tief. So als sei er gerade im Stimmbruch. Manchmal schnaubt er verächtlich durch die Nase, wenn Vanessa etwas sagt. Er mag sie wohl nicht besonders. Oder er findet dumm, was sie sagt. Das hätte eine gewisse Berechtigung. Er ist mager. Seine Augen sind rot, wahrscheinlich vom Kiffen. Vanessas Freunde kiffen alle. Die roten Augen stecken in tiefen Augenringtälern. Seine Hose ist entsetzlich, sein Hemd zumindest zu groß. Vorne sitzt Philipp. Wenn Vanessa Glück hat, küsst er sie heute. Das hat sie mir erzählt. „Vielleicht ficken wir auch!" sagte sie dann noch. Das sei schon ein paar

Mal passiert, aber dann hätte er doch immer wieder abgeblockt, von wegen Freiheit und Zeit und Job und der Entfernung ...

„Wir sind komplett falsch!" Philipp ist wütend.

Mir ist es gleichgültig, ob wir die Party finden. Ich merke schon, dass die anderen nervös werden. Und ich weiß auch, dass es eine Verschwendung von Rohstoffen und unnütze Verschmutzung der Natur ist, die ganze Nacht herumzukurven, ohne die Party zu finden. Aber ich hatte schon ganz vergessen, wie angenehm Autofahren ist. Und wie ich gar nicht mehr aufstehen möchte. Während ich langsam wegdöse und die aufgeregten Stimmen der anderen verschwimmen, rechtfertige ich mich in einem Streitgespräch mit meinem ökologischen Gewissen, warum Autofahren ohne Party auch okay ist:

„Wenn mir das verwehrt sein soll, dann muss man halt bei jeder Freizeitbeschäftigung fragen, welchen Nutzen sie hat."

„Nein, es ist so: der Mensch ist ein Gesellschaftstier, und wenn du das nicht einsiehst und dich stattdessen emotional an Maschinen ergötzt, dann ist da einiges schief gelaufen. Und wenn die Vermaschinung so weit ist, dann sind wir eigentlich tot."

„Hartes Geschoss ... Aber, ich bin doch jetzt auch ..."

Philipp schimpft mit Stephan, Philipp stöhnt, erklärt, wo wir in Wirklichkeit hätten abbiegen müssen. Er trinkt Fanta. Stephan wird berechtigt wütend, weil er nicht versteht, warum Philipp das nicht schon früher gesagt hat.

Und es wird gestritten und über unwegsames Gelände gefahren und dann wieder angehalten und wieder herumgeschrieen. Vanessa macht irgendwann keine Vorschläge mehr, sondern lässt sich von den zwei Jungen leiten. Dummerweise geben die nur gegenteilige Anweisungen.

Und dann höre ich es, ganz leise: Erst nur eine leichte Schwingung. Dann eine zarte Melodie. Einzelne Worte: „kalt" und „alt" und „Trunk" und „jung". Dann, mit einer klaren Bergbrunnenstimme: „... wann kommst du aber wieder, Herzallerliebster mein?" Und ich weiß, dass ich das Lied kenne. Ich erinnere mich an meine Oma und den Altenclub und die alten Stimmen und das trockene Lachen, wenn der Text „... ich bin nicht alt geworden ..." ging. Aber diese Stimme ist unglaublich und die Worte sind plötzlich so schön.

„Wenn's schneiet rote Rosen und regnet kühlen Wein. Ade ..."

Und mir kommen die Tränen, weil ich denke: Nie, nie wird es Rosen schneien, nie regnet es Wein. Aber wahrscheinlich ist es das nicht. Wahrscheinlich ist es die Stimme oder das Licht. So wie ich immer weinen muss, wenn im Kino verzweifelt geschrieen wird. Manchmal rühren mich schon die Vorschauen zu Tränen. Oft die von Filmen, die ich gar nicht sehen möchte.

Und weil die Jungen fluchen und Vanessa immer dreckig und sexuell ist und weil ich einen weiten, hellen Glockenrock trage, komme ich mir vor wie Unschuld und Tugend in Person. Da ist es dann in Ordnung, dass ich die Tränen einfach laufen lasse. Ich wette, Niko weiß, warum ich weine. Aber er singt trotzdem nicht lauter. Er holt auch nicht die Gitarre aus dem Kofferraum oder fragt, welches Lied ich noch mag. „So kommst du auch nicht wieder, Herzallerliebster mein!"

Philipp schreit: „Seid ihr eigentlich alle bescheuert?"

Und Niko singt: „Kumm du üm Middernacht, kumm du Klock een!"

Vanessa schluchzt auf, wie ein riesiges Baby. Ich kann den Sitz beben sehen. „Ich will nicht mehr. Dann fahr du doch, wenn du alles besser weißt!" Und sie haut ein paar Mal wütend auf die Hupe, so dass ich denke: „Ja, bitte, Stephan, fahr du, sonst gibt es Unfälle." Und tatsächlich fahren wir jetzt schon Schlenker, wie Besoffene.

Ich lege meinen Kopf an Nikos Schulter.

„Vader meent, Moder meent, dat deit de Wi-hind. Vader meent, Moder meent, dat deit de Wi-hind." Und obwohl ich ihn gerne küssen würde und es nur lasse, weil ich nicht will, dass er aufhört zu singen, denke ich: „Gestört sind die alle. Vanessa zieht die Gestörten an wie Motten das Licht. Nur dass bei Motten und Licht ein Unterschied besteht. Vanessa und die Gestörten, das ist ein Rudel." Und es ist wirklich etwas sonderbar, dass Niko, anstatt die Enge und Wärme des Autos zu nutzen und mich in den Arm zu nehmen, singt wie ein Blöder.

Und als er dann weitermacht mit „Spieß voran, drauf und dran, setzt aufs Klosterdach den roten Hahn!", bin ich davon überzeugt, dass dieser Junge sexuell vollkommen fehlgeleitet ist. Ich lege den Kopf auf seinen Schoß und lächle selig. Als klar ist, dass man die Party nicht finden wird, knutschen Vanessa und Philipp auf dem Beifahrersitz Stephan fährt uns zurück.

KAFFEE.SATZ.LESEN 8

Mathias Will
Das Fundstück

Oft werde ich gefragt, ob ich nicht einmal eine schöne Geschichte erzählen könnte. Und immer denke ich, natürlich könnte ich das, aber meist sind gerade die positiven Geschichten äußerst langweilig. Das Leben in seiner großen Vielfalt allerdings hat mich nun ganz persönlich etwas erleben lassen, das von einer besonders erhabenen Schönheit ist und gleichzeitig doch möglicherweise von allgemeinem Interesse.

Auch der Gedanke, dass der Schriftsteller alles selbst erlebt hat, ist nämlich keineswegs naiv, es ist vielmehr tatsächlich so: Ich habe alles genau so erlebt.

Es folgt also nun eine ebenso schöne, wie selbsterlebte Geschichte:

Bei einem Spaziergang durch eine Kleingartenkolonie, den ich vor etwa einem Jahr unternommen habe, fand ich ein kleines Paket, ein rotes Bündel, äußerlich aus Leinen, das sich etwas feucht anfühlte. Es lag am Rande des Weges in der Nähe einer Trauerweide. Behutsam hob ich es auf.

Von Anfang an hatte ich das Gefühl, etwas Besonderes, ja, vielleicht auch etwas Lebendiges gefunden zu haben. Ich dachte in diesem Moment noch an einen kleinen Hund oder einen Igel. Vorsichtig entfernte ich Schicht um Schicht von dem Etwas, das ich in der Hand hielt; und bald hatte ich die Vorahnung, dass es sich bei der roten Flüssigkeit, mit der einige der vormals weißen Tücher getränkt waren, vielleicht um Blut handelte. Ich hoffte also, etwas pulsierendes im Inneren des etwa drei oder vier Kilo schweren Paketes zu finden und hatte doch auch Sorge, dass dieses, wie auch immer geartete Wesen verletzt sein könnte. Meine Hoffnung wurde ganz und gar nicht enttäuscht. Ich fand im Inneren ein blau-rotes Embryo vor, mit wunderbar klar hervortretenden kleinen Äderchen. Am Kopf allerdings sah ich nur ein überdimensional großes Auge, das sowohl im Ausdruck als auch in der Form eher an einen Fisch denken ließ. Dennoch gab es zu diesem Zeitpunkt schon keinen Zweifel mehr, dass es sich um einen zumindest hauptsächlich menschlichen Embryo handelte.

Mein Herz schlug schneller und stärker. Ein Teil von mir ahnte schon, dass ich dieses Wesen nicht mehr fortgeben würde, auch wenn ich wusste, dass ich dazu unter Umständen gezwungen werden konnte. Ich wickelte das kleine Wesen wieder in die etwas unappetitlichen Tücher und beschloss, schnell nach Hause zu gehen, hatte ich doch irgendwo gelesen, dass ein Embryo ohne ausreichende Versorgung nicht lange überleben würde. Zu Hause angekommen, wurde ich mir zunehmend der Nachteile und der Verantwortung bewusst, die ich auf mich geladen hatte. So ein Embryo würde eine Menge essen und die fetten Jahre waren ja endgültig vorbei. Ich hatte mir also einen weiteren Esser ins Haus geholt. Nun, ich fand Geiz niemals geil und freute mich doch auch über die Herausforderung, jetzt noch einen Organismus neben meinem eigenen durchbringen zu müssen. Außerdem hatte ich zu dem Wesen von Anfang an einen merkwürdigen Zugang. Mir war, als wüsste ich schon jetzt, wie unsere gemeinsame Zukunft aussehen würde. Da ich aber von Anfang an auch wirtschaftlich denken musste, beschloss ich auf die übliche Ernährung aus Gläschen mit Brei sowie Flaschennahrung zu verzichten. Diese war, soweit ich wusste, sowieso eher für Säuglinge, aber keineswegs für Embryos vorgesehen. Stattdessen ging ich in einen nahe gelegenen Supermarkt und kaufte einige Dosen Ravioli in Tomatensauce, die dem Wesen, das ich aufgenommen hatte, zumindest von ihrer Farbigkeit her bekannt vorkommen mussten. Ausserdem erstand ich in einer Fachhandlung ein mittelgroßes Aquarium, da ich die vage Idee hatte, dass ich so etwas wie einen Brutkasten benötigte.

Beides stellte ich in der Küche neben dem Gasherd auf. Ich füllte das Aquarium zu etwa zwei Dritteln mit den Ravioli. Ich musste, sagte mir meine Intuition, noch genug Platz lassen, damit das Wesen zum Atmen auftauchen konnte. Ich war sehr glücklich darüber, dass das Embryo, dem ich noch am selben Tag den Namen „Charly" gab, sich in diesem Behälter sichtlich wohl fühlte. Es planschte in den Ravioli, spuckte manchmal aus Übermut ein oder zwei davon in meine Küche, und ich konnte ihm dabei zusehen, während ich mir selbst eine bescheidene Mahlzeit zubereitete. In unserer ersten glücklichen Zeit machte ich nur einen Fehler. Ich erzählte einem Freund von meinem neuen Mitbewohner. Er glaubte mir kein Wort und sprach davon, dass er dafür sorgen würde, dass ein Psychopath, wie ich, schon recht bald dahin komme, wo er hingehöre, in die Klapse nämlich. Er meinte es gut, wie alle meine Freunde, aber manchmal können gerade gute Freunde gefährlich werden. Ich lachte und sagte, es sei ja nur ein Scherz gewesen ... Sein Gesicht hellte sich augenblicklich auf, aber er murmelte, dass dies trotzdem ein schlechter und geschmackloser Witz gewesen sei. Sein Geschmack interessierte mich nicht mehr länger. Mir war viel wichtiger, welches Leben mir und Charly bevorstand. Schon früh wusste ich, dass Charly keine ganz normale Entwicklung durchmachen würde.

Tatsächlich tat sich einige Wochen gar nichts, er lag nur träge in seinem Becken, um mir dann eines Tages zu zeigen, dass er schon krabbeln konnte. Er tat dies allerdings in einer seltsamen, weithin gekrümmten Haltung, nach wie vor halbwegs eingerollt, darin vielleicht einer Krabbe vergleichbar. Eine Woche später gab es eine weitere Veränderung: Er robbte zur Toilette, klemmte sich auf sonderbare Weise an den Toilettenrand, und ich begriff, dass ich die Windeln, die ich nur gekauft hatte, weil ich meinte, dies sei der normale Weg, nicht benötigen würde.

Ich war äußerst gespannt auf die nächsten Entwicklungsschritte. Würden ihm bald Zähne wachsen, oder würde er mich „Papa" nennen? Doch nach diesem überraschenden Ausflug auf die Toilette gab es einen längeren Stillstand. Ein zweites Auge wuchs ihm nicht. Dort, wo es vielleicht hätte entstehen können, befand sich eine graue, nicht sehr hübsch anzusehende Höhle. Dies allerdings war auch schon alles, was sich Unschönes über Charly sagen ließ. Vielleicht lag diese Sicht der Dinge aber an den väterlichen Gefühlen, die ich für das kleine und freundliche Wesen hegte. Bald erkannte ich, dass Charly nicht wie andere menschliche Wesen wachsen und dass er auch das Sprechen und den aufrechten Gang nicht mehr erlernen würde. Schrecklich war nur, dass ich mich lange Zeit nicht traute, meinen Besuchern Charly vorzustellen. Bestimmt würde man uns unser kleines Glück neiden. Auch Charly selbst kroch in dieser Zeit gerne in den Küchenschrank, während ich mit meinen Besuchern plauderte. Er kannte bald alle meine Freunde, da er unseren Gesprächen stets lauschte.

Erst nach weiteren Monaten brachte ich meinen Freunden nach und nach die Wahrheit bei. Ich sagte zuerst, ich hätte ein Kind adoptiert, das kerngesund und wohlauf sei. Man soll die Menschen ja nicht überfordern. Man protestierte, ich sei dazu nicht berechtigt, denn ich lebe ja schließlich allein und ich sei nicht zuverlässig genug. Erst, als sich alle mit diesem Gedanken angefreundet hatten, sagte ich, ich habe jetzt doch den Eindruck, das Kind sei etwas ungewöhnlich.

Ich gab schließlich vor, dass ich selbst nicht ganz wüsste, ob mit Charly alles in Ordnung sei. Schon fand sich ein selbsternannter Experte, der das Kind unbedingt sehen wollte.

Sein Urteil war niederschmetternd: Ich solle das Kind sofort auf eine Intensivstation geben. Charly sprang mit einem Satz seiner krummen Hinterbeine in den Küchenschrank, als er dies hörte. Erst nach weiteren, langen Diskussionen, habe ich es geschafft, einige Freunde und Bekannte zu überzeugen, dass man keine drastischen Maßnahmen ergreifen müsse, und dass Charly und ich mit unserem wenn auch etwas extravaganten Leben sehr zufrieden waren.

Mein Leben hatte mit Charly einen neuen Sinn bekommen, und so begann die glückliche Zeit, die ich mit ihm erleben durfte.

Gordon Roesnik
Enten essen

Der Tierpark grenzte direkt an die Grundschule und war Patricks bevorzugter Fluchtpunkt. Wann immer die Kinder in der Klasse zu gemein zu ihm wurden – und das kam in letzter Zeit immer häufiger vor –, machte er sich aus dem Staub; verließ in der Pause den mit schreienden Kindern angefüllten steinernen Schulhof und ging in den Tierpark, wo es stiller und grüner war und das ganze Geschrei nur aus der Ferne erklang.

Oft blieb er dann auch für den Rest des Unterrichts dort; während die anderen im Klassenzimmer saßen, wanderte er zwischen den Gehegen umher. Er leistete den Tieren Gesellschaft, den Bergziegen und Schafen, dem Pfau und dem Esel.

Am liebsten aber hatte er den Ententeich. Einerseits stand dort eine Bank, auf die er sich setzten und in Ruhe die Enten beobachten konnte. Außerdem lag der Ententeich im abgelegensten Teil des kleinen Tierparks, am weitesten von der Schule entfernt. So konnte er sich rechtzeitig im Gebüsch verstecken, falls ihn etwa ein Lehrer suchen kam; vor allem aber, wenn kurz vor eins der Unterricht aus war und die Schulkameraden laut johlend durch den Tierpark nach Hause liefen. Meistens machten sie sich einen Spaß daraus, an die Zäune der Gehege zu trommeln und damit die Tiere zu erschrecken; Patrick hasste sie dafür. Am Ententeich aber kamen sie nie vorbei, weil er zu abgelegen war, und nach ein paar Minuten war der Lärm vorüber und er konnte wieder aus dem Gebüsch hervortreten.

Am meisten aber zog ihn der Ententeich aus einem anderen Grund an. Die übrigen Tiere im Park waren Einzelgänger, jedes für sich isoliert in einengender Umgebung. Die Enten dagegen bildeten eine Gesellschaft, einen kleinen Entenstaat. Es waren so um die zwanzig Tiere, mal mehr, mal weniger, die in dem nicht mehr als klassenzimmergroßen Teich lebten, doch sie kamen scheinbar vorzüglich miteinander aus. Es war eine friedliche Koexistenz, es fanden keine Intrigen statt, niemand wurde ausgegrenzt. Das faszinierte ihn.

Heute war Montag, und Patrick war von zu Hause aus direkt in den Tierpark gegangen. In der Schule war er zum letzten Mal am Donnerstag gewesen. Alle Kinder hatten an diesem Tag wie auf einen geheimen

Befehl hin merkwürdige Verkleidungen getragen und sich über ihn, der als einziger normal gekleidet war, lustig gemacht. Es handelte sich offenbar um eines der Brauchtümer dieser Gegend, von denen Patricks Familie, die erst vor wenigen Wochen hierhergezogen war, nichts wusste. Das Volksfest, um das es sich anscheinend handelte, hatte seitdem angedauert: Überall sah man verrückt angezogene und betrunkene Menschen in den Straßen, und am Sonntag hatte es einen großen Umzug mit bunten Wagen und Spielmannszügen gegeben, deren blecherne Musik stundenlang über den Dächern erscholl.

Auch jetzt, wo Patrick wieder einmal am Ententeich saß, vernahm er in der Ferne langsam anschwellende Blasmusik, die Stille des Vormittags störend, die ansonsten nur von zufriedenem Entengeschnatter unterbrochen wurde. Vom Schulhof meinte er allerdings das Geräusch vieler kleiner Füße auf dem Asphalt zu hören, jedoch nicht verbunden mit dem in den Schulpausen üblichen Geschrei, sondern lediglich mit leisem, unterdrücktem Gelächter.

Mit einem Mal ertönte ein regelmäßiger Trommelschlag, der die Blasmusik aus der Ferne kontrapunktierte. Dazu hob ein Gesang aus Kinderkehlen an, dessen Text im für Patrick unverständlichen Dialekt der Gegend gehalten war. Das Getrommel und der Gesang kamen näher. Die Schüler hatten sich in Bewegung gesetzt, und kurz darauf sah er sie auf dem Fußweg in den Tierpark einbiegen. Sofort verbarg er sich im Gebüsch und beobachtete von dort aus den Einmarsch einer Parade:

Den Takt schlug ein Junge auf einer umgehängten Trommel. Er trug eine blaue Uniform und schritt ernst voraus.

Hinter ihm marschierten singend in Reih und Glied die anderen Kinder, allesamt als Indianer verkleidet. Einige von ihnen trugen ein großes, zusammengelegtes Netz, die anderen hielten Bögen in den hochgereckten Händen und hatten Köcher mit Pfeilen darin auf den Rücken geschnallt. Nebenher ging eine Lehrerin, als einzige normal angezogen, klatschte im Takt und sang mit.

Patrick richtete sich darauf ein zu warten, bis dieser lächerliche Umzug den Tierpark durchquert hätte, doch stattdessen bog die Parade auf den Pfad zum Ententeich ein. Vorbei an den Gehegen der Tiere, die vor dem Gesang, vor allem aber vor dem lauten Getrommel, an die entgegengesetzten Zäune zurückwichen, führte der Zug der Kinder bis zu dem nur etwa einen halben Meter hohen Zaun, der den Ententeich vom Gehweg abgrenzte.

Dort bleib der Trommler stehen und schlug noch ein paar Takte, bis der Refrain zu Ende war. Dann verstummte er, und in diesem Moment verließen die Indianerkinder ihre Ordnung und stürmten wild durcheinander, die Bögen in ihren Händen hochreckend und Indianerschlachtrufe ausstoßend.

Nur ein Junge blieb stoisch in dem Durcheinander stehen. Patrick erkannte ihn. Es war ein Knabe von besonders ungehobeltem Benehmen, der mit Vorliebe auf ihm herumhackte und überhaupt ständig auf Unfug aus war. Nun aber stand er ruhig inmitten der tobenden Kinder, mit einem abweisenden Gesichtsausdruck, die Arme majestätisch vor der Brust verschränkt. Auf dem Kopf trug er, völlig unpassend zu dem Indianerkostüm, eine Krone aus gelb angemalter Pappe, während alle anderen nur mit Indianerfedern geschmückt waren.

Auf ein lautes „How!" aus dem Mund dieses Jungen kam nun der ganze Aufruhr plötzlich zum Ende, und die Kinder nahmen innerhalb von Sekunden vor ihm Aufstellung. Patrick wunderte sich, wie die Lehrerin, die alles wohlwollend von der Seite aus beobachtete, den sonst so unruhigen Kindern eine solche Disziplin beigebracht hatte.

„Wer bin ich?", rief der Junge mit der Krone in gebieterischem Ton.

„Du bist der Indianerkönig!", antwortete der Chor der Kinder.

„Wessen König?"

„Unser König!"

„So möge das Ritual beginnen! Ich habe gesprochen."

Die Kinder entfalteten nun das Netz und breiteten es aus. Es war so groß wie ein richtiges Fischernetz. Das Netz zwischen sich ausgespannt stiegen nun einige Kinder über den niedrigen Zaun und schlichen zu beiden Seiten des Ententeiches vorwärts. Die Enten waren durch den Trommellärm zunächst aufgeschreckt worden, hatten jedoch nicht alle den Teich verlassen; einige waren auch zurückgekehrt, als es leiser geworden war. Jetzt schwammen sie wieder arglos auf der Wasseroberfläche und hatten keine Chance, als die Kinder das Netz auf sie hinunterließen. Hilflos verstrickten die Tiere sich in den Maschen, die Kinder brachen in Jubel aus und die Lehrerin applaudierte.

Dann holten die Indianer Pfeile aus ihren Köchern und spannten ihre Bögen. Auf einen Befehl ihres Königs ließen sie nun einen Regen von Pfeilen auf die gefangenen Tiere niedergehen. Und es waren keine Spielzeugpfeile, sondern richtig spitze, und die Enten, die getroffen wurden, gaben schrille Schmerzenslaute von sich und färbten das Wasser rot mit ihrem Blut.

Das konnte Patrick nun nicht mehr ertragen und lief aus seinem Versteck, um gegen das Massaker zu protestieren. Doch kaum war er aus dem Gebüsch heraus, war die Lehrerin zur Stelle und ergriff ihn am Handgelenk.

„Sieh mal an, Patrick“, sagte sie, „bist du also doch noch gekommen. Nur schade, dass du immer noch kein Kostüm anhast.“

„Lassen Sie mich los!“, rief Patrick.

„Was ist denn mit dir? Du weinst ja“, stellte die Lehrerin fest. „Das darfst du aber nicht! Du bist doch ein großer Junge. Ein Indianer kennt keinen Schmerz!“

„Aber sehen Sie doch nur, was die machen!“, schrie Patrick. „Die töten die Tiere ja!“

„Aber natürlich“, sagte die Lehrerin, „das ist doch Teil des Rituals. Wenn du dich nicht immer so absondern würdest, wüsstest du das auch und würdest dich gar nicht so aufregen. Es ist ein Jammer, dass es immer wieder Kinder gibt, die über das Brauchtum nicht Bescheid wissen.“

„Darüber will ich gar nichts wissen! Es ist grausam!“

„So etwas darfst du nicht sagen, Patrick! Das Brauchtum ist ja dazu da, die Menschen zu verbinden, und deshalb müssen alle dabei mitmachen.“

Eine kleine Squaw, die Patrick misstrauisch anblickte, brachte ihren Bogen und einen Pfeil und hielt ihm beides entgegen.

„Deshalb“, fuhr die Lehrerin fort, „nimm auch du Pfeil und Bogen und trag deinen Teil bei.“

Endlich ließ sie Patricks Handgelenk los, und tatsächlich nahm er Pfeil und Bogen entgegen, aber nur, um sie auf seinem Knie zu zerbrechen.

Direkt wurde er von zwei Indianerkindern gepackt, und im Nu war die ganze Horde um ihn versammelt und rief: „Wir haben den Frevler! Wir haben den Frevler!“

Der Indianerkönig kam gemessenen Schrittes auf Patrick zu und blieb zwei Meter vor ihm stehen. „Was ist sein Vergehen?“, fragte er streng.

„Er hat sich geweigert, am Ritual teilzunehmen“, antwortete die Lehrerin, „außerdem hat er Pfeil und Bogen zerbrochen. Schade.“

„Der Frevler, der das Brauchtum stört,
gebunden an den Pfahl gehört!“,

sprach der Indianerkönig mit erhobener Stimme. Der Schlachtruf wurde von seinen Untertanen aufgenommen und rhythmisch wiederholt.

Patrick wurde zu einer Eisenstange geschleppt, die an einer Ecke des Ententeichzauns mehr als zwei Meter in den Himmel ragte. Er hatte sich immer gefragt, welchem Zweck sie eigentlich diente. Die Kinder banden ihn daran fest, bildeten einen weiten Halbkreis um ihn und stimmten einen neuen Gesang an:

„Wenn du mit uns nicht Enten isst,
dann du auch kein Indianer bist!"

Dazu stampften sie nach jeder Zeile heftig mit dem Fuß auf.

Begleitet vom Chor seiner Untertanen trat der Indianerkönig in den Kreis. Zum ersten Mal hatte er nicht die Arme vor der Brust verschränkt, sondern trug in der rechten Hand eine tote, blutige Ente, die er Patrick dicht vors Gesicht hielt. Patrick ekelte es. Dann reckte der Indianerkönig den linken Arm hoch, und der Chorgesang brach abrupt ab.

„Wenn du mit uns nicht Enten isst,
dann du auch kein Indianer bist!"

sprach er noch einmal und hielt Patrick den Entenkadaver so nah vors Gesicht, dass er hätte hineinbeißen können. Stattdessen schrie er: „Hau ab! Du bist verrückt! Ihr seid alle verrückt!"

In der nun herrschenden Stille war nur der Spielmannszug in der Ferne zu hören, allerdings lauter als zuvor, er musste inzwischen näher gekommen sein. Die Lehrerin, die hinter dem Halbkreis stand, sagte wieder leise: „Schade."

Der Indianerkönig ließ den Entenkadaver langsam sinken, und zum ersten Mal zeigte sich ein Grinsen auf seinem vorher so ernsten Gesicht. Er erhob den linken Zeigefinger und sprach leise, aber gut verständlich:

„Wenn du nicht tun willst, was ich tu,
dann füg ich es dir selber zu!",

und bei „selber" fuhr sein Zeigefinger geradewegs auf Patricks Nasenspitze zu.

Jetzt stimmten die Indianer lauter als je zuvor in den Chorgesang ein. Dazu vollführten sie einen wilden Tanz um den Pfahl herum und riefen immerzu:

WENN DU NICHT TUN WILLST WAS ICH TU
WENN DU NICHT TUN WILLST WAS ICH TU

Auch für den König gab es nun kein Halten mehr; in wilden Verrenkungen tanzte er um Patrick herum, lachte wie irre und zeigte immer wieder mit dem Finger auf ihn.

„Du machst mir keine Angst!", schrie Patrick. „Du bist gar kein König! Du bist nur ein dummer Junge! Es ist überhaupt alles Unsinn! Indianer haben gar keine Könige. Indianer haben Häuptlinge!" Er hoffte, den ganzen Zirkus allein mit dieser Tatsachenfeststellung lächerlich zu machen, doch es nutzte nichts, wahrscheinlich hatte ihn in dem ganzen Geschrei ohnehin niemand gehört.

Dann wurde der Pfahl aus der Verankerung gehoben und auf zwei Holzböcke gelegt, zwischen denen allerlei Holz und Stroh aufgeschichtet war. Auf zwei anderen Holzböcken lag bereits ein langer Spieß, auf dem mit traurig hinunterhängenden Köpfen einige weder gerupfte noch ausgenommene Enten steckten. Inzwischen war auch der Spielmannszug eingetroffen und begleitete den Gesang der Kinder. Jemand goss Spiritus über die Feuerstelle. Ein Tanzmariechen wirbelte einen Stock. Der Indianerkönig lachte. Die Lehrerin applaudierte. Die Indianer hielten nun Pappteller in den Händen und sangen: „Jeder kriegt ein Stück. Ein kla-a-eines Stück!" Der Spielmannszug spielte. Die Kinder leckten sich die Lippen. Das Feuer wurde entzündet. Das Festmahl konnte beginnen.

Bud Rose
Disco '76

Mein Vater war ein Judenhasser.

Immer, wenn Ilja Richter auf unserem Philips „Goya de Luxe"-Bildschirm erschien und Stars und Hits präsentierte, schimpfte mein Vater: „Auch so'n Scheißjude." Dann biss er sich einen Fingernagel ab und spuckte ihn auf den Teppich. Meine Mutter protestierte nur schwach in dem sie „Ach Max" sagte und von ihrem Strickzeug aufblickte. Der Teppich stammte aus dem Hause „Kibek" und hatte karamelfarbene Fransen, die mein Vater Sonntags nach dem Kirchgang gewissenhaft auskämmte.

Ich mochte meinen Vater nicht besonders, aber ich mochte Ilja Richter.

Und ich mochte die meisten Stars, die in der „Disco" auftraten. Mit meiner ersten Freundin auf dem Gymnasium – Uta –, deren Namen ich mir mit Kuli auf den Penis schrieb, tanzte ich auf Klassenfesten zu „Lady Bump". Eigentlich fand ich Penny McLean, die das Lied sang, mindestens genauso anziehend wie Uta; aber sie war natürlich unerreichbar. Außerdem war ihr Name zu lang.

Damals dachte ich, dass mein Vater Juden hassenswert fand, läge daran, dass er Katholik war, und dass Juden wahrscheinlich „auch so'n Scheißkatholik" gesagt hätten, wenn er im Fernsehen aufgetreten wäre.

Später wurde mir klar, dass mein Vater einfach nur ein überzeugter Nazi war, der mit derselben Überzeugung für Hitler gekämpft hatte. Immerhin wurde er dadurch zum Leutnant der Wehrmacht und hätte sich vielleicht sogar noch für den Führerposten beworben, aber er wurde an der Ostfront verwundet und der Krieg war verloren. Mein Vater war ein Pechvogel.

Nicht auszudenken, wenn er gewusst hätte, das Ilja schwul ist. Ich bin sicher, dass mir dann einige meiner schönsten Fernsehstunden entgangen wären.

Als mein Vater aus dem Krieg zurückkam, hatte er außer zwei, drei Bombensplittern im Kopf auch einen steifen linken Mittelfinger. Er trug von da an eine schwarze Nickelbrille, zeugte ein Kind mit einer

Frau, die ihn und das Kind nach der Geburt verließ, und trank literweise Bromid. Soviel, dass er davon abhängig wurde. Deswegen bekam er auch zuerst keine Arbeit, wie meine Mutter mir einmal erzählte, deswegen und weil er eine so unangenehme Art an sich hatte.

Vor dem Krieg hatte mein Vater als Schlachter gearbeitet. Nach dem Krieg gab es jedoch kaum noch etwas zum Schlachten, und so hatte er keine Chance auf dem Nachkriegsarbeitsmarkt.

Seinen kleinen Sohn schickte er in einen Kindergarten, in dem meine Mutter als Kinderpflegerin arbeitete und den Jungen betreute. Und weil sie den Jungen so niedlich fand, heiratete sie den Vater.

Viel später, nachdem meine Mutter schon drei Töchter zur Welt gebracht hatte und eigentlich gar keine Kinder mehr wollte, gab sie jedoch dem Verlangen meines Vaters an einem seiner Geburtstage nach. Das Dumme daran war bloß, dass er ihr verboten hatte, die Pille zu nehmen, weil er Katholik war.

So entstand ich. Danach hat sie die Pille dann doch genommen und zwar heimlich.

Anfang der Siebziger kaufte mein Vater einen Fernseher. Es war sogar gleich ein Farbfernseher. Er hatte sich inzwischen eine kleine Praxis aufgebaut, in der er als Physiotherapeut arbeitete, nicht als Masseur. Darauf legte er Wert.

Auf dem Fernseher, rechts unten, unter dem Einschaltknopf, befanden sich drei Plastik-Edelsteine in Grün, Rot und Blau. Die symbolisierten die Farbbrillanz des Apparates.

Es gab damals drei Programme: Das Erste, das Zweite und das Dritte. Eigentlich gab es noch ein viertes, aber das war verschneit und kam aus der Ostzone. Mein Vater schaute sich trotzdem gerne den „Schwarzen Kanal" an. Ich nehme an, er musste von Zeit zu Zeit ein wenig Hetzpropaganda tanken, um sich wohl zu fühlen. Da war es egal, woher sie kam.

Die Fernsehbesitzer in der Ostzone schauten vermutlich von der anderen Seite in unsere verschneiten Programme.

„Disco" kam immer im zweiten Programm. Überall im Studio saßen, dicht gedrängt, junge Menschen herum, nicht viel älter als ich aber viel jünger als meine Eltern. Manchmal saßen auch zwei Mädchen aus der Nachbarschaft im Publikum, weil ihre Mutter im Studio Hamburg putzen ging und Freikarten bekam.

Meine Mutter ging inzwischen übrigens auch putzen. Leider aber nicht im Studio Hamburg, sondern in der kleinen Praxis meines Vaters, um sich das Haushaltsgeld zu verdienen, mit dem sie unsere Familie durchbrachte.

Bei Ilja, der sich „Euer Ilja“ nannte, was meinem Vater trotzdem nicht das Gefühl der Verbundenheit vermittelte, traten, außer Abba, die Sweet, Smokie, Gary Glitter, T.Rex, Slade und Suzie Quatro, auch Künstler wie Heino, Jürgen Drews, mit und ohne die Les Humphries Singers, Daniel Gerard und Harpo auf.

Harpo kam barfuß mit einem Rucksack, einem Spazierstock und einem Hut aus Norwegen. Unter dem Hut trug er blonde Minipli-Locken. Er sang „Moviestar“.

In der Bravo erfuhr ich, dass er sich nie die Zähne putzte, sondern sie sich stattdessen jeden Morgen mit Salz einrieb. Ein Trick, den ihm sein Großvater verraten hatte, der noch im Grab ein tolles Gebiss hatte.

Ich wollte mir dann auch nicht mehr die Zähne putzen. Aber meine Mutter war stärker als Harpos Großvater.

Es gab Gruppen, die von so weit herkamen, dass sie nur über die Studio-Monitore gezeigt werden konnten. Ilja legte uns diese Gruppen immer besonders ans Herz. Bachman Turner Overdrive zum Beispiel, die mit ihrem famos gestotterten „You ain't seen nothing yet“, bleibenden Eindruck hinterließen. Unvergessen auch Bob Dylan. Das waren die Exoten, die „leider heute Abend nicht bei uns sein können, weil sie sich auf einer Tournee befinden“, wie Ilja uns sagte.

Heute glaube ich, Bob Dylan kam deshalb nicht, weil er zu teuer war und sich außerdem nicht von Leuten wie meinem Vater beschimpfen lassen wollte.

Zwischen den Auftritten der Stars zeigte Ilja immer kleine, aufgezeichnete Sketche, in denen er selber auftrat und alberne Liedchen sang. Dabei unterstützten ihn Showstars wie Gisela Schlüter, Marlene Charell oder Inge Meysel. Manchmal auch seine Schwester Janina. Mir gefiel das gut.

Ein weiterer Höhepunkt von Disco war das Gewinnspiel, bei dem man den Namen eines Interpreten oder einer Gruppe erraten musste. Der dritte Preis war immer ein Kofferradio und der zweite Preis ein Plattenspieler mit einem Lautsprecher im Deckel. Der hieß „Mister Hit“ und wurde von Telefunken gebaut. Doch dann hob Ilja seine Stimme dramatisch an und rief:

„Und hier ist sie nun ... die ab-so-lu-te Hauptgewinnerin des Ersten

Preises ... heute zu Gast in der Disco ... Licht aus! Whommm! Spot an! Jaa! Ulrike Bruhns aus Plettenberg! Hallo, Ulrike!" Und dann brach ein riesiger Applaus und Getrampel los, während ein Mädchen im türkisen Faltenrock mit weißen Kniestrümpfen, rot vor Scham in den viel zu hellen Scheinwerfer blinzelte, den eben alle lautstark gefordert hatten, unbeholfen winkte und darauf wartete, dass Ilja ihr einen Blumenstrauß brachte, den er immer erst hinter seinem Rücken verbarg.

Er gab ihr ein Küsschen auf die Wangen, was sie noch röter werden ließ, und wünschte ihr einen schönen Aufenthalt in Hamburg, denn das war ihr Preis.

Ich fand das beneidenswert, obwohl ich in Hamburg lebte.

Natürlich gewann auch ab und zu mal ein Junge. Dem gab Ilja dann nur die Hand und keinen Blumenstrauß. Es war eben erst 1976.

Mein Vater hatte sich inzwischen eine „Dannemann" angezündet und spuckte Tabakfetzen auf den Teppich. Meine Mutter fragte: „Max, muss das sein?"

Ilja ging zurück auf seine Kommandobrücke im Studio, stellte ein neues Rätsel und schloss: „So, meine Damen und Herren, liebe Freunde ... und bevor nun die Gruppe „Pussicat" ihren Hit „Mississippi" singt, möchte ich mich von Ihnen und Euch verabschieden. Und hier noch ein Tipp von mir: Trau keinem über Dreißig! In diesem Sinne, nichts für ungut, wir sehen uns wieder am 20. April, und bis dahin sage ich tschüss, euer Ilja."

Die Disco zog wenig später nach München um und ich kannte niemanden mehr im Publikum. Meine Eltern ließen sich drei Jahre später scheiden. Nach dreißig Ehejahren. Mein Vater war davon überzeugt, dass diese Scheidung Gott nicht gefiel. Er musste das denken, denn er war Katholik.

Bud Rose
Zwischenmensch

Ich war schon immer ein Zwischenmensch.
Mein ganzes Leben lang.
Meine Eltern haben mich zu einem Zwischenmenschen herangebenedeit.
Mein Vater hat mich zwischen meine Mutter gestoßen, wo ich aus ihrem Bauchnabel wieder rauskam.
Das hat sie mir erzählt.
Aus ihrer Badewanne.
Sie hat mich aus ihrer Badewanne durch den Bauchnabel abgehen lassen.
Wäre ich ein Mädchen geworden, hat sie gesagt, hätte sie mich in der Toilette runtergespült.
Bei uns wurde immer Toilette gesagt.
Nie Klo.
Bei anderen wurde Klo gesagt.
Bei uns aber nie.
Darauf wurde Wert gelegt.
Ich sage heute noch Toilette.
Ich gehe heute noch zur Toilette und scheiße mich jeden Tag selbst hinein.
Dann geht es mir besser.
Aber ich komme wieder.
Jeden Tag.

Zwischenmenschlich hab ich nichts erreicht.
Ich habe keine Bekannten.
Ich bin zu undeutlich.
Ich bin zu verwischt.
Man erkennt mich nicht.
Immer stehe ich dazwischen.
Meine Seele stöhnt abends, wenn ich zu Bett gehe.
So laut, dass ich nicht einschlafen kann.
Meine Seele weiß nicht, auf welcher Seite sie Ruhe findet.
Wo sie schlafen kann.
Also schläft sie nie.
Aber vielleicht sind es auch meine Gedanken.

Zwischen meiner Seele und meinen Gedanken liege ich, eingeklemmt.
Eingepfercht.
Ich schlafe nicht.
Ich schlafe trotzdem.
Dann denke ich an den nächsten Morgen.
Da soll ich wieder aufwachen.
Obwohl ich nicht geschlafen habe.
Ich bin meinen Eltern dankbar, dass sie mir das Leben geschenkt haben.
Ich bin dankbar, dass sie einen Jungen gemacht haben, aus mir.

Nachts laufe ich manchmal auf einer Straße aus Sternenasphalt.
Die Sterne sind ganz weich und warm und schwarz.
Die Straße führt an dunklen Feldern vorbei, die sind ganz kahl.
Da liegen kleine, graue Brocken drauf, die flüstern.
Ich kann sie hören, aber ich kann nicht verstehen, was sie flüstern.
Sie flüstern mit düsteren Stimmen.
Ich muß weitergehen, ich weiß nicht wieso.
Der Horizont liegt dunkel.
Ich kann nicht erkennen, wo die Straße endet.
Ich weiß aber, sie endet irgendwo.
Ich bleibe stehen.
Wenn ich stehen bleibe, wache ich auf und schaue auf den Wecker.
Der Wecker klingelt nicht mehr.
Das Phosphor in den Zeigern lädt sich nicht auf.
Ich brauche gar nicht mehr aufzustehen.
Niemand wartet auf meine Anwesenheit.
Keiner will mich sehen.
Die anderen wissen nicht, dass es mich gibt.
Ich lebe zwischen ihnen.
Sie sehen mich.
Sie sprechen mich nicht an.
Ich interessiere sie nicht.
Ich bin nicht traurig darüber.
Ich bin nicht wütend darüber.
Ich kann sie verstehen.
Ich würde es genauso tun.
Zwischen ihnen zu leben ist mehr, als ich verdiene.
Ich hätte auch in der Toilette enden können.

Bevor ich noch richtig zum Leben gekommen wäre.
Aber ich lebe.

Ich weiß gar nicht, ob ich leben will.
Mir ist es recht.
So oder so.
Die anderen sind immer schon woanders.
Früher wollte ich bei ihnen sein.
Aber ich konnte sie nie erreichen.
Sie waren immer schon woanders.
Sie standen hinter mir und liefen vor mir weg.
Eine Zeit lang bin ich hinter ihnen her gelaufen.
Aber sie blieben nicht stehen.
Da habe ich gemerkt, dass ich immer zwischen ihnen sein werde.
Ich habe mich damit abgefunden.
Das macht mich zum Zwischenmenschen.
Vielleicht, habe ich gedacht, gibt es außer mir noch andere Zwischenmenschen.
Aber mit denen habe ich nichts zu tun.
Die kann ich nicht erkennen.

Als Kind hatte ich einen Freund.
Er wohnte eine Tür weiter.
Sein Vater ist jeden Sonntag auf die Trabrennbahn gegangen.
Zum Wetten.
Der hatte Ahnung vom Wetten.
Wenn er wieder nach Hause kam, wollte er ficken.
Hat die Nachbarin meiner Mutter erzählt.
Als Kind habe ich meinen Freund gequält.
Ich habe ihm in die Eier gebissen.
Er brüllte furchtbar und lief rot an, im Gesicht.
Vor Schmerz.
Eigentlich lila.
Ich habe ihm eine Regenschirmspitze in die Stirn gestoßen.
Das Blut spritzte in hohem Bogen auf die orangefarbene Auslegware im Flur.
Ich war erschrocken.
Ich zwang ihn zu sagen, dass es ein Unfall war.
Er durfte dann erstmal nicht mehr mit mir spielen.

Aber er wohnte hinter der nächsten Tür.
Er ging auf dieselbe Schule wie ich.
So konnten wir uns nicht ausweichen.
Ich weiß nicht, warum ich das getan habe.
Weil ich grausam bin, wahrscheinlich.
Weil ich ein grausamer Mensch bin.

Ich habe viele Menschen gequält.
Ich war verheiratet mit einer Frau.
Die habe ich auch gequält.
Ich habe das gar nicht bemerkt.
Sie war so gut zu mir.
Und ich habe sie zu Grunde gerichtet.
Weil ich sie gar nicht verstanden habe.
Ich habe sie sprechen hören, mit mir.
Aber verstanden habe ich sie nicht.
Ich wollte sie lieben.
Alle wollen sich doch lieben, wenn sie verheiratet sind.
Ich weiß nicht, ob ich sie geliebt habe.
Ich habe aber immer gedacht, ich liebe sie.
Aber sie hat nur gelitten bei mir.
Heute tut mir das Leid.
Es ist gut, dass ich nur noch zwischen ihnen lebe.
Vielleicht wäre es gerechter, wenn ich tot wäre.

Ich glaube, ich werde krank.
Unheilbar krank.
Ich warte jeden Tag auf meine unheilbare Krankheit.
Ich warte darauf, sagen zu können:
„Ich habe es ja gewusst, und es geschieht mir recht."
Ich habe keine Angst zu sterben.
Früher hatte ich Angst.
Als ich noch versucht habe, mit ihnen zu leben.
Da würde ich etwas verlieren, dachte ich.
Heute verliere ich nichts mehr.
Als Zwischenmensch verliert man nichts.
Keine Freunde.
Keine Bekannten.

Gar nichts.
Alles wird aufgeteilt.
Alles wird auf Flohmärkten verkauft.
Sie rufen ein Entrümpelungsunternehmen an.
Die kommen dann in die Wohnung und rümpfen die Nase.
Weil es noch nach mir riecht.
Weil es nicht so riecht wie bei ihnen zu Hause.
Die schleppen dann die Kisten raus und hoffen, ich hätte irgendwo Geld versteckt.
Oder Wertsachen.
Wenn ihr Chef nicht da ist, teilen sie sich das viele Geld und die Wertsachen, und der Tag hat sich gelohnt.
Abends gehen sie in ein Bordell und bezahlen mit meinem Geld ihre unersättliche Lebensgier.
Und am nächsten Morgen bemerken sie unter Schmerzen ihre Sterblichkeit.
Aber ich habe weder Geld noch Wertsachen.
Ich habe billiges Geschirr.
Ein paar Bücher, deren Titel sie nicht kennen.
Verschlissene Kleidung.
Abgewetzte Möbel.
Nichts von Bedeutung.
Nicht mal eine geerbte Uhr.
Und dann schimpfen sie.
Sie schimpfen über die Mühe, die ich ihnen als Toter mache.
Sie finden ein vergilbtes Foto von mir, auf dem ich nicht mehr zu erkennen bin.
Und sie machen Witze über mich.
Hämische Witze.
Sie hoffen, mich damit zu treffen.
Sie wollen ihren Tag besser aussehen lassen.
Aber nicht einmal das gelingt ihnen.
Und das spüren sie.
Sie stellen fest, dass ich noch eine Flasche Aquavit im Kühlfach habe.
Den saufen sie dann.
Ich nehme es ihnen nicht krumm.
Von mir aus können sie lachen, über mich.
Ich habe es verdient.
Auch wenn sie es nicht wissen.

Bud Rose
Zwischenmensch

Ich war ein Zwischenmensch.
Ich war nicht mit ihnen bekannt.
Wenn sie betrunken sind, kotzen sie in meine Toilette.
Da tauche ich dann noch einmal auf, bevor ich ganz verschwinde.

Bettina Schoeller
Fickende Hunde

Vor ein paar Jahren sah ich auf einem Festival meinen ersten rumänischen Film. Darin starrt ein einsamer Mann in Gedanken vor sich hin. Nebenbei kopulieren zwei Hunde. Das Publikum lacht – großartig inszeniert, wie hat der Regisseur das nur gemacht? Ich habe noch nie zuvor zwei Hunden so ausführlich beim Kopulieren zugesehen. Meistens werden sie von ihren Herrchen sofort wieder auseinander gerissen; Sex in der Öffentlichkeit ist eben auch für Hunde verboten. Ich bin beeindruckt von dem Streifen, in dem der einsame Mann ansonsten den ganzen Film über versucht, ein Auslandsgespräch zu führen, was ihm leider nie gelingt.

Als Niki und ich mit dem Flugzeug in Bukarest landen, werden wir von Nikis rumänischer Freundin, Diana, abgeholt. Sie steht in der überfüllten Halle Pelz tragender Wartender mit spitzen, hohen Hüten. Während Niki und Diana sich schnell eng umschlungen Richtung Ausgang machen, entreißt mir jemand mein Gepäck. Ich schreie entsetzt auf. Einer zieht an meinem Koffer, ich halte noch immer den Griff in den Händen und lasse ihn nicht gehen. Ich kann es nicht fassen: Mitten in der Halle will mich jemand beklauen, und keiner sagt was, keiner hilft mir. Da endlich kommt ein anderer Mann: „He help you. Carry. With car", erklärt er mir und zeigt auf einen verrosteten Gepäckwagen. „No, no help", schreie ich. Schon aus Trotz. Er hätte ja wenigstens mal fragen können! Wer weiß, was er am Ende dafür haben will. Der Mann schaut mich wütend an und lässt den Koffer los. Ich wische mir den Schweiß aus dem Gesicht. Diana und Niki sind nirgends mehr zu sehen. Ich schultere mein schweres Gepäck, und als ich das Gebäude verlasse, trete ich fast auf einen Hund, der bewegungslos in der Sonne liegt. Er springt auf und kläfft mich wütend an. Ich fahre zurück und daraufhin kommt mir ein zweites, sehr wildes und ramponiertes Exemplar entgegen gelaufen. Kaum bellen zwei, gesellt sich noch ein dritter dazu. Ich bin gelähmt. Während sie mich anbellen und mich umstellen, sind andere Menschen für die Köter tabu. Vielleicht denken sie, ich sei in meinem Zustand einer von ihnen, kein Mensch mehr, sondern ein Tier?! In meiner Empfindlichkeit animalisch.

Um mich herum werden Leute abgeholt, Begrüßung, Knutsch, Umarmung. Sie steigen in Busse, in Taxen, in ihre Autos und – fahren irgendwohin, wo es spannender ist, als vor dem Flughafengebäude. Ich stehe wie angewurzelt, umgeben von drei kläffenden Kötern, und kann mich nicht bewegen. Ich frage mich, wieviele Hunde es braucht, um einen Menschen aufzuessen. Ich weiß, dass Angst eine noch stärkere Beißlust bei den Tieren erzeugt, und ich weiß, dass sie meine Angst riechen. Das macht mir noch mehr Angst. Ich schaue auf ihre Zähne. „Schau sie dir genau an", sage ich mir, „das sind scharfe Zähne hungriger rumänischer Mäuler." Aber warum gerade ich? Es kommt mir vor, als würden sie ihr Land gegen mich verteidigen. Als solle ich umkehren und das nächste Flugzeug zurück in die Zivilisation nehmen. „Ich habe nichts getan", sage ich zu den Hunden, „ihr verwechselt mich. Ich bin nicht der böse, geflohene Staatsminister. Ich bin es auch nicht, die euch diesen dummen Kapitalismus gebracht hat." Die Hunde werden leiser. „Ich habe es nicht verdient, von euch so unfreundlich begrüßt zu werden. Ich trage keine Schuld am Untergang dieser Welt, mir geht's selber nicht besonders", höre ich mich sagen. Vereinzeltes Kläffen. „Und weil ich kein schlechtes Gewissen zu haben brauche, gehe ich einfach weiter", sage ich und gehe. Es funktioniert. Nichts passiert. Zwar läuft der eine mir unaufhörlich nach, aber wenn ich ihn ignoriere, ignoriert er mich auch. Als hätten wir eine jahrelange Beziehung. Als ich die Straße überquert habe, kommen mir zwei neue Hunde entgegen gelaufen. Sofort kläffen sie mich wieder an. Sogar die anderen Hunde haben Angst vor ihnen und trollen sich. „Esst mich doch einfach auf", sage ich, „aber macht bitte schnell." Die wilden Tiere rücken immer näher mit ihren triefenden Mäulern. Ihre Spucke klebt schon an meinem Hosenbein. Ich rufe nach den anderen, sicher sind sie schon längst in der Stadt, haben mich hier stehen lassen und morgen früh werden sich die letzten Tiere noch an meinen Rippen laben. Nicht, dass es mir etwas ausmachen würde, schließlich bilde ich mir ein, keine Angst vor dem Tod zu haben, aber jetzt, wo er so direkt vor mir zu stehen scheint, finde ich es überflüssig.

Da höre ich die rumänische Freundin Diana. „Komm endlich!", ruft sie. „Ich kann nicht!", sage ich, wie ein kleines Mädchen, das dringend pinkeln muss. Niki hat Diana als eine verwirrte und chaotische Person beschrieben, die sich von den kleinsten Dingen ablenken lässt. Wenn sie in einen Bus steigt, um drei Stationen zu fahren, taucht sie plötzlich in einer anderen Stadt wieder auf und weiß nicht mehr, wie das geschehen konnte. Doch jetzt steuert sie direkt auf mich zu, läuft einfach an den kläffenden Hunden vorbei, als seien sie nicht da, hebt meinen Koffer auf und zieht mich am Arm zum Auto. Während sie das Gepäck in eine Ecke stopft, sitze ich schon zitternd auf der Rückbank und betrachte die gierigen Tölen durch die Scheibe. Die Hunde rennen noch eine Zeitlang neben dem Wagen her, kläffen aus vollen Kehlen, als wollten sie in die Autoreifen beißen und uns an der Weiterfahrt hindern. „Die bellen zwar, aber die tun dir nichts", sagt Diana. Ich habe so meine Zweifel. Meine Hose riecht schließlich schon nach fremdem Hundespeichel und ich bin klitschnass geschwitzt. Ich male mir meine Zukunft in diesem Land aus: Ein großes gefletschtes Maul verschlingt mich.

1,5 Millionen wilde Hunde gibt es in Rumänien, davon über die Hälfte in Bukarest. Ceausescu hat mehr als die Hälfte der Häuser und Villen der Stadt abreißen lassen und Blocks hingestellt. Die Leute durften ihre Hunde nicht mitnehmen. Sie wurden einfach alleine zurückgelassen, und aus Rache haben sich die Tiere ihr eigenes Imperium aufgebaut – und sich wie wild vermehrt.

Als wir unseren ersten Spaziergang durch die Stadt machen, sehe ich überall fickende Hunde. Wenn ich an einer Grundschule vorbei komme, auf der Terrasse von McDonalds, vor dem Ceausescu-Palast. Keiner stört sie, keiner reißt sie auseinander. Am Taxistand stehen die Fahrer und schauen den Hunden beim Geschlechtsverkehr zu. Sie geben Kommentare ab, wie lange es wohl dauert, was für ein Gesicht die Hündin dabei macht, wie groß der Hundeschwanz ist.

Eine Hündin kommt um die Ecke gelaufen, der Hund sitzt auf ihr und bemüht sich, auf zwei Beinen laufend, noch den Verkehr zu vollziehen. Es sieht etwas unbeholfen aus, doch die Hündin hat es anscheinend eilig. Ich sehe einen Jungen, der die Fickbewegung an seiner kleinen Schwester nachahmt. „Welches ist denn das Mädchen?", fragt das Schwesterlein die Mutter. „Der untere Hund ist die Frau", erklärt sie brav. „Der obere ist der Hundemann." Sie hofft, dass es damit getan sei, doch das Mädchen will noch mehr wissen: „Ist das bei den Menschen auch so?", fragt sie. „Was?", fragt die Mutter scheinheilig. „Ist bei den Menschen auch das Männchen oben?" „Nein", antwortet die Mutter, „bei den Menschen ist auch manchmal das Weibchen oben." Aha, denke ich. Früh übt sich, was später erfolgreich sein will. Mir kommt ein Gespräch in den Sinn, das ich mit einem Mann in Deutschland geführt habe. Es hatte ungefähr folgenden Inhalt: „Oh, du gehst nach Rumänien! Dort gibt es die heißesten Frauen. Ich hatte mal eine rumänische Freundin, das war was!“ Er nickte versonnen in Erinnerung schwelgend. „Was war denn so Besonderes an ihr?“, fragte ich. Er druckste herum. Als hätte er der rumänischen Frau versprochen, nicht ihr Betriebsgeheimnis zu verraten, um das äußerst lukrative rumänische Exportprodukt „Sex“ nicht zu gefährden. „Ach, das kannst du dir nicht vorstellen! Rumänische Frauen sind heiß und wild – und sexbesessen. Für Männer einfach ideal erzogen.“ „Und was ist aus deiner rumänischen Freundin geworden?“, habe ich gefragt. „Sie hatte noch zwei andere. Irgendwann hat sie mich nicht mehr angerufen.“ Andere Männer bestätigen mir das Bild von der sexbewussten, rassigen Rumänin. „Rumänische Frauen haben dieses besondere Etwas. Sie sind geheimnisvoll und tollkühn, wild und verboten.“ Ich hatte mich sehr gewundert, doch jetzt werden meine Augen wacher. Ich geselle mich zu den Taxifahrern und betrachte gemeinsam mit ihnen das Sexualverhalten der Tiere. In Deutschland gibt es dafür Tiersendungen am Sonntagabend. Hier passiert es live und ist gleich auf das Wesentliche reduziert. Hier gibt es nicht noch lange Ausführungen über das Ess- oder Schlafverhalten der Tiere, keine Attrappenversuche mit Plastikködern, hier geht es gleich zur Sache. Es dauert ganz schön lange, so ein Hundefick, manchmal unterbrechen sie sich und fangen dann wieder an. Sie scheinen einen ganzen langen Arbeitstag mit nichts anderem beschäftigt zu sein. Als sie mal eine Pause machen, kommen sie auf mich zu und kläffen mich an. Als ob sie unglücklich darüber seien, dass sie nicht durchgehend 24 Stunden lang Liebe machen können. Ich kann sie verstehen. „Manche werfen Steine nach den Hunden, um sie loszuwerden“, sagt ein Taxifahrer zu mir. „Aber das Geheimnis ist: Du musst mit ihnen reden wie mit Kindern.“ Mit fickenden Hunden reden wie mit Kindern? Wie mit fickenden Kindern? Als hätte er meine Gedanken erraten, kläfft mich der eine Köter wieder böse an, also rede ich freundlich mit ihm: „Nimm's nicht so schwer, gleich kommt eine andere Hündin um die Ecke, dann spielt ihr weiter.“ Der Hund wackelt mit dem Kopf, sagt: „Glaubst du doch selbst nicht.“ „Wenn ich gewusst hätte, was man als Hund für einen Spaß hat, wäre ich auch gleich einer von euch geworden“, sage ich, fast hätte ich ihm freundschaftlich auf die Schulter geklopft. Der Hund schaut mich böse an. „Was muss ich tun, um dir zu beweisen, dass ich nicht lüge?“ Das Tier wendet den Blick nicht von mir ab und sagt ganz eindeutig mit seinen Augen, dass er Sex mit mir haben will. „Hier, auf der Straße?“, frage ich eingeschüchtert. Ein geiler Blick trifft mich: „Ja, sofort, lass die Hosen runter und knie dich hin!“ Das habe ich schon im Biologieunterricht gelernt; der Hundetrieb kennt keinen Aufschub. Und hier steht ein Mischling der besonders aggressiven Sorte vor mir, eine Art Alphatier. „Ich weiß ja nicht mal, wie du heißt!“, schiebe ich noch schnell zur Ausrede nach. Der Alpharüde lässt mich nicht mehr aus den Augen und kommt langsam aber unaufhörlich mit diesem starren Blick auf mich zugelaufen. Ich schließe die Augen: „Ich war auch mal so wie du, wollte immer alles, jetzt und sofort. Du musst Geduld lernen, warte mal ab, bis du groß wirst.“ Der Hund scheint soviel Pädagogik nicht zu vertragen und, als ich die Augen öffne, ist er verschwunden.

Ich vertiefe mich immer mehr in das Leben dieser geilen Kinder und ertappe mich, wie ich leise sprechend durch die Straßen schlendere. Wenn ein Rudel aus einer Neubauruine stürmt, um sich etwas Frischfleisch zu reißen, dann freue ich mich mit ihnen: „Gemeinsam macht es doch am meisten Spaß!“ Wenn ein Hund sich vor mir aufbaut und mich nicht den Bürgersteig betreten lassen will, dann sage ich: „Du brauchst keine Angst zu haben, Angst blockiert dich nur in deiner geistigen Entwicklung.“ Und siehe da: Es wirkt. Kein Bellen, kein Zähnefletschen mehr. Ich kann mich sicher in diesem Land bewegen – und bin die Mutter von 1,5 Millionen fickenden Kindern.

Bettina Schoeller
Der Präsidentschaftskandidat

Auf dem Weg nach Hause treffe ich eine Gruppe junger Leute am Universitätsplatz. Sie machen Werbung für die kommunistische Partei. Ich will mich mit ihnen über Politik unterhalten, allerdings ist das einzige, was sie herausbringen: „Wir brauchen Alkohol für den da" und zeigen auf ein Plakat, auf den Präsidentschaftskandidaten ihrer Partei. Ob die wohl denken, dass ich sofort in die Tasche greife, um dem Land mit einer Alkoholspende wieder auf die Beine zu helfen? Wenn Rumänien irgendetwas nicht nötig hat, dann sind es Spirituosen, denke ich, will der Sache aber nachgehen. „Hilft es auch, wenn man ein Bier auf ihn trinkt?", frage ich. „Auf jeden Fall, da bin ich mir 100 Prozent sicher – ossuta la ossuta –, das machen wir schließlich auch den ganzen Tag, und sieh nur, uns geht es seitdem besser, und damit auch dem Land", sagt er. „Also sammelt ihr mehr eine Spende für euch, als für ihn?", schlussfolgere ich sachlich. Er beginnt zu kichern. „Wie kannst du nur so ernst sein?", fragt er mich. „Hier geht es doch nur um Politik, nicht ums Leben. Du musst was trinken, los! Spaß haben!" Ich gehe zum nächsten Laden und kaufe eine Ladung Bier. Damit kehre ich zu dem Wahlkampftrüppchen zurück. „Wie heißt der Kandidat auf dem Plakat eigentlich?", frage ich, während reihum die Dosen geöffnet werden. Ein Moment Stille – es wird getrunken. „Wie heißt der Kandidat eurer Partei?", frage ich erneut. Sie müssen einen Moment überlegen. Einer sagt einen Namen. „Quatsch keinen Scheiß", sagt ein anderer und gibt ihm einen Schlag auf den Kopf. Allgemeines Gekicher. Eine kleine Prügelei beginnt. Dann das nächste Bier. Wir setzen uns hin. „Wieso sprecht ihr niemanden mehr an?", frage ich. „Wir wollten Bier. Und wir haben Bier!" „Nein. Das Bier ist alle", sagt der, der den Schlag abgekriegt hat. „Wieviele Parteien treten so ungefähr zur Wahl an?", frage ich harmlos. Die Jungs fangen wieder an, über mich zu kichern. „Du bist ja immer noch genauso drauf. Wir brauchen dringend Wodka, Wodka für das Land", der Typ springt auf, die anderen folgen ihm. Sie stehen wieder am Platz und rufen den Fußgängern entgegen: „Wir brauchen mehr Wodka für dieses Land! Wodka für den Präsidentschaftskandidaten! Wodka gegen das Vergessen!" Eine Frau bleibt stehen.

„Schämt euch!", sagt sie. „Die Partei sollte einen ausgeben, anstatt hier rumzubetteln. Euch wähle ich nicht!" Ein anderer Mann schleicht um die Jungs herum, „Ja, habt ihr denn jetzt Wodka oder nicht?", fragt er. „Alterchen, wir sagen dir Bescheid", sagt der Anführer und boxt ihm freundschaftlich in die Seite. „In diesem Land wird keiner verdursten. Wir kümmern uns drum." Er stellt sich auf eine Bank und ruft laut in den wallachischen Himmel: „Alcoolice!" Daraufhin bleiben die Leute stehen, weil sie denken, hier gäbe es etwas zu trinken. Im Nu hat sich eine Traube Neugieriger gebildet. „Wo?", fragen sie. „Was gibt's denn? Wodka oder selbst gebrannten?" Die angeschickerten Jungs kichern. Das Einzige, was diesem Land helfen kann, ist eine kollektive Alkoholvergiftung, denke ich und gehe in den nächsten Getränkeladen. Dort gibt es Wodka im Tetra-Pack – ein Euro zwanzig der Liter. Damit kehre ich zu der Truppe zurück. Jubelnde Begrüßung, der Tetra-Pack wird wie eine Trophäe geschwenkt – „Diese Spende für unsere Partei erreicht uns aus Deutschland – vielen Dank, das wird dem Land helfen, endlich wieder auf die Beine zu kommen – und auf andere Gedanken", sagt der Junge, die anderen kichern wieder, ein paar Leute klatschen. Der Wodka macht feierlich die Runde. Den Leuten wird ein bisschen wärmer. Sie reiben sich die Hände, die Gesichter entspannen sich. Man lächelt. Das war schon ein Anfang. Bis zur Alkoholvergiftung ist es noch weit. Diesmal begleitet mich der Typ, der dem anderen einen Schlag auf den Hinterkopf verpasst hat, zum Alkoholgeschäft. Wir holen gleich zehn Packungen und nach einem Blick in meinen Geldbeutel fragt er mich: „Bist du schon verheiratet?" „Leider nein", antworte ich ehrlich. „Ach, das geht ganz schnell", beruhigt er mich lächelnd. „Du bist so eine tolle Frau! Ich könnte dich sofort heiraten, das meine ich ernst." Ich lächle zurück und schultere den Wodka.

„Wir führen den Kommunismus wieder ein", brüllt der Anführer, in der einen Hand das Bild mit dem Präsidentschaftskandidaten, eine Packung Wodka in der anderen, von der Bank zu den Leuten hinunter. „Hier gibt es eine Tagesration Wodka für jeden! Kommen Sie, und holen Sie sich ihren Anteil. Wählen Sie unsere Partei! Denn wir wissen, wie sich Durst anfühlt." Die Leute reihen sich in eine Schlange. Am Ende steht der Junge, der den Schlag auf den Hinterkopf bekommen hat, und füllt Wodka in einen kleinen Plastikbecher. Alle trinken aus demselben Becher. Ein Mann kommt mit einem Pappbecher von McDonalds und will ihn bis zum Rand aufgefüllt haben. „Das ist nicht kommunistisch!“, brüllt eine Frau aus der Schlange. „So ist unser Land zugrunde gegangen“, ruft ein anderer, „wegen Leuten wie Ihnen!“ „Halt die Fresse“, lallt der Mann mit dem Becher und verschüttet seinen Wodka. „Los, meine Braut“, sagt der Typ, der dem anderen einen Schlag auf den Hinterkopf gegeben hat, „wir brauchen Nachschub, jetzt, wo es so gut läuft.“ Mit einiger Routine machen wir uns leicht torkelnd auf den Weg in den Laden. Bei zwanzig Tetra-Packs gibt es einen Plastikbecher gratis. Der Ladenbesitzer will auch seinen kommunistischen Anteil und nimmt einen Schluck von dem Wodka, den er uns gerade verkauft hat. Schwer beladen überqueren wir die große Straße vor dem Alkoholladen. „Ich möchte dich küssen“, sagt der Typ. „Ne, lass mal“, sage ich. „Das ist gegen die Regeln der Partei.“ Er schaut mich irritiert an. „Welche Partei?“, fragt er.

Auf dem Platz haben einige Leute angefangen zu tanzen und versuchen, andere in ihren Kreis zu ziehen. Ich eröffne aufgrund der Nachfrage eine zweite Schlange. „Wählt die kommunistische Partei!“, lalle ich. „Wählt die kollektive Alkoholvergiftung! Denn um in die Zukunft zu blicken, muss man erst den Moment vergessen.“ Ich habe keine Ahnung mehr, was ich genau gesagt habe, ich sehe nur, wie die Polizei kommt, mit ihren Stöcken die leeren Packungen auf dem Boden umdreht und wie der Typ, der einen Schlag auf den Hinterkopf bekommen hat, in meine Richtung nickt. Ich halte den Polizisten einen Wodka hin. „Trinken Sie einen Schluck?“, frage ich freundlich. „Was gibt es denn zu feiern?“, fragt der Polizist. „Meine Heirat mit dem Genossen“, sage ich und zeige auf den Mann, der dem anderen einen Schlag auf den Hinterkopf verpasst hat. Ein paar Leute grölen, die Tanzsaison ist wieder eröffnet. Die Polizisten beglückwünschen mich und nehmen einen Schluck. Mein zukünftiger Bräutigam gibt ihnen noch zwei Packungen mit, aber sie wollen gar nicht gehen. Sie beglückwünschen den Bräutigam, wie er das gemacht hätte – eine deutsche Frau. Ganz einfach, sagt er, er hätte erzählt, dass er Kommunist sei. Die deutschen Frauen seien sehr nostalgisch. Die Polizisten betrachten mich ganz langsam von oben bis unten. Und dann wieder von unten bis oben. Sie schütteln leicht ungläubig den Kopf. Sie haben wohl Berührungsängste – ich schenke ihnen eine neue Runde Wodka ein. „Aus Deutschland kommen Sie nach Rumänien?“ „Ja.“ „Und Sie wollen den betrunkenen Taugenichts heiraten, weil er behauptet hat, dass er

Kommunist ist?" „Ja." Sie lachen laut los, lachen mich aus. Ich bin anscheinend die dümmste Deutsche, der sie jemals begegnet sind. „Wie oft warst du schon verheiratet?", fragt der eine, der andere lacht sofort laut los. Sie trinken und amüsieren sich dabei über mich. Mein Gatte in spe lacht mit. „Hat das Paradies in Deutschland und will einen kommunistischen, rumänischen Alkoholiker heiraten! Hahaha!" Sie klopfen sich die Schenkel rot. „Alkohol regiert die Welt, darum, meine Damen und Herren, gebt uns eine Spende, damit wir mitreden und mitregieren können ...", ruft der Anführer unentwegt und fällt von der Bank. Jetzt verabschieden sich die Polizisten, bevor sie ihm noch auf die Beine helfen müssen. Mein Bräutigam eilt seinem Genossen zu Hilfe und fällt günstig weich auf ihn. Gemeinsam liegen sie betrunken am Boden und singen die Internationale. „Hey, Braut", ruft mein Zukünftiger, „wir brauchen ..." „Mund auf", sage ich und gieße den Wodka aus dem Tetra-Pack über sie. „Hier, Bräutigam." Irgendwann liege ich auch am Boden. Und träume von Genossen, von einer glücklichen Hochzeit und von einer besseren und wärmeren Welt. Als ich aufwache, ist es kalt, mein Kopf dröhnt, Menschen auf dem Weg zur Arbeit steigen über mich hinweg wie über eine Pennerin. Aber das mit Routine und ohne Vorsicht, ohne Verachtung. Um mich herum schlafende Menschen mit Kopfkissen aus Wodkapackungen. Bei dem Anblick wird mir ganz komisch. Ich emigriere zurück in meinen inneren Westen, steige in ein Taxi und habe dort einen angenehmen Filmriss.

Bei den Wahlergebnissen eine Woche später gibt es wieder einen Grund, sich zu betrinken; die kommunistische Partei hat um vier Prozent zugelegt.

KAFFEE.SATZ.LESEN 9

Franka Winter
Kunst

„Mensch, Uschi, dat is doch keine Kunst, dat is doch Kinderkacke!" Nun hatte sie ihn mit Ach und Krach dazu gebracht, mit in die Ausstellung zu kommen, seit Tagen redeten die Zeitungen von nix anderem, das Fernsehen auch nicht, das müsse man einfach gesehen haben, und jetzt das. „Uschi, wie heißt der Typ noch mal? Bevor ich mir noch 'n Buch von dem kauf, so aus Versehen oder so!" Der Fettsack kaufte sich sowieso nie Bücher! Na ja, ehrlich gesagt, sie ja auch nicht so oft, ... aber immerhin: Sie hatte die Bibel, das Örtliche, zwei Mal Rosamunde Pilcher und „Hausfrau leicht gemacht", besser als nix.
„Uschiii, sach doch mal, wiiiie heißt ..." – „Weiss ich jetzt nicht! Sei doch ruhig!" Sie wusste auch nicht mehr so richtig, wie der Künstler hieß, Ole von Beust? Nee, das war 'n anderer. Wer war denn das noch mal? Ach, ... vergessen. War ja auch egal, das war KUNST, das war die Hauptsache, auch wenn es eher wie ein Häuflein ... „na ja" aussah. Da musste sie Horst insgeheim schon irgendwie recht geben. Fett und Filz, wer kam denn auf SOWAS???

„Och Uschi, wolln wir nich lieber nach Hause fahren und Fernsehn gucken? Oder wir fahrn zu Muddi in Schrebergarten! Dat is doch hier nix, Uschili."
Draußen war es heiß. „Uschili" war müde, die Krampfadern drückten. Irgendwie konnte sie ihren Horst ja schon verstehen, der war halt einfach eher praktisch veranlagt ... trotzdem könnte er ja mal, ihr zuliebe halt, so ... und der Eintritt war so teuer gewesen. Die anderen Leute fanden die Ausstellung ja auch gut, jedenfalls sah das so aus, wie sie so alle in ihren schwarzen Rollkragenpullis mit ihren eckigen Brillen zwischen den Skulpturen hin und her wanderten und sich gegenseitig kluge Sachen zuraunten, die mussten's ja wissen ...

Manchmal fühlte sich Uschi so richtig klein und unbedeutend. Na ja, eigentlich hatte sie ja auch so einiges geschafft in ihrem Leben, wenn sie's sich so recht überlegte. Nein, sie musste sich nicht schämen: Drei Kinder hatte sie großgezogen, da hatte ihr der Fettsack auch nicht eben viel bei geholfen, klar, er musste ja das Geld verdienen, von irgendwas musste man ja leben. Die beiden Mädchen waren jetzt auch schon verheiratet, hatten ihre Ausbildung fertig, Bürokauffrau die eine und die andere hatte partout irgend so was Modernes machen wollen, Dottkommbranksche oder so, wo die das nur herhatte! Na ja, da verstand SIE ja nun wirklich nichts von. Nu war sie arbeitslos und die ganze Mühe umsonst gewesen ... aber wenn das Kind denn glücklich war. Der Junge hatte immer was ganz Großes werden sollen, studieren, Doktor und so, aber dann hatte er mal einmal nicht aufgepasst und – schwupps – saß er mit 'nem Kind da. Er war dann Maurer geworden, wie sein Vater. Ja, ja, die Kinners.

Sie selber war immer Hausfrau gewesen, na ja, das ist ja nun auch nicht unbedingt was Schlechtes, also, das hatte sie sowieso nie verstanden, wieso ihre Töchter unbedingt arbeiten wollten. Manchmal hatte sie sich ein bisschen was dazu verdient, mit Aufpassen auf die Nachbarskinder, oder sie hat der Oma von nebenan die Einkäufe mitgebracht, aber dafür wollte sie dann doch nichts haben, jeder wird ja mal alt, Frau Meier, ja, nein, aber das ist doch selbstverständlich! Kinderkacke – ja die hatte sie wirklich oft gesehen, aber damit hatte das, was hier ausgestellt war, nun wirklich mal gar nix zu tun! Aber das konnte Horst ja nicht wissen, wann hatte der schon mal einem Kind die Windeln gewechselt! Na ja, sie wollte jetzt aber auch nicht unfair sein.

Einmal hatte sie einen Geliebten gehabt. EINMAL in 35 Jahren Ehe, das ist doch nun wirklich nicht so schlimm! Der war auch ein Künstler gewesen, ein Passbildfotograf; aber dann wollte er irgendwann mal Nacktfotos von ihr machen und das war ihr dann doch zu viel. „Nee, nee, die mach man von deiner Frau", hatte sie ihm gesagt und war dann gegangen. Man hatte ja seinen Stolz, man musste ja als Frau, die was auf sich hält, auch wirklich nicht alles mitmachen! Aber, ach Gott, ja, sonst war's schon schön gewesen ... Künstlerhände hatte der gehabt, nicht solche Maurer-Pfoten wie ihr Horst, und er war auch viel einfühlsamer gewesen. Und was sie alles zusammen gemacht hatten, all den Kram, wo der Horst so gar keinen Sinn für hatte! Irgendwann hatte sie ihn dann noch mal auf der Straße getroffen, mit so 'nem jungen Ding und Kinderwagen. Na, letzten Endes hätt's ja aber wahrscheinlich doch nicht gepasst. Manchmal musste sie aber schon noch an ihn denken. Vielleicht war ihre Jüngste ja auch deshalb in so einen kreativen Beruf gegangen ... ein bisschen ähnlich war sie ihm ja schon. Mensch, so lange war das nun schon her ...

Eine Gruppe von Museumsbesuchern spazierte mit ihrer Führung an Uschi und dem Fettsack vorbei. „Das künstlerische Werk von Joseph Beuys ist geprägt durch seine Theorie der sozialen Plastik, durch seine Erweiterung des traditionellen Kunstbegriffs", erklärte die zarte Dame in Dunkelblau mit großen Gesten. „Abkehr von formal-ästhetischen Maßstäben und festgefügten Gestaltungsprinzipien, Ausübung von Kunst als einem ganzheitlichen Wahrnehmungs- und Erkenntnisprozess, an dem jeder Mensch beteiligt sein und der verändernd in die Gesellschaft eingreifen soll." Sie wirkte ehrlich begeistert. „Jeder Mensch ist ein Künstler!" Das Publikum nickte anerkennend, und Uschi nickte eifrig mit, aus Gewohnheit. Sie warf einen Blick auf ihren Horst, der mit offenstehendem Mund einen Stuhl mit einem Berg Fett auf der Sitzfläche anstarrte. Sein Hosenstall stand ebenfalls offen. Jeder Mensch ein Künstler? Näh! DER nicht! DEN Unterschied kannte sie gut.

„Komm, Hasiputz, wir fahrn nach Haus, ich mag nicht mehr!" Auf dem Heimweg redet der Fettsack am laufenden Band. Im Autoradio läuft Heintje, „Mama, Du sollst doch nicht um deinen Jungen weinen." Der Fettsack singt laut mit. Uschi schweigt und starrt aus dem Fenster. Sie fühlt sich ein bisschen melancholisch. „Was gibt's denn heute zu essen, Mausi?", fragt der Fettsack. „Salat!" Sie guckt an sich runter. 57 Jahre, drei Schwangerschaften und 4763 Schachteln Zigaretten. „Würstchen und Pommes!", ruft sie. Für die Fotos ist es jetzt ja doch zu spät.

Nico Spindler
deine hellen augen

vom himmel rieselten schatten auf uns oben in der eiche
am ende der wiese über der stadt und die nacht rollte den
mondteig aus

unerreicht von der jagd der fledermaus um die äste der
glühwurm wie von lippen sanft emporgehaucht zwischen
blättern sein leuchten

auf mir dein augenstreicheln vom ast gegenüber und alle
sinne voller pralinees als ich dachte sag etwas und ich will
es mögen

da drehtest du den kopf zur stadt einfach so und ich sah
weiter zu dir rüber auf alles an dir und dachte oder sag
einfach nichts du süßes ding

und dann wer weiß schon wie so etwas geschieht waren
deine hellen augen nicht mehr zu sehen es sei denn du
lächeltest und ich traute mich kaum zu wissen warum

Nico Spindler
sie brechen unseren willen

/
einen kleinen schokomilchshake bitte
groß oder klein
klein
schoko erdbeer oder vanille
schoko

/
einen kleinen schokomilchshake bitte
groß oder klein
groß
schoko erdbeer oder vanille
erdbeer

Nico Spindler

im himmel wird gelüftet

im letzten tageslispeln schon
piekte sorgsam an den himmel
mit kleinen feinen silbernadeln
die nacht ihr schwarzes tuch

doch heute abend schien es mir
als flatterte das tuch ein wenig

ich dachte mir sieh an
im himmel wird gelüftet
obs wieder mal zu stickig war

nur einmal
war der zug zu stark
und löste eine silbernadel

– – –

ich sah sie hell hinunterrieseln

Nico Spindler

die erste frau an die ich denke nachdem mal wieder schluss ist zwischen mir und lady x oder <ich zeuge in gedanken den messias>

von irgendwoher bringt ein schiff riesiges im juliwehen
kleine feuer am flussstrand mit lachen rundherum rauch
und bewegung doch keine so wie du

dir folgen hunde die du ins wasser schickst wohin du
einen stock nie warfst sie zurück zum ufer rufst und
wirbelnd streichelst ihre ohren

dir folgen kinder jubeln über deinen spaß am jagen und
fallen eher aus erschöpfung um als dich aus augen zu
verlieren und keine mama kann sie kriegen

dir folgen wolken von flugblumen flügel an flügel in
hellem aufruhr tanzt barfuß du im sand ihn
zu segnen

dir folgen meine blicke töchter plane ich mit dir ewig
frauen um mich die sich wie du bewegen und einen sohn
mittendrin den alle schwestern lieben leck mich am arsch
wenn das kein messias wird

Nico Spindler
atomkrieg wird olympisch

raketenstart auf pay tv
das megamodell singt die hymne
ich öffne noch ein bier

die blonde sau sieht super aus
auch meine rakete startet jetzt
ein heißer wunsch geht in erfüllung
ein schurkenstaat geht in die luft
treffer
dem terror mitten ins gesicht

millionen hats erwischt
millionen menschen schreien
ich öffne noch ein bier

das modell in der luxussuite
verzweifelt nachts an spliss

Nils Mohl

schön, dass du da warst

vor dem fenster stürzen brennende flugzeuge ab. er öffnet den kühlschrank, flaschen klappern. er sagt: eistee?

sie antwortet nicht, aber er weiß, sie nickt. er nimmt zwei gläser vom regal über dem waschbecken und spült sie aus. sie sagt: wenn so ein ding mal zwischen den wäscheständern von frau mawron landet, steht hier im handumdrehen der ganze block in flammen.

er schenkt den eistee in die gläser. sie schließt die balkontür und dreht sich um.

wer weiß, sagt er, vielleicht ist frau mawron ja bei der freiwilligen feuerwehr und hätte ein brennendes inferno sofort unter kontrolle.

er reicht ihr den eistee. ihre finger berühren sich flüchtig. er sagt: gut siehst du übrigens aus.

gegenlicht, sagt sie.

nein, wirklich, sagt er.

sie lächelt. cheers, sagt sie und nippt einmal kurz an dem glas.

er prostet ihr zu, sagt: auf dich.

sie zündet sich eine zigarette an. sie inhaliert tief, atmet den rauch durch die nase aus. du rauchst nicht mehr?, fragt sie.

nein, sagt er. er schüttelt den kopf. er sagt: die ersten tage waren die hölle.

sie nickt. sie ascht in den ausguss. ihre armreifen schlagen gegeneinander, klappern. sie fragt: hast du die sonnenbrille eigentlich gefunden?

was?, sagt er, die sonnenbrille? ach so, ja. hab ich.

er stellt den eistee auf die arbeitsplatte und geht nach nebenan. da war noch so einiges, sagt er, deine alten skistiefel zum beispiel.

er kommt mit einer roten sporttasche aus dem schlafzimmer zurück. musst einfach mal gucken, sagt er, aber ich meine, das ist jetzt wirklich alles.

sie schaut skeptisch auf die ausgebeulte tasche. sie sagt: du willst mir doch nicht irgendwelchen schrott unterjubeln, rember.

er zuckt mit den schultern. er sagt: schmeiß weg, was du nicht brauchst.

sie dreht den wasserhahn auf und hält den rest ihrer zigarette darunter. es zischt. sie sagt: hast du die wohnung inzwischen gekündigt?

ich bin irgendwie noch nicht dazu gekommen, sagt er. er greift nach ihrem einwegfeuerzeug und dreht an dem knirschenden zahnrädchen. um ehrlich zu sein, sagt er, habe ich momentan auch einfach nicht die nerven, mir etwas neues zu suchen.

sie sagt: ich dachte nur. dann deutet sie mit einem kopfnicken in richtung mülleimer und sagt: darf ich mal eben?

natürlich. klar, sagt rember. er geht einen schritt zur seite und hebt den deckel. sie wirft den durchnässten filter ihrer zigarette hinein. der abfall riecht faulig. er sagt: was dachtest du?

wegen der miete, sagt sie, für einen allein ganz schön happig.

rember kratzt sich am hals. weißt doch, wie das mit geld ist, sagt er, wo was war, kommt was wieder.

sie schaltet das radio ein, geht die programmierten sender durch, findet nichts passendes und schaltet das radio wieder aus. rember massiert sich beidseitig die schläfen. sie fragt: kopfschmerzen?

wie bitte?, fragt er.

du siehst blass aus, sagt sie.

rember gähnt. er sagt: akuter schlafmangel.

sie sagt: ein kaugummi?

danke, sagt rember. er will keins. er verlagert das gewicht von einem bein aufs andere, lehnt sich gegen die waschmaschine. er sagt: wann warst du eigentlich das letzte mal hier?

sie überlegt. kurz nachdem ich ausgezogen bin, sagt sie, drei monate muss das etwa her sein. wieso?

rember fährt sich mit der hand über den nacken. keine ahnung, sagt er, kommt mir ewig vor.

sie schiebt sich einen streifen kaugummi in den mund. es war auf jeden fall ein mittwoch, sagt sie, ende mai.

rember verschränkt die arme vor der brust. er sagt: schon seltsam alles.

sie schaut aus dem fenster. sie hat die hände in die hüften gestützt, die knie sind durchgedrückt. sie steht auf den fußkanten und federt leicht auf und ab. rember schließt die augen. sie steht dicht neben ihm. er spürt ihre nähe, riecht ihr eau de parfum. ihm fallen die brennenden

flugzeuge wieder ein. ich glaube, sagt er, robin ist das mit den schwalben.
sie dreht sich um. robin?, fragt sie abwesend.
ja, sagt er, ich glaube, robin präpariert die dinger mit spiritus.
sie macht ein ernstes gesicht. sie sagt: weiß j.p. davon?
eltern wissen nie was, sagt rember.
sie sagt: ein achtjähriger und spiritus.
jungs in seinem alter kokeln nun mal gerne, sagt er.
sie schüttelt den kopf. wie kommt robin überhaupt an spiritus?
was weiß ich, sagt rember, vielleicht ist es auch benzin.
quatsch, sagt sie.
er sagt: brennen jedenfalls wie zunder, diese papierflieger.

sie setzt sich an den esstisch. sie schlägt die beine übereinander. ihr rechter fuß wippt auf und ab. sie sagt: du könntest natürlich auch jemanden zur untermiete hier reinnehmen.
er reibt sich mit daumen und ringfinger über die augenlider. ich weiß nicht, sagt er, ich zweifle ein bisschen an meiner wg-tauglichkeit.
er guckt sie an. sie weicht seinem blick aus. sie guckt auf die leeren bilderrahmen an der wand. sie sagt: ist ja auch egal.
eine strähne fällt ihr ins gesicht. sie schiebt sie hinter ihr ohr.
wie haben wir die wohnung damals eigentlich bekommen? fragt er.
sie sagt: hat dir dein kollege nicht – wie hieß er noch gleich?
kluth, sagt rember, hatto kluth.
genau, sagt sie, kannte der nicht den vormieter?
rember sagt: war der vormieter nicht sogar sein bruder?
kann sein, sagt sie, sein bruder oder sein schwager.
die strähne fällt ihr wieder ins gesicht. sie löst ihr haargummi, bindet sich den zopf neu. er sagt: wahrscheinlich war es der bruder vom schwager.

sie schaut an die decke. sie schaut auf den boden. sie schaut auf ihre armbanduhr. tja, sagt sie, ich glaube, so ganz allmählich ...
okay, sagt rember.
er trinkt den letzten schluck eistee. neun jahre, denkt er, wahnsinn, neun jahre.
sie sagt: rufst du mir ein taxi?
er sagt: ich kann dich auch fahren.

das ist nett, sagt sie, aber ich nehme ein taxi.
er spürt, wie das blut aus seinem kopf weicht. er fröstelt. seine achseln werden feucht. rember weiß nicht, warum, aber er möchte ihr plötzlich wehtun, er möchte ihr am liebsten ins gesicht schlagen und dann von ihr in den arm genommen werden. was soll das, sagt er, gibt es ärger mit mr. lover lover, wenn ich dich fahre?
sie sagt: rember, bitte.
er sagt: auch ein schweineherz kann bluten, und hasst sich augenblicklich dafür. er kommt sich albern vor.
ihre augen werden feucht.
er sagt: entschuldigung.

sie kämpft mit den tränen. ihre nasenflügel zittern. sie sagt: ich begreife das nicht, bis eben war doch alles in ordnung.
sie weint. rembers magen krampft sich zusammen. er holt tief luft. tut mir leid, sagt er. und weil er sich die worte zuerst im kopf vorgesprochen hat, klingen sie merkwürdig unbetont, hohl. ich weiß nicht, was da gerade in mich gefahren ist, sagt er. er sagt: ich bin ein ziemliches arschloch. er sagt: ich rede nur blech.
sie schweigt. sie sieht durch ihn hindurch. er betrachtet ihr verheultes gesicht. er hat das gefühl, als würde er alles aus einer perspektive oberhalb des eigenen körpers wahrnehmen. er sagt: ich rufe dir ein taxi.

sie zieht sich die jacke an. rember telefoniert. er kritzelt geometrische figuren auf einen block. als er das gespräch beendet hat, sagt er: in einer viertelstunde.
danke, sagt sie.
er sagt: wegen eben.
sie sagt: kein problem. schon vergessen.
ein unangenehmes schweigen entsteht. rember muss an die weiche haut ihrer leistenbeugen denken, an ihren nabel, ihre scham. er sagt: ich gehe mir manchmal selbst auf den keks.
er spielt nervös mit dem kugelschreiber. er sagt: ich bin derzeit etwas dünnhäutig. sorry, sagt er. er sagt: die letzten wochen waren nicht gerade ein zuckerschlecken. und einen tick zu laut fügt er hinzu: beileibe nicht.
sie beißt sich auf die unterlippe. ist doch logisch, sagt sie. sie sagt:

vielleicht wäre eine weile funkstille für beide das beste.

rember sagt: wenn man wenigstens wüsste, wieso es nicht geklappt hat.

er legt den kugelschreiber beiseite. sie sagt: ich war froh, dass wir uns diese diskussionen erspart haben.

es klingelt. er sagt: gutes timing.

sie holt einen schlüssel aus der jackentasche. sie hält ihn rember hin. sie sagt: das hätte ich beinah vergessen.

ich auch, sagt er.

sie sagt: ich hasse solche momente.

er nimmt ihr den schlüssel ab, hängt ihn im flur ans schlüsselbrett.

es klingelt wieder.

da hat es jemand eilig, sagt rember, sieh zu, dass du runterkommst.

ja dann, sagt sie, machs gut. sie sagt: wir hören voneinander.

er steht im türrahmen und hat die hände tief in den hosentaschen vergraben. sie umarmt ihn zum abschied. seine lippen berühren ihre haut, sie drückt ihre wange gegen seine. er fühlt ihr kinn auf seiner schulter, ihren atem. er sagt: pass auf dich auf.

sie küsst die kuppen von mittel- und zeigefinger, presst sie sanft gegen rembers mund und guckt ihm in die augen. mach ich, sagt sie. ciao, sagt sie.

bis bald, sagt rember. er sagt: schön, dass du da warst.

sie schultert die rote sporttasche, lächelt noch einmal, dreht sich um und geht. der holzfußboden im treppenhaus knarzt, und nach jedem schritt hallt das knarzen von den kahlen wänden zurück. rember hört sie drei etagen nach unten gehen. er hört sie im erdgeschoss ankommen. er hört sie die haustür öffnen, er hört den augenblicklich anschwellenden straßenlärm, die vorbeifahrenden autos. er hört schritte auf dem bürgersteig, eine fahrradklingel, stimmenfetzen, fern ein lachen, das wartende taxi. er hört, wie die haustür zuschwingt, wie der lärm abebbt, er hört, wie die haustür wieder ins schloss fällt. und durch die geschlossene haustür hört rember das zuschlagen der taxitüren, hört, wie das taxi anfährt. er hört das fahrgeräusch der reifen auf dem asphalt, ein gedämpftes, helles, singendes, schnell leiser werdendes summen, er hört das mit ihm verschwindende, flüsternde rauschen des motors, den nachklang im kopf. und dann hört rember nichts mehr, nur das knacken im ohr beim schlucken, die stille und weit weg eine aufheulende sirene.

rember schließt zweimal ab. in der küche setzt er sich auf einen stuhl und starrt ins nichts. draußen wird es langsam dunkel. in den wohnungen gegenüber gehen vereinzelt lichter an. flackernde fernsehbilder spiegeln sich in den scheiben, hin und wieder tauchen dahinter die silhouetten vorbeihuschender menschen auf. es ist windig. das fenster steht auf kipp. rember denkt an die hängeschränke aus pressspan, an den kieferntisch, an die deckentäfelung. ein brennendes flugzeug, das sich in der gardine verfängt, denkt er, nur eins.

KAFFEE.SATZ.LESEN 10

Sven Heine
Beige

Die Hauswand ist beige. Er hat sie gerade fertig gestrichen, wie es die Hausverwaltung von ihm verlangt hatte. Einem Schreiben hatte er entnommen, dass die Verwaltung nun eine beige Wand wünscht, weil es in der Sitzung des Senats der Stadt so festgelegt worden war, darunter befand sich ein Aktenzeichen und die Unterschrift von Dr. Werner, Vertreter der Hausverwaltung.

Er schaut auf die Wand und streicht mit den Fingern darüber. Er findet keine Flecken, keine Hubbel und keine Nasen von zu dick aufgetragener Farbe. Bis zur nächsten Straßenecke sieht man nun Beige und noch weiter bis zum Ende der Straße und zum Stadtrand.

„So schön hell und sauber sieht sie aus, die Wand!", sagt Frau Herrmann und zupft ihr Kopftuch zurecht. „So ist es fein, Herr Wagemann." Herr Wagemann ist Angestellter der Hausverwaltung, dafür wohnt er in der Wohnung im Erdgeschoss mit Garten im Hinterhof. Er kümmert sich, das ist seine Aufgabe. Er muss sich sonst nicht kümmern. Er hat keine Frau und keine Kinder.

„Passen Sie doch auf, Herr Wagemann! Es ist frisch gewischt!"

„Ja doch, Frau Herrmann. Bin doch schon fast durch. Nichts für ungut, Frau Herrmann." Er stakst auf Zehenspitzen auf die Haustür zu und versucht, den Farbeimer hindurch zu bugsieren. Sie steht neben der Tür und hat den Feudel in der einen und ihre Hüfte in der anderen Hand. „Sie kommen auch immer dann, wenn man Sie am wenigsten gebrauchen kann!"

„Aber Frau Herrmann. Ich muss doch. Es ist randaliert worden. Schauen Sie sich nur die Wand an, das kann doch nicht so bleiben, Frau Herrmann!"

Er lässt Frau Herrmann im Treppenhaus stehen, tritt auf den Bürgersteig und stellt den Farbeimer ab. Er holt den Pinsel aus der Tasche und öffnet den Deckel. „Was für eine Sauerei!" murmelt er und schnauft. Sein Hemd ist feucht am Rücken und hat Flecken auf dem Bauch und unter den Armen. Er steckt den Pinsel in den Eimer. Der Pinsel zittert. Die Farbe schlägt kleine Wellen, und als er die überflüssige Farbe abstreifen will, fallen Tropfen herab. Vom Rand des Eimers fallen sie auf den Bürgersteig, zerplatzen auf den grauen Platten wie Seifenblasen und färben den Bürgersteig beige. Herr Wagemann streicht Farbe über die Graffiti. Er legt kleine, beige Rechtecke auf die Wand wie Pflaster. Bis „H liebt K" und das Herz darum verschwunden sind. Bis man nur noch Wand und Pflaster sieht. Bis die Wand wieder gesund und beige ist, von hier bis zur Straßenecke und weiter bis zum Ende der Straße und bis zum Stadtrand. Dann tritt er einen Schritt zurück. Legt den Kopf zur Seite. Schaut auf die Wand und die Farbpflaster. Er streicht sich durch den Bart und über den Bauch, nickt und grunzt und schließt den Farbeimer wieder. Den Pinsel steckt er über Nacht in ein Glas mit Wasser, bis das Beige mit dem Wasser im Glas ist und die Borsten wieder beweglich und rein sind.

„So früh schon wach, Herr Wagemann!" Frau Herrmann winkt mit der Einkaufstasche in seine Richtung. Er lehnt auf dem Fensterbrett und hebt kurz die Hand. „Jo jo. Man muss aufpassen, Frau Herrmann. Aufpassen muss man, sonst ist hier bald alles vollgeschmiert und wenn erst alles vollgeschmiert ist, dann dauert es nicht mehr lange und ... das wollen wir doch nicht. Oder wollen Sie das?" Er rückt sein Kissen zurecht und bewegt die Augen wieder im Rhythmus der Fußgänger. Frau Herrmann schüttelt den Kopf und schaut ihm in die Augen. „Nein, das will hier doch keiner, Herr Wagemann. Aber wenn Sie aufpassen, dann fühlt man sich gleich viel sicherer!", sagt sie, geht weiter und wedelt mit der Einkaufstasche und seine Augen ruhen auf ihr, auf ihren Beinen und auf ihrem Rock. Dann kommt der nächste Fußgänger und Herr Wagemann denkt, pass auf, pass bloß auf. Jeder könnte es sein. Ich muss noch besser aufpassen. Am Tag und in der Nacht. Ich muss das Fenster auflassen. Auch nachts. Gerade nachts. Und wenn ich schlafe, wer passt dann auf?, denkt er und winkt Frau Herrmann zu, die sich umdreht und lacht.

Und morgens ist es schon wieder zu spät. Große Herzen. „H + K" und ein Pfeil hindurch. Vor der Wand steht ein Vertreter der Hausverwaltung, der einmal im Jahr nach dem Rechten sieht. Er schreibt in ein Buch. Herr Wagemann schließt die Haustür hinter sich und geht auf ihn zu. „Herr Wagemann!", sagt der Mann von der Hausverwaltung. „Sie wissen, dass wir das nicht mehr lange dulden können. Sie kennen die Vorschriften. Die Schmierereien müssen sofort beseitigt werden und sorgen Sie bitte dafür, dass das umgehend aufhört!" Der Mann schließt sein Buch und wendet sich zum Gehen. „Ja", sagt Herr Wagemann und schaut auf seine Schuhe, die den beigen Fleck auf dem Gehweg verdecken. „Unser Haus soll beige bleiben! Herr Wagemann, die Verwaltung zählt auf Sie! Schönen Tag noch!", sagt er, während er den Kopf noch einmal dreht und mit dem Kugelschreiber auf Herrn Wagemann zeigt. Der senkt den Kopf, nickt und holt den Eimer, den dicken Pinsel und die Leiter. Dann malt er wieder Pflaster auf die Wand.

„Prösterchen, Herr Wagemann! Auf die schöne Wand."

„Frau Herrmann, das geht jetzt nicht, das sehen Sie doch, ich bin im Dienst!"

„Ach, Herr Wagemann!" Frau Herrmann hat zwei Gläser in der Hand, beide gefüllt bis zum Rand. „Es passt doch so gut." Frau Herrmann hält das Glas hoch, nahe an die Wand. Das Glas mit dem Eierlikör verschwindet fast im Beige. „Eierlikör ist erlaubt in dieser Stadt. Ist doch beige!", fügt sie hinzu.

„Na, ich weiß ja nicht."

„Ach kommen Sie, Herr Wagemann." Sie lächelt und blinzelt und schaut ihm in die Augen.

„Na gut. Einer vielleicht." Er steigt von der Leiter und nimmt ihr das Glas aus der Hand.

„Zum Wohl, Herr Wagemann. Hmmm. Der ist gut, nech. Selbstgemacht. Na, noch einen?"

„Danke nein, Frau Herrmann. Ich muss doch weiterarbeiten!"

„Ach, kommen Sie. Auf einem Bein kann man doch nicht stehen!"

„Na gut, einer noch. Dann ist aber wirklich Schluss."

Sie geht zurück zum offenen Fenster ihrer Wohnung, die neben der von Herrn Wagemann im Erdgeschoss liegt, greift hinein und hat die ganze Flasche in der Hand. Sie schenkt reichlich nach. Herr Wagemann trinkt und Frau Herrmann trinkt. Dann lächelt er und sie lächelt auch. „Hmmm, ist der gut. Jetzt muss ich aber wirklich weitermachen." Die Gläser sind schnell wieder voll und Herr Wagemann kann ein volles Glas nicht stehen lassen, das wäre Verschwendung, und das geht natürlich nicht.

„So kann das nicht bleiben, Herr Wagemann!"

Der Mann von der Hausverwaltung steht wieder vor der Wand. Herr

Wagemann friert. Das Licht ist zu grell und sein Kopf schmerzt. Der Mann zeigt auf die Wand und hebt dazu beide Augenbrauen in die Höhe. Die Wand ist beige, hat aber Flecken, und die Schmiererei schaut noch durch die Farbe hindurch, wie durch einen Schleier. „Ich kann mir das auch nicht erklären." Herr Wagemann zuckt die Schultern und denkt an gestern und an den Eierlikör und dass er auf einmal furchtbar müde geworden war.

„Ich werde das sofort korrigieren!", sagt Herr Wagemann und geht und holt die Leiter, den Farbeimer und den Pinsel, damit er wieder Pflaster malen kann. „Das hoffen wir auch!", sagt der Mann von der Hausverwaltung und geht ohne Abschied. Herr Wagemann malt den ganzen Tag und am Abend ist wieder alles beige, die Hauswand, die Straße und die Stadt. Dann geht er zurück in seine Wohnung, öffnet das Fenster und setzt sich. Er kocht sich eine Kanne Kaffee, weil er wach bleiben will, den Abend und die ganze Nacht hindurch. Wenn es geht bis zum Morgen, bis die Randalierer kommen und auf die beige Wand schmieren und er einschreiten kann, damit er endlich wieder seine Ruhe hat und sich um die Glühbirnen im Keller kümmern kann. Er setzt sich vor den Fernseher und trinkt die ganze Kanne Kaffee leer, bis sein Herz rast. Dann wird er aber doch müde und sein Kopf senkt sich auf die Brust und da hilft auch der Kaffee nichts mehr. Er schläft ein und wird erst morgens durch die Haustürklingel wieder geweckt.

„Sie haben Post, Herr Wagemann!" Herr Wagemann schaut durch die Tür. Frau Herrmann hält einen Umschlag in der Hand. Seltsam, denkt er und sagt „Vielen Dank!"

„Oh dafür nicht", sagt sie, lacht und geht. Dann bleibt sie aber doch kurz stehen und dreht sich um und sagt: „Sie sehen nicht gut aus. Schlafen Sie sich doch mal richtig aus, Herr Wagemann." Er schaut kurz auf, lächelt, murmelt etwas von Fernsehen und auf der Couch eingeschlafen in seinen Bart und schließt die Tür.

Sehr geehrter Herr Wagemann,

wir verlangen von Ihnen nur, dass Sie sich kümmern. Nicht mehr und nicht weniger. Wir haben Sie aufgefordert, die Wand beige zu streichen. Sie ist nun beige, aber immer wieder wird sie von Randalierern verschandelt. Unterbinden Sie dieses Verhalten umgehend. Die Wand soll beige bleiben. Herr Wagemann, kümmern Sie sich.

Die besten Grüße, Dr. Werner (Vertreter der Hausverwaltung)

Herr Wagemann stöhnt. Legt den Brief auf die Kommode und zieht seinen Kittel an. Dann nimmt er den Brief noch einmal in die Hand und stöhnt lauter, während sich seine Hand verkrampft und das Papier in seiner Hand die Form ändert und zum Ball wird, der auf einer perfekten Parabel in den Papierkorb fliegt und darin verschwindet, dann geht er hinaus. Er schaut auf die Wand und auf die Pflaster, die er gestern aufmalte und ist zufrieden. Er wundert sich, wundert sich über die Hausverwaltung und über die Randalierer. Was wollen die nur?, denkt er und seine Blicke wandern nach oben an der Hauswand entlang, bis sie fast am Dach angekommen sind, und dann muss Herr Wagemann tief Luft holen, denn sonst würde er schreien. So laut schreien, dass es das ganze Haus hören würde und die ganze Straße auch. Fast bis zum Stadtrand würde man es hören. Aber er holt tief Luft und schreit nicht.

Herr Wagemann malt mit geschlossenen Augen. Zuerst hatte er die Augen offen gehabt, aber er ertrug den Blick vom Dach auf die Strasse nicht gut. Seine Handflächen wurden nass vom Schweiß und er rutschte fast ab, weil der Fensterrahmen unter seinen Fingern wegglitt. Er sah sich im Geiste in vielen unterschiedlichen Positionen fallen, und seine Körper stapelten sich auf dem Gehweg, und seine Hände wurden noch nasser, und der Fensterrahmen wurde noch glitschiger, und er dachte, gleich falle ich wirklich. Jetzt hat er die Augen geschlossen und das ist besser so, denn während er malt, stellt er sich vor, was er mit den Schurken, mit den Randalierern, alles so machen würde. Diesem Gesindel. An den Füßen aufhängen würde er sie. Das Seil am Fenster hier auf dem Dachboden festmachen und wenn sie dann an der Hauswand baumelten, würde er Farbbeutel füllen und sie an die Passanten verkaufen. Der Kopf würde fünf Punkte geben alle anderen Körperteile nur drei. Bei 15 Punkten würde man ein Pinselset gewinnen und einen Farbeimer. Natürlich beige. Herr Wagemann träumt und fühlt sich besser und dann sind die beiden Flecken von den Farbbeuteln weg.

Ich muss noch mehr aufpassen, denkt er. So geht das nicht weiter. Vielleicht sollte ich die Nachbarn fragen. Vielleicht haben die ja was gehört oder gesehen. Morgen, denkt er. Morgen frage ich die Nachbarn. Dann könnte ich nachts aufbleiben und am Tag könnte jemand anders aufpassen. Vielleicht Frau Herrmann, die hat doch bestimmt Zeit. Sie arbeitet ja auch nicht mehr so richtig. Ich frage sie, gleich morgen frage ich sie und dann gleiten seine Gedanken ab und seine Augen schließen sich und sein Kopf fällt auf die Lehne der Couch.

Am nächsten Tag wacht er zum Frühstücksfernsehen auf. Ein Teil des Fernsehbildes liegt im Schatten. Im Schatten des Buchstaben, der an die hintere Wand des Zimmers projiziert wird. Sie haben ein K auf sein Fenster gesprüht. Er spürt das Kribbeln am Hals hochsteigen und sich ausbreiten und als es auf der Kopfhaut ankommt, springt er von der Couch und murmelt Schimpfwörter in seinen Bart, während er in die Schuhe schlüpft. Im Flur findet er einen Zettel. Er liegt halb im Flur und halb unter der Haustür.

Sie kümmern sich nicht, Herr Wagemann! Kümmern Sie sich! Fangen Sie heute an! Fangen Sie gleich an! Sofort! Kümmern Sie sich, Herr Wagemann!

gez. Dr. Werner (Ihre Hausverwaltung)

Die Treppe in den Keller nimmt er in drei Schritten, obwohl ihm die Beine zittern. Im Keller greift er sich den beigen Farbeimer und den Topf mit der roten Farbe. Er lässt das Rot langsam ins Beige kreiseln. Beige wird Rosa und er denkt: Ich werde mich kümmern. Ich kümmere mich heute, morgen und übermorgen. Ich habe mich schon lange nicht mehr gekümmert. Er greift die Rolle, nicht den Pinsel, und rennt die Treppe hinauf. Im Flur steht Frau Herrmann.

„Gehen Sie zur Seite, Frau Herrmann. Ich muss mich kümmern. Ich habe keine Zeit. Es ist dringend."

Er schiebt Frau Herrmann zur Seite und stürmt zur Haustür. Die Farbe im Eimer schwappt zur einen Seite, schwappt zur anderen Seite und wäre fast herausgeschwappt, aber dann steht der Eimer auch schon auf der Straße und Herr Wagemann stößt die Rolle hinein. Er setzt sie an der Hausecke an und rollt einen Streifen auf die Wand. Einen rosa Streifen. Er stoppt weder vor Frau Herrmanns Wohnzimmerfenster, noch vor ihrem Küchenfenster, noch vor der Haustür. Er rollt und rollt, bis das Haus einen rosa Streifen hat. Dann setzt er die Rolle unter dem Streifen erneut an und rollt noch einen. Bis das Haus einen dicken rosa Streifen hat. Dann geht er einen Schritt zurück. Betrachtet die Wand und sagt: „Schön!"

„Sie sind doch bestimmt hungrig, Herr Wagemann." Frau Herrmann steht vor ihm auf dem Flur, eine Schürze um den Bauch und einen Kochlöffel in der Hand. Sie zieht an seinem Arm und er folgt ihr in ihre Wohnung und in die Küche, dort kocht die Suppe, in der Frau Herrmann rührt. Er stellt den Eimer ab und legt die Rolle vorsichtig auf den Deckel, damit sie nicht herunterrutscht.

„Haben Sie denn noch nichts gegessen, Herr Wagemann?" Frau Herrmann kostet und blickt Herrn Wagemann an. Das Licht in der Küche ist leicht rötlich. Das Fenster hat einen rosa Streifen auf halber Höhe. Er schaut auf den Streifen und dann aus dem Fenster.

„Schauen Sie sich nur um, Herr Wagemann!"

Er blickt verwirrt in den Flur. Auch aus dem Wohnzimmer kommt rötliches Licht. Er geht langsam aus der Küche in den Flur und schaut ins Wohnzimmer und auf den Tisch. Dort liegen jede Menge Sprühdosen und Farbbeutel.

Er schluckt, seine Lippen öffnen sich, aber es kommt nichts. Dann steht Frau Herrmann in der Tür und hat zwei Gläser in der Hand. Herrn Wagemanns Lippen schließen sich und öffnen sich wieder.

„Frau Herrmann!", sagt er.

„Sie dürfen ruhig Heidi sagen", sagt sie und reicht ihm ein Glas. Er nimmt das Glas und schaut sie an. Sie lächelt und prostet ihm zu.

„Karl", krächzt er und nippt am Eierlikör.

„Ich weiß!", sagt sie, nimmt eine Sprühdose in die Hand und sprüht H+K auf die Wand ihres Wohnzimmers. Dann lacht sie und verschwindet wieder in der Küche. Herrn Wagemann zittern die Knie und sein Magen rebelliert. Ich werde mich kümmern, denkt er und auf einmal ist er sehr, sehr hungrig.

Konstanze Ehrhardt
41, 42, 43 …

Mit zitternder Stimme hebt er an zu sprechen: „Du meine große Liebe“, sagt er und dann nichts mehr, weil ihm die Stimme versagt.

Er räuspert sich.

Also, noch mal: „Du bist mein Schatz und bleibst mein Schatz.“

„Herrschaftszeiten“, flucht er, weil es immer noch nicht geht, die Tränen in seinem Hals wie ein nasser Korken auf den Stimmbändern sitzen, die Worte blockieren, die er fein säuberlich aufgereiht, für diesen Tag gesammelt und geordnet hat, mit Satzzeichen und in logischer Folge, so dass er ihr heute nach und nach alles sagen kann, und nicht nur ihr, sondern allen, die in diesem Raum sitzen, seiner Familie, denn sie sind alle das Resultat seiner Liebe zu ihr und das will er ihnen sagen, in schönen Worten und direkt. Aber es geht nicht.

„Der Krieg“, sagt er plötzlich in die Stille hinein, weil er sieht, dass alle warten. „Wegen dem Krieg, da hat alles ganz schnell gehen müssen.“ Er trinkt einen Schluck Wasser und denkt dabei an den Schnaps und die Zigaretten, die sie früher geraucht haben, die er noch lange, nachdem er wieder hier war, geraucht hat. Die ganzen Zimmer seines Hauses hat er damit zugequalmt, die Familie eingeräuchert mit den fetten, schweren Schwaden, sodass alle rund um den Tisch husten mussten, aber nicht gehustet haben, weil nicht gehustet wurde, zumindest bei Tisch nicht und in seiner Gegenwart.

„Also, der Krieg, die Kriegsschule und dann der Feldzug, nach Russland und sonst wohin, dazwischen, da musste es schnell gehen, Heirat, Kinder, trotzdem, das möchte ich hier betonen, die Heirat immer noch vor den Kindern, auch trotz solcher Zustände, zumindest in unserem Fall.“ Dabei verzieht er die Mundwinkel zu einem kleinen verächtlichen Lächeln. „Darauf stosse ich an, mit dir hier heute an unserem Hochzeitstag!“

Er hebt das Glas und alle mit ihm, prosten ihm zu und vergessen dabei, der alten Frau neben ihm zuzuprosten, die still vor sich hinlächelt und mit dem Kopf nickt und an ihrem Glas nippt, nur ein bisschen, denn nichts schmeckt mehr, im Alter schmeckt sowieso überhaupt nichts mehr, weil die Geschmacksnerven als erstes absterben, zumindest bei ihr.

„Der Krieg“ fängt er wieder an und stellt sein Glas auf den Tisch, und jetzt sehen alle zu Boden, denn sie haben gedacht, dass nun Schluss ist mit der Rederei und dem Zugeproste, aber es geht weiter.

„Zuerst war ich ... wann ...? Warte mal, ja, das muss ... nun sag doch auch mal was!“, wettert er runter zu der kleinen, dürren Frau, die erst fünf Sekunden später nach oben schaut, weil es so lange dauert, bis seine Worte den Weg durch ihr Hörgerät gefunden haben. „1941, 42, 43, nein warte, im Winter war das, von der Kriegsschule, Notabitur und dann an die Front, so war das, da war kaum Zeit für die Liebe, das könnt ihr mir glauben.“

Er reibt seine Hände, seine großen, fleischigen Hände, mit denen er alle an sich drückt, die Enkel besonders gerne, weil sie so jung und frisch sind und im Grunde ihm gehören, ihm ganz allein, denn sie leben durch ihn und von ihm, sein Geld, sein Fleisch, sein Blut und deshalb darf er sie drücken, solange er will, sie sagen nichts und lächeln nur und nehmen das Geld, das er ihnen gibt und kaufen sich was.

„Mach's kurz, Opa“, ruft jetzt einer dazwischen, weil sich die Zähigkeit langsam im Raum ausbreitet und an den Nerven zerrt, aber er hört schon nichts mehr, denn er ist jetzt in Russland im Schnee und sieht sich, wie er da rumläuft, im Schnee, zurückläuft, alleine aus Russland, verschwommene Bilder in Weiß ziehen an ihm vorbei, die nur er sehen kann und sonst niemand. Alle anderen sehen nur einen alten Mann, der am Tisch steht, mit dem Glas in der Hand, der eine Rede hält oder halten möchte, dem plötzlich die Worte abhanden gekommen sind, stattdessen kommen Erinnerungsfetzen, von irgendwoher aus seinem Hirn, wo sie gespeichert sind, begraben, in eine Ecke geschoben und völlig verstaubt. Jetzt kommen sie, diese Bilder, genau jetzt, wo er was Schönes sagen will, über die Liebe zu seiner Frau, die immerhin schon 60 Jahre dauert, eine elendig lange Zeit. So lange, dass er schon alle anderen Frauen vergessen hat, auch ihre Namen und ihre Gesichter sowieso, und er fragt sich in diesem Moment, warum er gerade diese Frau damals geheiratet hat, warum diese und keine andere, aber es fällt ihm nichts ein, er kann sich zumindest nicht daran erinnern, mit Sicherheit gab es da mal einen Grund, aber der ist schon lange verschüttet.

Schön war sie, die kleine Frau hier neben ihm, das kann er auf den Bildern sehen, die in der Runde herumgereicht werden. „Was für ein schönes Paar“, sagen alle. Wie Filmstars sehen sie aus, auf ihren

Kreuzfahrten, über die Reling gebeugt in schickem Khaki und hellem Leder, oder im Wohnmobil in irgendeiner Wüste, mit dem Wind in den blonden, gelegten Locken, amerikanisch sollte es aussehen, überhaupt, Amerika, die Kamera, um alles festzuhalten, und Walt Disney für die Kinder, nach dem Krieg.

„Ihr alle", sagt er jetzt und zeigt mit dem Glas in die Runde. „Ihr alle habt keine Ahnung, was das heißt, Kriegsschule, Notabitur, Russlandfeldzug."

Ungeduldige Blicke fahren jetzt hin und her über den Tisch, der Alte wieder, denken alle, der Alte wieder, redet wieder mal nur von sich und seinem Krieg, seiner Jugend und dass alles wieder nur durch seiner Hände Arbeit entstanden ist, alles, jeder Tisch, jede Decke, jeder Mensch, der hier rumläuft. Der mit seinem Notabitur. Wahrscheinlich kein Abitur oder Scheinabitur, was auch immer.

Dann klappt plötzlich die weiße Tür, die zur Küche führt, auf, roh reißt das Geräusch die Wortfetzen ein, die dem Alten jetzt wie breite Ströme ohne Punkt und Komma aus dem Mund laufen, an seinem Anzug hinunter auf den Tisch, dort breitet sich die Rede aus und bevor sie auf die Teller schwappen kann, bevor die Schützengräben in Russland, Stalingrad, Kaliningrad, Nowgorod den ganzen runden Tisch durchfurchen, das Porzellan im Gefechtfeuer zerspringt und wie Granatsplitter in die Augen der Angehörigen fährt, rein in die Bindehaut, raus das Auge auf den Tisch, bevor sich das Ganze in eine wüste Familienschlacht verwandelt, wo jeder mit seinem Dreck wirft, auf den anderen drauf, ins Gesicht und ans Schienbein, kommt der Koch und sagt: „Kalbsbraten".

Alle halten die Luft an. Der Alte sieht auf, schon braut sich erneut was zusammen in seinem Gesicht, dicke Hautwülste stülpen sich übereinander, sodass alle in Deckung gehen, die Enkel unter den Tisch, die anderen klappen die Ohren ein oder legen sie an.

Der Koch steht da und reibt sich die Hände an seiner Schürze. Er scheint nichts zu merken von dem Angriff und der riesigen Wut, die den Alten jetzt rot anlaufen lässt. „Das ist doch die Höhe", denkt der Alte, aber bevor er was sagen kann, ist der Koch weg und fünf Frauen mit riesigen silbernen Platten kommen rein. In einer Reihe treten sie auf und verteilen sich um den Tisch. Gleichzeitig, mit einer Drehung aus dem rechten Handgelenk stellen sie die silbernen Platten auf die weiße Fläche. Der Dampf steigt auf, und der Alte stutzt, denn so was hat er schon mal gesehen, und er überlegt, und darüber geht ein bisschen die Wut weg, und auch die Schützengräben verschwimmen, das Leuchtfeuer erlischt, und zurück bleiben rauchende Holzbalken und heimatlose Hühner, die nicht wissen, wohin sie gehören, und die verwirrt von einem verkohlten Hof zum nächsten laufen.

Jetzt sehen alle auf. Das Zeichen, denken sie, das Zeichen, das muss doch jetzt kommen, das Essen wird kalt, man hat doch so viel bezahlt und jetzt wird es kalt, weil der Alte da immer noch rumsteht und von seinem Scheißkrieg erzählt, von all dem Müll, der hier niemanden interessiert, den kann er schön mitnehmen ins Grab. Da kann er liegen, und während er vor sich hinschimmelt, kann er nachdenken über den Krieg, kann jedes einzelne Bild an sich vorbeiziehen lassen, es sind ja genug davon da, so viele Bilder, die den Alten mit Wucht erdrücken, die sich aufdrängen, die ungefragt einbrechen in seine Hirnschale und auf seine Tränendrüse drücken, sodass er jetzt rumschnupft.

Einer schlägt an sein Glas. „Erich", sagt er. „Erich, lass es jetzt gut sein und setz dich und iss!"

Und der Alte blickt um sich, plötzlich ganz schüchtern, wie man es gar nicht gewohnt ist von ihm, so sieht er um sich und schaut auf das Essen, das vor sich hindampft und mit jeder Sekunde ein bisschen kälter wird, immer kälter, die Kartoffeln, die Soße, der Braten.

Dann setzt er sich. Ohne ein weiteres Wort hin auf seinen Stuhl. Sein Sohn, der neben ihm sitzt, klopft ihm kollegial auf die Schultern und nickt und fängt an, das Fleisch auszuteilen.

Tina Uebel
Good Times Machine

Kammerjäger. Sarin. Oder Brandbeschleuniger, geht auch. Würd sich auch beides positiv auf den hiesigen Tanzstil auswirken, käme gleich viel authentischer. Tabula Rasa. Proletenpassion. Und es ist kein Gin in meinem Gin Tonic. Ich öffne meine Finger, das Glas fällt auftragsgemäß zu Boden und zerschellt, tonlos, der Soundeffekt ertrinkt in lärmenden Provinzbeats. Scooter wahrscheinlich, zurück schreckt man hier vor nichts. Die Proleten freut's. War ein Artikel im Spiegel, über Scooter, muss man sich mal vorstellen. Demnächst gibt's Kochrezepte. Oder Horoskope. Sage ich. Eine Servierische mit Schürzlein kommt Gin Tonic feudeln. Jahrelange gute Laune hat sich in ihr Gesichtchen gegraben wie Traktorreifen in einen feuchten Acker. Sie wischt zu meinen Füßen rum und guckt genervt. Kannste vielleicht mal 'n bißchen beiseite gehen, sagt die Servierische; du bist süß, sage ich, was bist denn du für'n Sternzeichen. Fick dich, sagt sie; laß mich raten, sag ich, Waage, Aszendent Anglistikstudentin. Wir gucken ihren Möpsen beim Wischen zu, sie trägt weit ausgeschnitten und bauchfrei, die Ische. Arschloch, sagt sie und wischt; ja, aber bloß im Aszendenten, sage ich. Sie liebt dich, sagt Gonzo; ich weiß, sage ich, ich bin ein Frauentyp, es ist Fluch und Segen zugleich. Aber ich überlasse sie dir von Herzen gerne, was ist schon eine Servierische unter Freunden. Arschlöcher, sagt die Ische und zieht mit Kehrschaufel von dannen, sie ist erstaunlich eloquent, trotz Anglistikstudium. Dafür hat sie keinen Hintern unterm Schürzlein. Zu spät, sagt Gonzo. Wir hätten mit dem Porscheschlüssel klimpern sollen, sage ich, das wirkt pawlowsch. Wobei, hier reicht wahrscheinlich schon ein Ford-Ka-Schlüssel. Über uns vibrieren Plastikpalmwedel im Scootertakt. Sommerfrische im Proletenzelt, sieht man sich um, wird deutlich, dass sich die menschliche Gensequenz nur marginal von der der Fruchtfliege unterscheidet. Womit wir wieder beim Kammerjäger wären. Alle ausrotten. Ich zünde mir eine Zigarette an und bestelle einen neuen Gin Tonic bei der Barische, die in gleicher Schürze gewandet ist wie die Wischische, muß aus derselben Produktionsreihe stammen. Die Palmen erzittern jetzt unter launigem Nena-Remix, als wäre das vor 20 Jahren nicht schon scheiße genug gewesen. Irgendwas scheint kaputtgegangen zu sein am evolutionären Prinzip. Menschen, die Nena-Remixe hören, sollten zumindest nicht wählen gehen dürfen, sage ich. Vielleicht brauchen sie Hilfe, sagt Gonzo. Vielleicht brauchen sie Schläge, sage ich; vielleicht sollten wir einfach woanders hingehen, sagt er. Wir rauchen und sehen Kreaturen beim Tanzen und Freuen zu. Gonzo trinkt Glenlivet. Unsere Generation ist mit dreißig schon so vorbei, dass sie noch den letzten Dreck gut findet. Hauptsache, sie hat's auf der Abifeier gehört. Damals, als sie noch geglaubt haben, lebendig zu sein. Und sei's Nena. Man hätte uns mit 29 ausrotten sollen, wie in *Flucht ins 21. Jahrhundert*. Oder so. Damals war das 21. Jahrhundert noch lang hin. Sagt Gonzo. Schreib ein Buch drüber, sag ich. Generation Abifeiertape. Generation Nostalgische Frühvergreisung. Generation Arschoffen. Verkauf's an Eichborn. Werd reich. War das der Film, wo sie aus den Leuten grüne Kekse machten? Nee, war ein anderer, sagt Gonzo, aber wär auch nicht schlecht, ich seh hier ein paar gute Kandidaten für grüne Kekse. Die Menge auf der Tanzfläche trägt überwiegend oliv oder khaki, diese Saison wird Kampfanzug getragen. Man könnte ein ganzes Bataillon Green Berets bei H&M einkleiden. Der Kosovo tanzt. Bei der Abifeier wollten sie noch alle Che Guevara sein. Hau'n wir ab, sagt Gonzo und ext seinen Whisky. Laß uns noch was mitnehmen, *to go*, sage ich. Wozu sind wir an diesem unerfreulichen Ort. Unsere Chancen stehen gut, wir tragen als einzige richtige Schuhe. Frauen stehen auf sowas, steht nächste Woche im Spiegel. Oder war's die Frau im Spiegel? Egal. Die Menschheit ist dumm hier, sagt Gonzo; ich sage, man sieht nur mit den Augen gut. Es ist angerichtet, mein Prinz. Ich deute mit Grandezza über die Tanzmausmasse. Nenn mich nicht Prinz, ich bin kein Schäferhund, sagt Gonzo. Außerdem bin ich auf Diät. Du bist verheiratet, sage ich, nicht katatonisch. Wo ist der Unterschied, sagt er. Er schnippt seine Zigarette in die Palmen, was aber wenig bewirkt, sind wahrscheinlich aus Asbest, der kluge Systemgastronom ist seinen Gästen immer einen Schritt voraus. Reißen Sie sich zusammen, Sir, sage ich, wir brauchen Sie. Ich gebe meine beste Vietnamnummer, fällt ja auch nicht schwer bei diesem Ambiente. Der Vietcong ist da draußen und hinter unseren Ärschen her. Der Vietcong wurde mir unlängst gesetzlich angetraut und ist bloß über's Wochenende weg, sagt Gonzo. So what. Sage ich. Du bist vierunddreißig, was hast du vor. Die nächsten sechzig Jahre abends nach Hause kommen, dich mit Schatz-wie-war-dein-Tag an den Tisch zur Lauchpfanne setzen und den Kandelaber entzünden? Kinder und vier verschiedene Balsamico-Essige und Prostataprobleme? Einen Renault Scénic? Und ich muß zukünftig allein an Alkoholmissbrauch und sexueller Verausgabung sterben? Du hast eine Frau, kein Karzinom. Gonzo sagt, wo ist der Unterschied. Die Chemotherapie ist die freudvollere, sage ich und schiebe ihm mein Koksbriefchen höflich über die Theke. Tanz den Michel Friedman. Du verdirbst mich, sagt er; ich verwöhn dich, sage ich, du bist mein Chef und ich liebe meinen Job. Ich rahme dich am Montag als Angestellter des Monats, sagt Gonzo und geht koksen. Ich versuche, mit einem blonden Hungerhäkchen zu meiner Linken eine Konversation in Deppenesperanto zu beginnen, bin aber nicht wirklich inspiriert. Sie starrt trübe auf ihre Rigo-Flasche und wartet aufs wirkliche Leben. In zehn Jahren wird sie denken, sie hätte heute abend Spaß gehabt. Spätestens dann gibt es das nächste Nena-Revival. Und, was willst du mal werden, wenn du groß bist, frage ich das Mädchen; ich studier, sagt sie; schon klar, sage ich, so genau will ich das gar nicht wissen. Und du, was machst du so, sagt sie und nuckelt Teenietrendgetränk. IT, sage ich, selbständig, mit 'nem Freund von mir, und überlege, ob sie IT für ein Modelabel hält. Oder für einen liebenswerten kleinen Außerirdischen. Ich dachte, ihr seid alle pleite, sagt sie, von der Garage an die Börse in die Sozi, war das nicht so. Wir nicht, sage ich, wir sind die Guten. Man sieht's an den Schuhen. Begreift sie nicht, macht ja nichts. Trägt Flipflops zu ihrer Cargohose. Bauchfreies Armyhemd. Irgendwo da draußen muß Krieg sein. Wir werden ihn wahrscheinlich verlieren. Willst du noch so'n Dings, ich zeige auf ihr Nuckelfläschchen; was muß ich dafür tun, fragt sie. Ich hasse altkluge Kinder. Rette meinen Freund, sage ich. Küsse ihn, schenk ihm dein bezauberndes Lächeln. Er hat nur noch wenige Tage zu leben. Krebs. Endstadium. Er möchte noch eine einzige Nacht glücklich sein. Außerdem ist er jung. Und reich. Und an der Börse. Und sieht gut aus. Du kommst in den Himmel dafür. Versprochen. Du bist ja 'n Idiot, sagt die kleine Kampfmaus, greift aber trotzdem nach dem frischen Fläschchen. Nein, sage ich, ich bin Gott, sonst könnte ich ja wohl kaum solche Zusagen machen. Zigarette? Ich rauch nicht, sagt sie. Dann sagt sie noch was, was ich im Lärm nicht verstehe, was mich aber auch nicht wirklich interessiert. Von ihrer Hose baumeln Strippen, tentakelartig. Gonzo bahnt sich einen Weg durch die Tanzarmee zur Theke. Er sieht geringfügig heiterer aus. Das ist er, sage ich zum Mädchen, mein Freund, Gates. Prinz Gates, darf ich vorstellen, ich habe Cinderella getroffen. Voilà. Enchanté, sagt Gonzo zu Cinderella, Cinderella sagt Hi. Sie liebt dich, sage ich. Ich liebe dich auch, sagt er zu Cinderella. Ihr beide findet euch richtig gut, oder, fragt Cinderella, ich halte das aber für eine rhetorische Frage. Mein Prinz, sage ich, so Ihr mir die Kronjuwelen anvertrauen mögt, lasse ich euch beide allein. Ihr habt sicher viel miteinander zu bereden. Nenn mich nicht Prinz, sagt Gonzo und schnippt mir das Kokain zu. Ich liebe dich auch, sage ich zu ihm; wuff, sagt er. Ich gehe koksen, mehr aus Gewohnheit als aus Überzeugung, vorbei an zu vielen Menschen. Sie riechen schlecht, wenn es warm ist. Auf der Herrentoilette stehen Männer in Camouflage vor der Pissrinne, mit den Gesichtern zur Wand, als stünde das Erschießungskommando hinter ihnen. Ich ziehe zwei Lines vom Klokasten, die sich als leichte Lebhaftigkeit zwischen meinen Synapsen niederlassen. Nicht aufregend, aber auch nicht schlecht. Wie fast alles. Wie mein Gesicht im Spiegel über dem Waschbecken: nicht aufregend, aber auch nicht schlecht. Gonzo hat das Mädchen mittlerweile handzahm, mich wundert das wenig, er kultiviert seine jungenhafte Unschuld wie der Holländer seine Tomate. Die beiden reden einher. Ich trinke meinen Gin Tonic. Zu wenig Gin. Kinder, lasst uns die Party in ein uns angemesseneres Environment verlagern, schlage ich unserem kleinen Reisegrüppchen vor. Ich klinge jovial. Die Nacht ist jung, wir sind schön, oder umgekehrt. Verlassen wir das niedere Volk und gehen in einen richtigen Club, unsere Mission hier ist erfüllt. Okay, sagt Cinderella, ich hab aber einen Freund, nur dass ihr das wisst. Haben wir nicht alle so unsere Probleme. Aber klar, sage ich, wir schätzen an schönen Frauen sowieso nur das geistreiche Gespräch. Gonzo legt einen Arm um sie, was bekanntlich geistreichen Gesprächen zuträglich ist, und wir drängen uns durch den Amüsierpöbel nach draußen. Flakgewitter von der Decke des Pleasuredomes, darin gebadet God's Army in Stroboskopschnappschüssen. Oliv und khaki. Rainbowtours in den Kongo, ein Zukunftsmarkt. Gonzos SUV parkt um die Ecke im Parkverbot, er hat ein Ticket gekriegt, das ihn nicht interessiert, er macht sich nicht mal die Mühe, es vom Scheibenwischer abzupflücken. Ich überlege, Cinderella galant den Vordersitz zu überlassen, dann aber scheint es mir den Aufwand nicht wert und wir verstauen sie hinten, sie klagt nicht. Ich richte ein paar Lines für uns auf dem Stadtplan her, Cinderella kriegt auch eine ab. Sie kann das problemlos bedienen, rüsselt gierig und stellt keine Fragen. Unsere Jugend geht vor die Hunde, rapide. Gonzo startet den Motor, parkt aus, fährt mit salopp überhöhter Geschwindigkeit Richtung Kiez. Ich werfe einen Blick zurück auf den Kindersitz. Schwer zu sagen, ob man solche noch mit Autos und Schuhen beeindrucken kann. Ihr Freund hat wahrscheinlich eine regenbogenfarbige PACE-Flagge vom Balkon wehen und sie findet das gut. Im Augenblick bezwitschert sie Gonzo mit niedlichen Ernsthaftigkeiten, Koksenergie in Augen und Stimmchen. Dem scheint das zu gefallen, er sieht schon wesentlich weniger verheiratet aus als vorhin noch. Scheint, als müsse ich künftig doch nicht als einziger an sexueller Verausgabung sterben. Wir parken in einer Seitenstraße, im Parkverbot, ist mal wieder alles dicht hier. Jedes zweite Nummerschild stammt aus unteramüsierten Vororten. Wir gehen zum nächstgelegenen Club, Cinderella läuft neben Gonzo, sie macht auf cool, ihre Schritte flippen und floppen. Ich bezahle den Eintritt für uns alle, deponiere die beiden im nächsten Sofa und gehe zur Bar. Die kleine Plaudertasche sägt an meinen Nerven. Immerhin, Musik ist gut, und begrüßenswerterweise ist man hier zu souverän zum Tanzen. Sollte mir vielleicht selbst ein weibliches Projekt zulegen. Möglichst eins ohne Stimmbänder. Die Thekenfrau serviert mir Drinks und Verachtung, sie ist derart tätowiert, man müsste sie abschmirgeln, bevor man sie berühren möchte. Ich gebe ihr trotzdem gutes Trinkgeld, kann sie auf den Laser sparen. Dann beliefere ich die zwei Königskinder mit Rigo und Single Malt. Cinderella hat gerade mal vergessen, dass sie eigentlich cool ist, und gebiert sich putzig. Gonzo nimmt sein Glas, stößt es gegen meines, du bist ein Held, sagt er. Sind wir das nicht alle, sage ich. According to David Bowie, sagt Gonzo und fährt fort, das betrunkene Prinzesschen zu umgarnen. Ich sehe mich um. Ich rauche. Sieht alles aus wie immer. An der Bar sehe ich ein Milchgesicht, von dem wir hier manchmal ziemlich schlechte Drogen kaufen. Zwei Sofas weiter sitzt eine einsame Kurzhaarige, die gut aussähe, wäre sie nicht schwer weggetreten. Zuviel Vergnügen bekommt leider nicht jedem. Dann sehe ich Unheil. Es kommt direkt auf uns zu. Captain, Sir, wir haben Gesellschaft, sage ich zu Gonzo; wie bitte, sagt Gonzo und pult sein Interesse aus Cinderellas Ausschnitt. Das Unheil schlendert zu uns rüber und lässt sich geschmeidig im freien Sessel nieder. Zu viele Sitzgelegenheiten hier. Wenn das nicht der König der Herzen ist, begrüßt es Gonzo. Mich ignoriert sie, ich stehe offenbar nicht im Stand der Gnade. Ich dich auch, sagt Gonzo zu ihr, zu Cinderella sagt er: meine Ex. So was Ähnliches, sagt sie und begutachtet Cinderella. Wie nett. Deine Tochter? Gonzo entzündet ein Lächeln der B-Kategorie; ich liebe deinen geistreichen Esprit, sagt er. Sie lächelt ihn gekonnt nieder. Und, was sagt deine Frau dazu. Hör nicht auf sie, sage ich zur Cinderella, sie weiß nicht, was sie sagt. Kreutzfeldt-Jakob, sehr traurig. Cinderella guckt. Kreutzfeldt & Jakob, sage ich. Du weißt schon, das bekannte österreichische DJ-Duo. The K&J-Sessions. Cinderella guckt. Außerdem ernte ich einen gezuckerten Gorgonenblick. Wenngleich Moira heute vielleicht eher als Parze unterwegs ist, wie ich befürchte. Bezahlt er dir dafür eigentlich genug, fragt sie mich; Frauen, sage ich, ist das Konzept von Freundschaft fremd. Wir sind Brüder, wir lieben uns. Lasst es auf dem Standesamt eintragen, sagt Moira, ich streu euch Blumen. Sie klimpert mit Eiswürfeln in ihrem leeren Glas. Kauf mir was zu trinken, lässt sie mich wissen, ihr seid erpressbar. Ich gehorche ohne mit der Wimper zu zucken, ich bin Diplomat. Halt das doch so lange für mich, sage ich zu Moira und lege ihr unser Koksbriefchen auf die Sessellehne. Ich bin sogar ein sehr guter Diplomat. Am Tresen drängt man sich. Nach reiflicher Überlegung erwerbe ich zusätzlich vier Stolnaya, es scheint mir angeraten. Ich trinke meinen noch an der Theke. Unsere kleine Farm erwartet mich in unveränderter Konstellation. Moira residiert in ihrem Sessel und trägt aggressive Gutlaunigkeit zu ihrem Designerkleid. Gonzo trägt Cinderella auf Tuchfühlung, Cinderella trägt in erster Linie Schwips. Du wolltest nicht eigentlich heute noch, sagen wir, mal früh ins Bett, frage ich Moira und reiche ihr einen Longdrink und einen Wodka. Dafür ist es zu spät, sagt sie; dafür ist es nie zu spät, sage ich. Sie sagt, ich solle mich weniger sorgen, das mache Falten und alt. Lasst euch nicht stören, sagt sie zu Gonzo, wir amüsieren uns alle ganz wunderbar. Man könnte ihr glauben, könnte man ihr glauben. Sie reicht mir das Koks, ich reiche es weiter an Gonzo. Gonzo grinst und klaubt Cinderella aus dem Sofa. Kommen Sie, mein Fräulein, kommen Sie, wo Entzückungen auf Sie warten, sagt er. Er steuert das Fräulein durchs Gemenge, sie flippt und floppt. Moira liest meine Gedanken und sagt, zu jung für richtige Schuhe. Geht dich nichts an, Moira, sage ich. Hast du nicht zufällig gerade was Dringendes auf den Lakkadiven zu tun. Nichts, was ich nicht jederzeit für ein bisschen anregende Gesellschaft würde sausen lassen, sagt sie und raucht und trinkt. Ich würde mich fragen, warum sie sich das antut, hätte ich es nicht aufgegeben, mich zu fragen, warum Frauen tun, was sie so tun. Außer, dass ich doch frage, machst du jetzt Stress, frage ich. Moira bläst mir Rauch ins Gesicht, schwer vorzustellen, dass mir wegen so großartiger Typen wie euch nicht das Herz bricht, nicht wahr, sagt sie. Ehrlich gesagt: ja, denke ich, spare es mir aber, das auszusprechen. Ich habe soziologisches Interesse, sagt sie, was ich für eine Lüge halte, aber meine Expertise ist wohl nicht gefragt. Ich leere meinen Drink, ich glaube, wir gehen dann mal, Moira, sage ich. Gut, sagt Moira, leert den ihren und steht auf. Sie schwankt dabei, nur leicht, ich bemerke es trotzdem. Ich sollte sie mit einem Zaunpfahl erschlagen. Stattdessen ignoriere ich sie möglichst überzeugend und gehe weg, in der Hoffnung, sie wird des Spielchens müde. Ich zumindest bin das ganze Affentheater leid. Ich finde das Milchgesicht bei den Toiletten rumlungern und kaufe von ihm überteuert ein paar Gramm. Dann finde ich Gonzo, beim Eingang, seine Zunge steckt in Cinderella fest. Kann passieren. An der Wand gegenüber lehnt Moira und raucht. Auch das kann passieren, sollte aber nicht. Sie hat ein Flaschenbier in der Hand. Gonzo, wir gehen, störe ich Gonzo, sag jetzt nichts, vertrau mir. Cinderella kichert, sie hat offenbar Spaß. Auf der Treppe verliert sie einen Flipflop. Neben mir schlendert Moira, was mich nicht wirklich froh macht. Sie sitzt auch im Auto neben mir, auf dem Rücksitz, und beküsst mich mit Zunge, was mich vollends irritiert. Scheine versehentlich in Gnade zurückgeglitscht zu sein. Nicht, das ich mich gestört fühlte, sie küsst gut und ist schön, lediglich der Masterplan scheint mir zu entgleiten. Irgendein Masterplan. Whatever. Falls sie Gonzo eifersüchtig machen will, macht sie's falsch, Gonzo schäkert mit Cinderella, die ein wenig wacher geworden ist. Ob sie weiß, was sie tut, man weiß es nicht. Es ist immer noch warm, Gonzo hat die Fenster geöffnet. Wir haben Koks nachgelegt, und Gonzo fährt zu schnell und über rote Ampeln und zu seinem Appartement. Was ich nicht für klug halte. Egal. Noch stehen keine Designerkandelaber in seiner Wohnung. Noch ist alles fast wie früher. Muss vielleicht doch nicht zukünftig alleine alt werden. Cinderella sitzt im Schneidersitz auf dem Teppich und baut Kokainlinien auf dem Couchtisch, mit einen konzentrierten Gesichtsausdruck als spiele sie Spitz-paß-auf. Gonzo krault ihr die Haare. Moira säuft. Ich auch. Sie hat braune Beine. Das Koks saugt den Alkohol auf wie ein Schwamm. Wir hören laute Musik aus teuren Boxen. Ursula 1000. Gonzo reicht einen gerollten Schein an unsere

Kinderarbeiterin im Straßenbau, die krempelt sich die oliven Ärmel hoch und saugt sich ihr Näschen. Dann reicht sie den Schein weiter, an Moira, ausgerechnet. Moira rückt zum Tisch und snieft und schließt die Augen. Gonzo ist dran. Moira greift nach den Zigaretten und nach Cinderellas Arm. Ach Gottchen, sagt sie, wie niedlich. Cinderella windet sich halbherzig und wird mädchenrot. Moira läßt sie nicht los. Das tust du doch sicher, um dich mal wirklich *zu fühlen*, wenn's dir nicht so gut geht, nicht wahr. Cinderella hat kleine rote Narben in den Unterarm geritzt, in einer Art Schottenkiltmuster. Interessant. Wir haben wohl alle so unsere Probleme. Jaja. Ich mache mein Koks weg, bevor's noch schlecht wird. Wenn's weh tut, ist es wenigstens echt, dann fühlst du dich gleich lebendiger, oder. Wenn Frauen zu viele Psychologieartikel lesen. Moiras Imitation von Mütterlichkeit ist eine eher furchteinflößende. Das geht dich nichts an, sagt Cinderella kokett und genießt Aufmerksamkeit. Gonzo nimmt Moira den Arm weg um darauf rumzuküssen. Und wie sieht's aus mit Essstörungen, sagt Moira und kippt ihren Drink. Ich sollte sie vielleicht küssen, dann hält sie wenigstens ihre Klappe. Aber Moira hat gerade zuviel Spaß. Schon mal damit versucht, tut schön weh, sie hält Cinderella ihre halbgerauchte Zigarette hin. Inzwischen hat sie deren ungeteilte Aufmerksamkeit, du hast ja keine Ahnung, faucht Cinderella zurück. Wir sollten die zwei gegeneinander schlammcatchen lassen. Oder uns einfach raushalten. Interesse bekunden. Gucken, was passiert. Was weiß ich. Ich schenke mir Wodka nach. Wir sitzen um den Couchtisch und sehen einander an, wechselnd, beliebig. Wir sollten stattdessen Spitz-paß-auf spielen, denke ich. Die Stimulanzien in meinem Körper vermengen sich breiig. Es ist spät, fällt mir auf. Oder früh. Wir sehen jünger aus, als wir sind. Wir sitzen um einen Couchtisch. Wir haben alle so unsere Probleme. Und nichts passiert. Wie immer eigentlich. Lass sie in Ruhe, sagt Gonzo dann. Du hast auch keine Ahnung, sagt Moira müde zu irgendwem und trinkt meinen Wodka aus. Wer hat das schon. Cinderella schaut unglücklich und lässt sich von Gonzo zum Vögeln ins Schlafzimmer mitnehmen. Ich habe Geschlechtsverkehr mit Moira auf dem Teppich. Kunstfaser, ich verbrenne mir die Haut auf den Knien. Danach trinken wir den restlichen Stolnaya. Ist nicht mehr viel nach. Ich habe auch keine Ahnung. Moira geht in den Flur, zum Telefon, und ruft Gonzos Frau an. Ich gehe auf den Balkon. Gonzos Wohnung hat einen schönen Blick. Eine aufgehende Sonne geht über den Dächern auf, sie lässt sich Zeit dabei. Ich rauche eine Zigarette, ich höre die Haustür klappen. Moira geht, auf die Lakkadiven vielleicht. Irgendwann gesellt sich Gonzo zu mir, er trägt einen Bademantel. Cinderella schluckt im Badezimmer ein Potpourri aus Gonzos Medizinschrank, das vollkommen ungeeignet ist, irgendeinen Schaden anzurichten, wir werden noch nicht mal einen Arzt kommen lassen müssen. Gonzo und ich rauchen. Der Sonnenaufgang meint es gut, verfehlt aber seine Wirkung. Kann passieren. Wir nehmen es ihm nicht übel.

KAFFEE.SATZ.LESEN 11

Paula Coulin
Das Bäckerversprechen

ist glaub ich ein Märchen
von drei Bäckereifachverkäuferinnen
und einem, der sich was kaufen wollte,
außerdem auf wahren Tatsachen und lebendigen Orten beruhend,
hier in Hamburg vorzufinden.

Sagen wir: Sonntach, Sonntach früh, könnte aber auch jeder andere Tag sein, „es war einmal", so ein Tag. Dunst steigt wie Atem aus den Häusern ins Glasblau des Himmels, noch ist keine Menschenseele unterwegs hier in diesem Paradies von Viertel, in dem Ranken und Blüten und starre Gesichter von den Altbauten hinabschauen auf die Straße, hier, wo die Gärten voller Rosen, Gänseblümchen und Ameisenvernichter geheime Wasserspiele bergen und an den Laternen vierstellige Summen für eine Dreizimmerwohnung geboten werden. In diesen Palästen wohnen Besserwisser und Unternehmensberater, Leute, die Leute anstellen, um ihren Kindern Gedichte vorzulesen. Leben hier geht „gern", und das liegt nicht nur am Park mit dem Weiher, den alten Kastanienalleen und den Bistros an den Ecken, nein, es liegt daran, dass das Viertel drei Wächterinnen hat und ein geheimes Herz, einen Ort, der den Puls der Gegend bestimmt.

Die „Kleine Konditorei" liegt am Ende der Straße, unscheinbar, ein verblichenes Schild mit Jugendstil-Lettern, ein Schaufenster voller bunter Marzipanfiguren, die schon erwartungsvoll mit ihren dicken Augen aus Zuckerguss und Schokoladentupfern darauf hoffen, dass ihre Meisterinnen den Laden aufschließen und für Leben sorgen. Drei etwas angestaubte Glücksschweine nicken sich zu und äußern ein entzückendes kleines Grunzen, ein Miniatur-Affe grinst grenzdebil vor sich hin, und sechzehn deformierte vierblättrige Kleeblätter wackeln mit den von der Sonne verzogenen Ärmchen. So nach und nach holen die Ratten sie. Aber das fällt ihnen selbst nicht auf, sodass es keinen Unterschied macht. Alles wartet.

In einem der alten Bauten rührt sich was, in einer halbleeren Wohnung beginnen die Augen der Stucklöwen an der Decke zu blinken, die Porzellanengel auf dem Kachelofen im großen Salon blähen die Pausbacken, es rumpelt, und in der Ofenklappe erscheint Inges gewaltiger Hintern. Sie schlüpft aus ihrem Schlafplatz wie ein Elefantenbaby aus 'nem Straußenei, streckt sich, gähnt und streift sich dann das Spitzennachthemd von den breiten Schultern. Sie schlüpft in die rosafarbene Bluse, den Faltenrock, nimmt drei der weißen Schürzen von den Wäscheleinen, die quer durch alle sieben Zimmer der Wohnung gespannt sind. Inge faltet die blitzsauberen Leinenstücke und macht sich auf den Weg.

Auf dem Dach des Hauses schräg gegenüber balanciert auf einem Schornstein ein Storchennest, aus dem steigt Gudrun, die Lange mit den weit vorstehenden Zähnen, sie räkelt sich und klappt ihre Gliedmaßen aus wie ein Flamingo, der durchs Wasser geht, sie wischt mit der einen Hand den Morgenstern vom Himmel und mit der anderen den Schlaf aus ihrem linken Auge, und dann klettert sie die Fassade hinunter, steigt herab auf den Asphalt. „Moin, mein Schatz", haucht sie Inge ins Ohr und umarmt sie, dann flechten sie sich gegenseitig ihr langes graues Haar zu dicken Zöpfen, die sie in Schnecken auf den Hinterkopf legen.

Die Vögel fangen an zu zwitschern, sie nippen am fauligen Wasser des Weihers, der erste Kick, und nach dem Morgengruß die ersten Balzrufe. Derweil auf dem Spielplatz, im Streusalzkasten für Streusalz für vereiste Wege, liegt friedlich noch eingerollt und zusammengekauert Hilde, sie wacht erst auf, als Inge auf den Deckel des Kastens klopft, erst, als auch Gudrun das schmale Gesicht durch die Öffnung steckt, dann steht auch sie auf, schüttelt sich und streicht sich den Rock zurecht. Zu dritt machen sich die Ladys auf den Weg in die „Kleine Konditorei".

Diese ehrenwerten Damen haben 'ne Sehnsucht im Herzen wie die Federn eines Uhrwerks. Jeder einzelnen hat mal ein alter Bäcker erzählt, sie sollten versuchen, mit Backwaren ihr Glück zu finden, woraufhin sie sich auf die Suche begaben und wie die drei Könige immer der Nase nach wanderten, bis sie sich vor der Tür der „Kleinen Konditorei" trafen. Jetzt pilgern sie jeden Morgen dorthin, ihr Tagewerk erfüllen, im Brotteig des Alltags herumkneten, ihn backen, die Kinder des Viertels füttern, und dabei denken sie sich, irgendwann kriegen wir ihn schon, den Herrn Glück.

Da laufen sie also, und guck dir die drei Gesichter an, Hilde, mit Warzen im Gesicht wie Streusel, eine für jeden Kater und jede Katze, die sie zu Grabe getragen hat, ihr kullerte jedes Mal eine Träne aus dem Knopfloch ins Gesicht, paff, waren sie da, die Gewächse, wie nette Geschwüre. Manchmal verschenkt sie eine der Warzen an kleine Kinder, sie schmecken nach Weingummi. Manchmal pflückt sie sie aus ihrem Gesicht und isst sie selbst. Die anderen haben ihr jüngst einen Kanarienvogel geschenkt, mit dem lebt sie jetzt im Streusalzkasten. Aber sie vermisst die Katzen. Die haben ihr immer die Arme zerkratzt, sie langweilt sich mit dem Vogel.

Gudrun, wissen wir, hat ein Pferdegebiss und ist ein bisschen blass, weil Veganerin. Sie nagt gern an Gartenzäunen. Eigentlich ist sie Prinzessin, aus Rumänien rübergeschwappt nach der Wende, und das rollende R kieselt ihr noch auf dem Gaumen. Sie biss damals ein Loch durch die Mauern vom Schloss, in dem sie aufwuchs, und ging in die weite Welt, um frei zu werden wie ein Täubchen, und sieh mal an, sie hat's geschafft, wohnt in einem Storchennest, macht manchmal die Regenrinne kaputt, an der sie hinauf und hinunter klettert, und hat Spaß dabei, faule Eier auf die schicken Autos in den Straßen zu werfen. Sie ist sehr überzeugt von Hobbys, deswegen hat sie sich diese ausgedacht.

Inge, die dicke, runde Nase voller Äderchen, raucht ganz gern schon früh Zigaretten, die nach Nelke oder Vanille riechen, mit breit gespreizten Fingern hält sie sie fest, ganz verhornte, umbrabraune Nägel hat sie und ihr Mund tausend Falten, wenn sie an den Zigaretten zieht. Nie hat sie weniger als 14 Stunden am Tag gearbeitet, in Bäckereien überall auf der Welt hat sie geschafft, Schaufenster, so lang wie die chinesische Mauer, dekoriert, und jetzt, mit 77 Jahren, wird ihr fad, wenn sie nicht weitermacht mit Arbeiten, Arbeiten fürs Glück, für die Schürzen und die Wohnung und den Ofen, den sie mit Dollarscheinen heizen könnte, so reich ist sie geworden.

Die drei nehmen es gelassen mit ihrer Suche nach dem Herrn Glück, der kommt ja eh bei ihnen vorbei und nicht andersrum, denken sie sich. In aller Ruhe schlendern sie des Morgens in Zick-Zack-Linien durch die Straßen, zupfen Blütenblätter von den Rosen, kauen drauf herum. Die ersten Sonnenstrahlen fallen dann auf die Dächer, die Synapsen in den Schädeln auf den zerdrückten Kopfkissen schicken basale Signale nach vorn, es sind Mini-Kommandos wie „Holldrio, jetzt Pipi" oder „an Gabi kuscheln" oder „kalte Cola klärt den Magen". Die Kleinen wälzen sich unruhiger in ihren Bettchen, träumen von Monstern auf den grünen Hügeln der Teletubbies, von Bergen pinker Gummitiere, vom schlechten Atem der Großmutter. Die drei Ladys streifen mit den Fingerspitzen über die Hauswände, diese dünnen Häute, lauschen den Hirngespinsten der Leute und lächeln in sich hinein. Inge läuft schon mal voraus, bis zum Ende der Straße, schließt die Ladentür auf, nickt den Marzipanfiguren zu, klaubt die Zeitungen vom Boden und beginnt, mit leisem Summen die Hüften zu schwingen und die Öfen anzuwerfen.

Die Öfen werden heiß, bald beginnt ein warmer, süßer Geruch nach frischgebackenen Croissants und Brötchen zuerst den Laden und dann die Straßen zu füllen. Die drei steppen durch die Backstube, um die Ratten zu vertreiben und schon mal ein bisschen zu feiern, dabei räumen sie im Vorbeigehen die Teigwaren in die Regale. Manchmal lacht eine der drei unvermittelt. Die Glocken beginnen zu schlagen, die tiefen Töne vibrieren durch die Hauswände, die Schädel: Das Zeichen, es geht los. Die drei stecken die Köpfe zusammen, drücken die Stirnen aneinander, während draußen die Leute beginnen, sich anzustellen, es werden immer mehr, bis zur Straßenecke stehen sie schließlich, und während die Glocken immer noch schlagen, brüllen die drei Bäckerinnen einmal laut und schlagen sich auf die Brust, dann öffnen sie die Tür. Die Kunden strömen in den Laden, sie sind hungrig, die Manager mit den roten Augen, die im großen Chemie- und Pharmakonzern um die Ecke arbeiten, und deren Gesichter ohne Anzug wirken, als ob sie den Halt verloren hätten, die Frauen in ihren teuren Kostümen, die die Tapete für wichtige Sonntagsbrunchs sind, die Kinder, die mit verschwitzten Fingern Einkaufszettel mit Listen von Sonderwünschen über die Ladentheke reichen, die Joggerinnen mit den roten Flecken im Gesicht, die halbe Milchbrötchen möchten, und die zarten, staubigen Greisinnen, die große, dicke Tortenstücke kaufen wollen. Sie harren ungeduldig der Dinge, die da kommen mögen und sollen, goldene, glühend heisse Brötchen, rotglänzende Erdbeerkopenhagener mit Vanillecreme, Honig-Walnuss-Schnecken und Nougatcroissants mit Mandelsplittern.

Unsere drei Feen drehen und wenden sich hinterm Ladentisch, sie bücken sich zu den dünnen, knisternden Papiertüten hinab, mit einer einzigen Handbewegung falten sie sie auf, im nächsten Moment drehen sie sich mit strahlendem Lächeln, einen faulen Zahn neben dem anderen im Maul, zu den Kunden um, im Augenwinkel die nachlässige

Suche nach dem Glück. Während sie umeinander wirbeln, sich an den Hüften fassen, um die Kurven zu kriegen, sich die Brötchen zuwerfen und die Kuchen mit spitzen Fingern aufs Papier heben, wiederholen sie in Gedanken den Gruß. Hallo, Herr Glück, was wünschen Sie, hallo, mein Herr, was wünschen Sie, hallo, hallo, was wünschen Sie. Die drei haben sich vorerst einen ausgesucht, der ist es, haben sie eines Tages beschlossen, sie haben ihn liebgewonnen wie einen streunenden Hund, den sie zähmen wollen.

Der Herr kommt immer kurz vor Ladenschluss, dann, wenn sie schon dabei sind, das Glas der Schaukästen zu reinigen, erst mit heißem Wasser, dann mit gelben Lederlappen, bis sie unter dem Mehlstaub auf den Gesichtern beinahe zu schwitzen beginnen. Er hat immer den selben hellen Blouson an und stemmt die Tür jedes Mal auf die gleiche unbeholfene Weise auf, öffnet sie erst mit langem Arm und ohne einen Schritt nach vorn zu tun, als ob er sich nicht sicher wäre, ob er den Laden überhaupt betreten dürfe, der arme Mensch. Dann kommt er schlussendlich herein, lässt die Tür aber gleichzeitig los, so dass er ihr ausweichen muss. „Drei Brötchen bitte, ein Walnussbrötchen, ein Dinkelbrötchen und ein helles Rundstück, wenn Sie haben." Er spricht unsicher, sein Blick richtet sich auf die Pralinentheke, sein Haar ist schütter. Stets in dieser Reihenfolge bestellt er die Brötchen, immer ist er zu spät und der Laden abgegrast, jedenfalls sind keine Brötchen mehr da und kein Brot. Oh, sagt Inge, Ah, sagt Hilde, Uh, sagt Gudrun, das ist die Unzeit, das geht nicht mehr, beinah vor Schluss. Da haben wir doch keine Brötchen mehr. Da geht das doch alles nicht mehr. Wie denn auch, wie denn auch. Der Herr wirkt jedes Mal enttäuschter, seine Schultern hängen, sein Gesicht legt sich in sorgenvolle Doggenfalten, und die drei seufzen im Chor, aber nein, Dinkelbrötchen, die haben wir nicht mehr, oh je, was nun? So geht das seit Wochen, seit Wochen machen die drei Oh Ah Uh, bis eines Tages die Inge anfängt, ihm die Brötchen zurückzulegen. Ausgerechnet da kommt er nicht, er bleibt einfach weg, die drei werden unsicher, was denn das denn, kommt der nicht mehr, wo bleibt der denn? Sie beginnen, die Brötchen vor die Tür zu stellen, dekoriert mit bisschen Petersilie dabei, sie lauern hinter den Marzipanfiguren, sie scheuchen schließlich die Kunden schon um fünf vor sechs aus dem Laden, um noch mal die Straße entlang zu spähen. Nichts.

Schließlich geben sie auf, hören auf zu lächeln, die Brötchen werden ganz grau, Hilde ist gar nicht mehr aus ihrem Streusalzkasten zu kriegen und Gudrun fällt morgens beinah vom Dach, Inge wiederum wird mager und passt gar nicht mehr in ihren Ofen, und über dem Viertel liegt eine seltsame Melancholie, die sich keiner erklären kann. „Schwere Zeiten sind das", sagen sich die Leute auf der Straße, oder so Zeugs, „irgendwie wird der Sommer dieses Jahr nichts", dabei scheint die Sonne. „Die Brötchen beim Bäcker schmecken auch nicht mehr so wie früher", motzen die Naseweisen, „und teuer sind'se auch geworden." Da sagt Hilde der Gudrun, so geht das nicht weiter, und Gudrun der Inge, so geht das nicht weiter, und Inge der Hilde, jetzt ist mal Schluss, und sie schließen die Konditorei für einen Tag.

Sie backen nur Dinkelbrötchen und Walnussbrötchen und helle Rundstücke und legen durchs ganze Viertel Spuren, immer eins so und eins so und eins so hintereinander, vom Laden bis zu jeder Ecke. Sollste mal die Leute sehen. Kommen raus auf die Straße, völlig perplex. Einige essen die Brötchen, die meisten nicht, hat ja auf der Straße gelegen. Die drei Damen aber, die sitzen in der Sonne vorm Laden. Und am Abend, sagen wir um 19 Uhr, öffnet sich eine Tür direkt neben der Konditorei, und der Herr steht vor ihnen. „Darf man noch was käuflich erwerben?", fragt er die drei Ladys. „Aber sicher", sagen sie, „durchaus, wenn Sie möchten." „Ich hätte gern Dauergebäck, etwas, das man auch länger mal gut aufbewahren kann." „Mindestens", haucht Hilde, „Unter Garantie", jubelt Inge, „auf jeden Fall", gurrt Gudrun. Dann ziehen sie ihn in den Laden, am Schlafittchen, und er lässt es geschehen ohne zu murren. Sie packen ihn in karamellisiertes Marzipan, tauchen ihn in Kuvertüre, sie erzählen ihm vom Konfitürenhain des Nussknackers und wiegen ihn in den Schlaf. Mit einem Lächeln lässt er sich in die unterste Schublade des Regals mit den Formen für die Hochzeitstorten stecken, rollt sich zusammen und schlummert ein mit dem Gedanken an das Innere eines warmen, hellen Rundstücks. Seitdem lebt er dort im Regal, er spricht mit den Ratten, bügelt die Schürzen und wenn mich nicht alles täuscht, dann ist er sehr zufrieden damit. Und die drei Ladys sowieso.

Andreas Münzner
Xylazin

Karin sei eine Dronte, hat man mir neulich gesagt. Dabei ist sie überhaupt nicht grob gebaut und von eher scheuer Natur. Sie watschelt zwar ein bisschen beim Gehen und kann auch richtig zupacken, wenn's sein muss. Wenn sie loslegt, schnattert sie wie das Transistorradio morgens im Stall und quatscht jeden an, der ihr über den Weg läuft. Zu Menschen hat sie immer den richtigen Draht, vor allem zu Kindern, aber auch zu Tieren: Kein Wunder, denn von Beruf ist sie Tierärztin. Aus ihrem Studium weiß sie natürlich genau, wie eine wirkliche Dronte aussieht, das heißt, aussah, bevor sie dann irgendwann ausstarb: ein großer, flugunfähiger Vogel mit Hakenschnabel, plumpem Körper und kurzen Beinen. Wie sie aussieht, weiß Karin auch, nämlich ganz passabel, auch wenn sie das immer wieder in Frage stellt. Außerdem ist sie meine Schwester, und mein bester Kumpel.

Früher war Karin das einzige Mädchen im Block, das Fußball spielte, die anderen waren zu linkisch, und zusammen waren wir unschlagbar. Wir traten zu zweit gegen die besten Teams an, ich, der große Bruder, im Sturm und sie im Tor. Sie konnte keine Bälle halten, aber sie rannte immer mit ihren spitzen Knien in die Gegner hinein, dass diese Angst bekamen – und wir keine Tore. Als sie zwölf war, durchstieß sie mit dem Moped als erste von uns die Grenze von siebzig km/h. Mit vierzehn stieg sie in der rappelvollen Dorfdiskothek auf einen Tisch und begann sich auszuziehen. Als ihre kleinen Brüste aus dem Hemd sprangen, versuchte ich, sie vom Tisch zu ziehen, doch ich wurde zurückgerissen. Sie machte weiter, angeheizt von der Dorfjugend und den betrunkenen Alten, die sie anstarrten und immer näher rückten. Doch sie brauchte keine Angst zu haben. Denn sie hatte keine. Nie hat sie ein Mann berührt, den sie nicht eigenhändig verführt hätte und anschließend, noch bevor das kam, wovor sie sich komischerweise scheute, wieder fallengelassen.

Heute ist Karin verheiratet. Hat zwei Kinder. Hoffentlich nicht mehr lange verheiratet, denke ich manchmal. Der Mann ist ihr durchgebrannt, mit einem Mädchen, kaum halb so alt wie sie. Darum muss sie jetzt auch wieder arbeiten. Weil sie es nicht übers Herz bringt, sich von ihrem Mann scheiden zu lassen. Der jetzt mit dem Mädchen zusammen wohnt. Weil sie zugleich die Kinder erziehen muss, und dann noch ihre diversen Liebhaber sehen. Bis sie mich gestern anrief. Bei Karin war früher immer alles einfach und praktisch und schnell erledigt, und jetzt ist auf einmal alles nur noch vertrackt und kompliziert.

Meine Schwester ist eine gute Tierärztin, anerkanntermaßen. Sie schaut allen möglichen Tieren in den Mund, auch wenn diese nicht wollen. Gräbt sich armtief in die Hinterteile von Kühen und tut da den von ihr verlangten ärztlichen Dienst. Schneidet Säuen mit Darmverschluss den Bauch auf und schaut nach, wo es nicht mehr weitergeht. Kommt dann mit undefinierbaren Spritzern im Gesicht nach Hause und muss sofort kochen, für die Kinder. Zum sich Waschen bleibt da natürlich keine Zeit. Aber sie kommt gut zurecht. Und die Bauern lieben sie. Manchmal direkt neben der aufgeschnittenen Sau. Doch das kam erst nach den ganzen Problemen. Vorher war sie treu und keusch, und Stress war nur ein anderes Wort für Unternehmungslust.

Auch Karins Mann ist Tierarzt. Sie hat ihn während des Studiums kennen gelernt, und dann wurde sie schwanger. Dann kam das Kind, das ging ruck, zuck, und dann hat sie ihr Studium beendet. Der junge Mann hatte sie eigentlich gar nicht heiraten wollen. Doch meine Schwester wollte. Darum ging es auch so schnell. Er, Stefan heißt er übrigens, schaffte es dafür, sich am Tag nach der Hochzeit nach Kanada abzusetzen, Kanufahren mit einem Kumpel. Bevor er wieder keine Zeit für sie hatte, als Tierarzt. Tierärzte haben ein strenges Leben, wer konnte das besser verstehen als meine Schwester. Sie arbeitete ja schließlich auch, musste nur kurz aussetzen für das zweite Kind, Lara übrigens, und machte wieder weiter. In der gleichen Praxis wie Stefan, zu dritt waren sie. Stefan und der andere (ich weiß seinen Namen nicht mehr) waren die Inhaber, meine Schwester und jener andere hingegen die Liebhaber. Das heißt, erst nachdem Stefan mit dem Mädchen fremd gegangen und abgehauen war. Meine Schwester, muss man noch erwähnen, ist bei ihrem vielleicht doch leicht drontenhaften Äußeren eine Seele von Mensch, naiv sogar. Nach der Katastrophe, das heißt, nachdem sie entdeckt hatte, dass ihr Mann fremdging, was ihr übrigens erst durch ihren späteren Liebhaber mitgeteilt wurde, und nachdem sie endlich herausgefunden hatte, mit wem, nämlich mit der Tochter von nebenan, zarte siebzehn Jahre und satte fünfundachtzig Kilo, hatte sie mir zum ersten Mal aus ihrem Seelenleben berichtet. Weißt du, sagte sie, ich dachte, jetzt habe ich geheiratet und alles ist gut; gut wäre aber anders gewesen, fügte sie noch leise hinzu. Danach hörte mein Telefon nur noch selten auf zu klingeln. Meine Schwester hat nämlich die Angewohnheit, wenn sie mit ihrem Landrover unterwegs ist (aus den besseren Zeiten der beiden Tierärzte) – und das ist sie häufig, zu ihren Tieren, Kindern und Liebhabern – das Handy zu benutzen, über Mikrofon und Lautsprecher im Autoinnenraum. Da sie von meiner Sekretärin auch während Sitzungen einfach durchgestellt wird, komme ich regelmäßig in den Genuss ihrer Neuigkeiten – und ihrer Heulanfälle. Ja, meine Schwester kann auch weinen, und es hat eine wunderbar befreiende Wirkung auf sie. Fast wie ein Liebhaber. Der Inhaber-Liebhaber ist zwar gerade ausgeschieden. Hat wohl nicht gut genug geküsst. Meine Schwester geht nämlich nie weiter als Küssen. Vermutlich dürfen sie ihr schon unter die Wäsche fassen, aber so, wie ich sie verstanden habe, sagt sie dann bald stopp. Da war meine Schwester immer schon strikt. Und dann gerät sie ausgerechnet an Stefan, den schüchternen Tierarzt. Der geht ständig auf Messen, wo besonders potente Stiere mit besonders langen Stammbäumen und besonders stämmigen Hinterbeinen herumstehen, und kauft Spritzen ein. Die spritzt er den Kühen bei den Bauern hinten hinein, und dann kriegen sie besonders zum Stämmigen neigende Kälber. Drontenhafte Kälber, könnte man fast sagen. Stefan, könnte man ebenso sagen, hat mit Karin auch nicht viel mehr gemacht; das Bett ist wie gesagt nicht ihre Sache. Und jetzt geht der kleine Jens schon in den Kindergarten. Schnell geheiratet und gleich angefangen, sich hinter Billigmöbeln zu verschanzen, vor allem Nadelholz für die Kinderzimmer. Sie haben auch ein richtiges Designerbett, aber billig war's trotzdem. Jetzt schläft sie alleine drin, wenn nicht gerade meine Eltern da sind und die Kleinen hüten; wenn Karin wieder einmal gleichzeitig arbeitet und lieb hat und sich scheiden lassen möchte, aber doch nicht so richtig, und zugleich der Rosi zuhören muss. Rosi ist die Frau von nebenan, die morgens schon um acht kommt und das ganze Kinderspielzeug verteilt auf dem Wohnzimmerboden. Nach einer halben Stunde geht sie zwar wieder, lässt aber ihre beiden Lausebengel da für den Rest des Tages. Oder die Rosi muss wieder eine Neuigkeit loswerden. Etwa wie der Inhaber anscheinend wieder fremd geht, und seine Frau sich aus dem Fenster stürzen will. Jetzt macht sich meine Schwester auch noch wegen der Depressionen dieser Frau ein Gewissen und schielt jedes Mal, wenn sie am Haus des Inhabers vorbeifährt, in dessen Vorgarten. Dann ist sie noch so naiv und beichtet ihrer Nachbarin ganz erschrocken von den SMS, die ihr dieser Inhaber jeden Tag schickt. Dank Rosi weiß es nach dem nächsten Atemholen schon das ganze Dorf, schneller als mit der neusten Technologie. Rosi ist übrigens auch die Mutter der neuen Geliebten von Stefan, des Mädchens, wenn man noch folgen kann. Aber meine Schwester vertraut sich der Rosi dennoch an, denn sie hat ja sonst niemanden. Und dann schläft sie nur vier Stunden pro Nacht, weil sie zugleich arbeiten muss wie eine Verrückte. Damit genügend Geld zusammen kommt. Der Stefan ist ja jetzt arbeitslos, der Mitinhaber hat ihn irgendwie rausgeekelt, und die Scheidung wird auch kosten. Der Stefan hat sich mit seiner mittlerweile Achtzehnjährigen eine neue Wohnung genommen, die er auch komplett neu eingerichtet hat, da ist es nur verständlich, dass er Geld braucht. Darum unterstützt ihn jetzt meine Schwester. So ist sie nämlich. Sie lässt sich von ihrem Mann die Hörner aufsetzen und sagt dann, aber ein bisschen muss ich ihm doch helfen. Und nachdem man sie eine Stunde lang am Telefon bearbeitet hat, sagt sie, ja, vielleicht hast du Recht. Aber, fängt sie dann plötzlich wieder an, vielleicht braucht er mich ja doch. Das wäre ja eigentlich alles egal, wenn da nicht die Kinder wären.

Es fing an, als meine Schwester dem Hofhund vom Nachbarn wegen eines lahmenden Beines Schmerzmittel geben sollte. Und dann klingelte wieder einmal mein Telefon. Weißt du, heulte sie in ihr Handy, ich habe ihn einfach eingeschläfert. Ich hörte ihr zu und wusste nicht recht, ob sie lachte oder weinte. Die Kinder haben immer mit ihm gespielt, sagte sie. Du musst mir schwören, dass du nichts weitererzählst. Ich schwor. Der Besitzer des nun toten Hundes, der Nachbar, sei Tierarzt, der ehemalige Chef von ihrem Neuen. Dem müsse sie es auch noch irgendwie glaubhaft machen.

Dann ist da die Geschichte mit der trächtigen Kuh. Auch irgendwelche Schmerzen, gleich am Anfang der Schwangerschaft, die Kuh muss liegen, in irgendeinem Stall. Meine Schwester fährt hin und setzt ihr eine Kortisonspritze. Erinnert sich erst auf der Heimfahrt daran, in ihrem Landrover, als sie ihre SMS abliest, dass Kortison ja die Wehen auslöst. Dass also das Kalb geboren werden wird und gleich wieder in den Abfall wandert, weil nicht überlebensfähig. Auch bei den Kindern, übrigens, kommen bei mir manchmal Zweifel auf, in punkto Überlebensfähigkeit; jedenfalls unter diesen Umständen. Bei der Sache mit der kleinen Lara trug nicht einmal sie die Schuld, aber irgendwie kommt ja immer alles zusammen. Jens ist nämlich schon lange als verhaltensauffälliges Kind vermerkt. Wenn niemand aufpasst, versucht der Arme – wie die Therapeutin sagt – krampfhaft, die Aufmerksamkeit auf sich zu lenken. Und das schafft er, problemlos, leider nur immer zu spät. Als er die neue Küchenschere an der Siam ausprobierte, war sie hinten schon kahl, als Karin endlich Zeit für ihn fand. Ich möchte nicht wissen, was er mit seiner kleinen Schwester anstellt, während ich mit der meinen telefoniere und aus dem Hintergrund Schreie höre. Kein Wunder, kommt Stefan mit den beiden Kindern nicht zurecht, wenn er sie mal für ein Wochenende nehmen soll. Und dann fällt ihm die Kleine beim Essengeben vom Tisch. Fällt ihm einfach vom Tisch, wie er erzählte. Krack hat es gemacht, ich habe es richtig gehört, wie es krack gemacht hat, hat er mir danach gesagt. Eine Woche lang lag die Kleine mit ihrem Schädelbruch im Spital. Das hat meiner Schwester bei den täglich drei Krankenbesuchen auch nicht unbedingt mehr Schlaf beschert. Und schon kurz danach ließ sie Lara wieder allein auf irgendeinem Hof herumspielen, während sie im Landrover für ihren Mann die Samenkonzentrationen der untersuchten Stiere in den Laptop tippte; irgendwie wollte sie ihm ja helfen.

Als mein Telefon diesmal klingelt, weiß ich gleich, es ist wieder einmal dringender als je zuvor, und tun können werde ich auch diesmal nichts. Meine Schwester heult wie üblich, sie, die sonst immer so patent war. Auf ihrem Hochzeitsfoto hat sie ihren Mann in der einen Hand und den kleinen Jens in der anderen noch so fest im Griff gehabt. Manchmal schreie ich sie an, dass sie mit ihrem Landrover vor Aufregung fast gegen einen Baum fährt, und dann gebe ich ihr Tipps, die alles nur noch schlimmer machen. Sie sagt, weißt du, was nun schon wieder passiert ist? Ich weiß es nicht. Der Jens nimmt doch diese Mittel gegen Hyperaktivität. Ich komme also nach Hause, sagt sie, unterwegs musste ich neue kaufen und habe sie einfach in meinen Arztkoffer gesteckt. Ich komme zur Tür hinein, und die Rosi hat ihn wieder einmal zu den Katzen hinausgelassen, obwohl ich ihr das schon hundertmal gesagt habe, ich bin völlig erschöpft, außerdem hat er die Medikamente schon drei Tage nicht gekriegt. Und da gebe ich ihm glatt zwölf Kapseln Xylazin, weißt du, das Beruhigungsmittel für die Bullen. Der wäre glatt weggewesen. Zwölf Stück, bei dieser Dosis wäre selbst ein Bulle nicht mehr aufgewacht, sagt sie. Eine Weile lang ist es still. Ich hätte es eben nicht in Kapseln abfüllen lassen sollen, sagt sie noch, und dann diese Fläschchen, Pillen, Kapseln, ich kann einfach nicht an alles denken, es ist einfach zu viel, weißt du, manchmal fühle ich mich wie ein Automat, der sein Programm herunterrattert, Tag und Nacht, ich weiß gar nicht mehr, ob ich wach bin oder schlafe. Dann denke ich nur noch: Ein Mann an meiner Seite, der alles auf seine breiten Schultern nimmt, ein richtiger Mann, der mich auf seine Arme nimmt. Ach wo, sind doch alles nur Träume. Sie hat aufgehört zu reden. Jetzt ist ein Schluchzen hörbar. Vorsichtig frage ich: Es ist also nichts passiert? Nein, es ist nichts passiert, höre ich es aus der Muschel, er hat die Kapseln wie immer der Lara gegeben, weil er ja findet, sie sei die Kranke, und die hat sie aufgespießt und macht Halsketten draus.

Stevan Paul
Ich bin der Fischmensch

Alles muss an seinem Platz stehen wenn die Gäste kommen, und das ist viel Arbeit. Das Restaurant hat über vierzig Sitzplätze. Oft werden Tische doppelt belegt, die ersten Gäste kommen um acht, die zweite Runde geht dann ab zehn Uhr über die Bühne. Nachts um eins, halb zwei ist meistens Feierabend und dann haben meine zehn Kollegen und ich ungefähr sechzig Gäste satt gemacht. Jeder hat seine Aufgabe, seinen Platz, seine Verantwortung. Wir haben Köche für die Vorspeisen, Köche für Gemüse und Beilagen, einer brät das Fleisch, ein anderer bringt die Saucen, zwei arbeiten in der Patisserie. Ich bin Poissonnier. Ich bin der Fischmensch. Wenn draußen im Restaurant jemand Fisch bestellt, dann ist es meine Aufgabe, ihn zuzubereiten. Ich brate zarte Bachforellenfilets in schaumiger Butter, gare Steinbutt langsam in würziger Fischbouillon, packe ganze Zander in Salzkruste, rolle Seezungenfilets zu Seezungenröllchen, töte Hummer, breche scharfkantige Austern auf, schwarze Muscheln öffnen sich lautlos im kochenden Weinsud. Ich nicke dem Saucenmenschen zu und dem Gemüsemenschen, die nicken stumm zurück und wissen, was zu tun ist. Vorne brüllt der Küchenchef durchs Topfgeklapper Tischnummern, wir geben ihm, was er braucht, und er fügt alles zusammen, dann verschwindet das Gesamtkunstwerk in den Gastraum und eine neue Tischnummer hat Hunger.

Alles muss an seinem Platz stehen, wenn die Gäste kommen, und mein Arbeitstag beginnt schon am frühen Morgen. Aus aller Welt werden große Styroporboxen mit ganzen Fischen auf Eis angeliefert. Silberglänzende Lachse aus Norwegen, regenbogenbunte Mahi-Mahi-Fische aus der Karibik, rostfarbene Rotbarben, lebende Aale aus Schleswig-Holstein, manchmal ein ganzer Hai. Ich stehe den ganzen Tag hinter den Styroporboxenbergen, schuppe, zerlege, filetiere die Fische, schneide ihnen mit scharfen Messern die Bäuche auf, die braungelben Innereien ergießen sich auf mein Arbeitsbrett. In großen Fischen finde ich manchmal kleine Fische oder Krebse, noch unverdaut liegen sie in der stinkenden Magenflüssigkeit. Die Aale sterben nebenbei in einer Plastikwanne mit Salz. Das Salz reibt ihnen den schützenden Schleim von den Körpern, dringt in die schwarzen Schlangen ein, brennt, trocknet die Aale aus, zieht Wasser, Schleim und Leben aus den Fischen, die Bewegungen in der Kiste werden langsamer, irgendwann ist Ruhe.

Abends, wenn die Gäste kommen, sind die Styroporboxen verschwunden, das Eis geschmolzen, die Tiere liegen sauber portioniert, ausgenommen, in Filets und Medaillons geschnitten auf frischem Eis in meinem Kühlschrank und warten auf gebrüllte Tischnummern. Das Leben und der ganze Schleim sind im Ausguss verschwunden. Die weißen Kacheln strahlen, die stählernen Waschbecken und Arbeitsflächen schimmern in matter Sauberkeit. In meinen Haaren funkeln silberne Fischschuppen, meine Hände sind rau und gerötet und riechen nach Zitronensaft. Mein linker Daumen brennt.

Ich hatte vor zwei Tagen einen Unfall. Dabei verlor ich meine linke Daumenkuppe und einen Großteil des Daumennagels. Mit einem grossen Schlagmesser habe ich einen Hummer halbiert, habe das Messer senkrecht in den Hummerkopf gestoßen, bin abgerutscht an Hirn und Panzer und habe Daumenkuppe und Daumennagel abgetrennt von mir.

Ich bin nicht ins Krankenhaus gefahren, ich werde hier gebraucht, ich bin der Fischmensch, ich habe hier eine Verantwortung.

Als ich vom Verbandskasten zurückkam, war die Daumenkuppe verschwunden. Seit zwei Tagen suche ich meine Daumenkuppe. Ich könnte sie auf frisches Eis legen und nach der Arbeit mit ihr zur Notaufnahme fahren und fragen, ob man sie mir wieder annähen kann. Ich kann sie aber nicht finden. Der übrige Daumen ist mit Pflastern umhüllt, aber das nützt nicht viel. Die Pflaster sogen sich am ersten Tag im Minutentakt mit Blut voll und fielen ab. Am zweiten Tag blutete es nicht mehr so sehr, die Pflaster lösten sich aber immer wieder, im salzigen Eisbad, im trüben Spülwasser, im beißenden Fischschleim.

Heute brennt die Wunde sehr stark. Wenn ich in die geöffneten Fischleiber greife, muss ich die Zähne zusammenbeißen, Tränen schießen mir in die Augen. Die Wunde brennt auch unter dem kalten, klaren Leitungswasser, das ich immer wieder über die rosafarbene Stelle fliessen lasse. Es bildet sich kein Schorf, es ist ja immer nass, aber das ist sicher ein Vorteil. Wenn ich die Daumenkuppe endlich finde, wächst sie bestimmt wieder mit dem feuchten Gewebe zusammen.

Seit gestern reden die Kollegen nicht mehr mit mir. Immer wieder habe ich sie gebeten, mir bei der Suche nach meiner Fingerkuppe behilflich zu sein, jetzt reden sie nicht mehr mit mir, sind genervt, ich störe den Ablauf, ich jammere zu viel, ich verstehe das schon.

Aber es geht mir wirklich nicht gut. Mir ist heiß. Ich bin so müde. Zweimal schon habe ich mich heute in das große Kühlhaus gelegt und kurz die Augen geschlossen. Im Kühlhaus ist es auszuhalten. Meine Kollegen stört es nicht, wenn ich mich im Kühlhaus hinlege. Ich liege mit dem Kopf auf einem kalten Kissen aus Kopfsalaten und betrachte meinen linken Unterarm. Ich bin nicht tätowiert, weil ich glaube, dass es sehr aufregend sein wird, in zwanzig Jahren nackt über einen Strand zu laufen und die jungen Leute rufen: „Guck mal da, der Alte, der ist nicht tätowiert, sieht toll aus, oder?“ An meinem Unterarm wächst irgendwas, ein schwarzer Strich, ein Tribal, wächst und wächst, immer an den Adern entlang Richtung Armbeuge.

Durch die schwere Stahltür des Kühlhauses dringt nur leise die Stimme meines Chefs zu mir, ich springe auf, gehe hinaus, kehre zurück in den Lärm und die Hitze und höre gerade noch die Bestellung für Tisch Fünf. „Der ganze Steinbutt im Sud für Tisch fünf kann.“ Ich bin der Fischmensch und komme gerade rechtzeitig. Ich bin froh, wo doch die Kollegen sowieso schon nicht gut auf mich zu sprechen sind, dass ich wenigstens zur rechten Zeit an meinem Posten stehe. Der Steinbutt ist groß, wiegt ein gutes Kilo, das ist ein ganzer Steinbutt für zwei Personen. Ich überprüfe noch mal, ob ich die roten Kiemen rückstandsfrei entfernt habe, auf dem Herd kocht die klare Fischbouillon. Der Steinbutt beobachtet mich mit seinen winzigen, schwarzgelben Augen, die eng nebeneinander liegen. Er folgt meinen Bewegungen, sieht zu, wie ich die schwere Kasserolle aus dem Metallregal ziehe. Die Kasserolle habe ich mit Butter ausgestrichen, da lege ich den Fisch hinein. „Mir ist kalt“, sagt der Steinbutt. „Das kommt vom Eis“, erkläre ich, „gleich wird dir warm“.

Ich übergieße den Steinbutt mit dem kochenden Sud und schiebe die Kasserolle in den Ofen. Der Butt brüllt, ich kann es durch die geschlossene Ofenklappe hören. Ich halte mir die Ohren zu, gleich wird er ruhig sein, „Tisch Fünf in zwölf Minuten“, rufe ich dem Küchenchef zu.

Meine Mutter steht neben mir, greift nach meinem linken Arm. „Das ist keine Tätowierung“, sage ich. Meine Mutter lebt in der ständigen

Sorge, ich könnte mich tätowieren lassen, dabei habe ich ihr vom geplanten Strandspaziergang in zwanzig Jahren erzählt. Sie glaubt mir nicht, ich sei ein Berufsjugendlicher und einen Ohrring trüge ich ja schon. Da sei es nur ein kurzer Weg bis zur Tätowierung.

Mutter nervt mit ihrem Unglauben an meine Vernunft, nervig auch, dass sie jetzt hier in der Küche rumsteht. Es ist wichtig, ihr zu sagen, dass der Streifen auf meinem Unterarm keine Tätowierung ist. Sie regt sich immer so schnell auf. „Das ist wirklich keine Tätowierung", sage ich noch einmal. Meine Mutter hat Tränen in den Augen. „Du musst doch ins Krankenhaus, Junge." Es ist mir sehr peinlich vor meinen Kollegen, meine weinende Mutter in der Küche. „Das geht schon, ich bin der Fischmensch, ich werde hier gebraucht, außerdem habe ich meine Daumenkuppe noch nicht gefunden." Meine Mutter weint und weint, das hier ist nichts für sie, die ganze Hitze und der Stress. Ich bringe sie ins Kühlhaus, dort wird es ihr besser gehen.

Alle Tische hungern plötzlich gleichzeitig und ich habe viel zu tun. Es ist Freitag, da essen alle Fisch. Durch die Ritzen der hölzernen Schwingtür zum Restaurant leuchtet es rot, der Gastraum scheint zu glühen, und wenn die Schwingtür sich öffnet, kann ich hineinsehen. Der Service hat sich heute etwas Besonderes einfallen lassen. Alle Tische sind mit roten Totenlichtern geschmückt, es gibt keine Stühle heute, die Gäste stehen dicht gedrängt, es müssen Hunderte sein, sie stehen da und sehen zu mir herüber, mit ernsten Gesichtern. Hoffentlich reicht der Fisch, denke ich. Ich bin der Fischmensch, ich bin auch verantwortlich für die Bestellung. Es darf nichts ausgehen, es darf aber auch nichts verderben. Das ist schwierig. Ich schwitze, ich bin müde, ich muss sehr viele Fische braten, es sind Hunderte da draußen. Ich bin für sie alle verantwortlich.

Musik. Musik schleicht sich in den Bratfettnebel. Es ist eine Orgel, sie steht im Kühlhaus, die Melodie ist sepiafarben. Sie erinnert mich an die Gottesdienste, die ich als Kind besuchen musste. Die Musik legt sich wie ein schwerer, nasser Mantel auf mich, drückt mir auf die Schultern, ich bin so müde. Ich lasse die Pfannen los, die Fische krümmen sich in der Hitze, schrumpfen, verbrennen im heißen Öl, schwarzer Rauch wirbelt in Spiralen hinauf und verschwindet in der Dunstabzugshaube. Ich öffne die Tür zum Kühlhaus, drehe mich noch einmal um, sage dem

Küchenchef: „Geht nicht mehr“. Ich gehe hinein und schließe die Tür hinter mir. Es ist dunkel und kalt, eine alte Nonne trägt in ihren Händen das einzige Licht, das rötlich flackernd die Gemüseregale erhellt. Die Nonne erinnert mich an meine Mutter, sie hat die Augen meiner Mutter, die Nase und die geschwungenen Lippen meiner Mutter. Mutter.

Mutter habe ich seit Wochen nicht gesehen, ich sollte sie mal wieder besuchen, sie macht sich immer Sorgen, ein Besuch beruhigt.

Die Nonne stellt das Licht auf eine Gemüsekiste, bekreuzigt sich und hebt die Hände zum Segen. Ich finde, dass ich jetzt keinen Beistand brauche, ich werde meinem Schöpfer alles selbst erklären und Zeugnis ablegen. Händefuchtelnd gebe ich der Nonne zu verstehen, dass sie hier nicht erwünscht ist. Die Nonne verlässt das Kühlhaus und verriegelt von außen die Tür.

Die Stahlzähne der Tür schieben sich in die Wand, dann ist Ruhe. Rot leuchtet der Sicherheitsknopf, mit dem die Tür auch von Innen jederzeit zu öffnen ist. Der Knopf flackert, das Leuchten wird schwächer und erlischt. Ich werde bleiben. Mich ausruhen. Ich bin zuhause. Hier.

Es ist ein Frieden im Eis, die kalte Hülle wärmt mich, ich bin ganz ruhig. Nichts müssen. Keine Anstrengung. Mit dem rechten Auge sehe ich in den schwarzen Frost, mit dem linken Auge, der Decke zugewandt, starre ich durch die dünne Schicht der Eiskristalle, die mich bedecken. Aus der Küche kriecht Licht durch das Bullauge der Stahltür, bricht sich im stählernen Fußboden und wirft Schatten an die Decke, immer, wenn der Fischmensch draußen vorbeigeht. Ich warte.

„Tisch acht, ja, geht los!“ ruft der Fischmensch, reißt die Tür auf und trägt mich zurück in die Welt. Seine Hände greifen ins Eis, greifen meinen Körper, er schüttelt Eiskristalle von mir ab und tastet mit der rechten Hand nach dem Messer. Mit der linken Hand drückt er meinen Kopf auf das Küchenbrett, das nach Zitronen riecht, sein Daumen stützt sich unter meinem Auge ab und ich kann das Pflaster sehen. Der Stoff ist dunkelbraun durchtränkt und hat salzige Ränder. Schwer und nass hängt das Pflaster am Daumen, ich kann auch die Wunde sehen, die Daumenkuppe fehlt, das Fleisch ist ganz weiß an der rauen Schnittfläche. Kleine gelbe Tropfen sitzen in den Wundtälern und ich sage dem Fischmenschen, dass er jetzt nicht weiter arbeiten darf. Er hört mich nicht. Mit einem einzigen, langen, sanften Schnitt öffnet er mir den

Bauch, und alles, was darin ist, wird hinausgesogen, es tut nicht weh, und Tisch Acht kann jetzt wirklich und alle Tische können jetzt, und der Fischmensch hat eine Aufgabe.

Gleich werden sie essen. Und satt werden.
Essen von mir. Satt sein durch mich.
Mehr kann man nicht verlangen.
Vom Lebendigen.

Andreas Burgmayer
Herr Moosgruber_223

Andreas Burgmayer
Herr Moosgruber

Moosgruber hatte sich im Baumarkt ein gedrehtes Hanftau besorgt, sechs Meter lang, Durchmesser zwei Zentimeter. Es müsse eine Sau halten, 90 Kilo schwer, er wolle sie aufhängen und ausnehmen, hatte er dem verwunderten Baumarkt-Mitarbeiter gesagt. Es war ein gutes Tau, dem Anlass angemessen. Entschlossen steht Moosgruber nun auf dem Stuhl im Wohnzimmer, die alte Wohnzimmerlampe aus schwerem Messing hat er abhängt und so den Eisenhaken in der Decke freigemacht für das Tau. Wie man einen Galgenstrick flicht, hatte Moosgruber beim Russlandfeldzug in einer Kleinstadt gelernt. Trotz seiner 84 Jahre war ihm das Flechten immer noch gut von der Hand gegangen. Mit einem Ruck zieht Moosgruber das Tau fest, er steigt vom Stuhl und begutachtet die Vorrichtung. Und weil im danach ist, salutiert Moosgruber.

Selbstmord, auch das hatte er an der Ostfront gelernt, ist etwas für Vaterlandsverräter oder Leute, die ihre Nerven nicht im Griff haben. In bestimmten Situationen kann Selbstmord aber auch eine Waffe sein. Moosgrubers neuer Feind lehrte das seinen Kämpfern. Und wenn Moosgruber überhaupt etwas von Kriegsführung verstanden hatte, dann den Leitsatz, wonach der Feind am ehesten mit seinen eigenen Waffen geschlagen werden kann.

Moosgruber schlich in Richtung des klobigen Nordmende-Fernsehgerätes in Holzfurnieroptik. Es lief ein Nachrichtensender. Börsenkurse tickerten in einem Endlosband über den unteren Rand des Bildes. Den restlichen Platz füllten eine Nachrichtensprecherin in einem altrosa Kostüm und ein Bild des milde lächelnden Terrorfürsten Osama Bin Laden. Moosgrubers Augen verengten sich zu Schlitzen. „Schaut's gut zu, ihr moslemisches Pack!"

In den Fokus des internationalen islamistischen Terrorismus war Franz Moosgruber vor etwa vier Jahren in einem Biergarten im englischen Garten geraten. Moosgruber hatte sich für eine Grill-Haxe angestellt, als sich ein windiges, unrasiertes Bürschlein mit listigen, dunklen Augen an der Schlange und ihm vorbeischob und Moosgruber grantelte: „Schleich dich, Sandneger, stell di gfälligst hinten o!" Darauf hatte ihn das Bürschlein wutentbrannt angestarrt und geflüstet: „Allah ist groß, und Bin Laden ist seine rechte Hand!" Moosgrubers Bierspezl Rudi Senfmayr hatte ihn zu beschwichtigen versucht. „Na, Franz, lass gut sein, i glaub der hat wos anderes gsogt." Doch Moosgruber war sich sicher, was er gehört hatte, und als die Haxe gegessen war, kamen ihm erste Zweifel, ob es nicht ein Fehler gewesen war, dem Araber einen Fußtritt zu versetzen, worauf der mit seiner alkoholfreien Radlermass im Kies des Biergartens gelandet war.

Genährt wurden Moosgrubers Zweifel, als sich die Zeichen mehrten. Im Haus, eine Etage unter ihm, da starb plötzlich die alte Greiselhuberin. Die war zwar schon 76, aber gut zu Fuß und einen rechtes Schandmaul hatte sie auch noch, was ein Indiz für ihre geistige Fitness war. Kaum, dass sie unter der Erde lag, zog eine iranische Familie mit zwei erwachsenen Söhnen in ihre Wohnung. Iraner! 50 Jahre war Moosgruber Mieter in dem Haus und das exotischste, was in all der Zeit eingezogen war, war eine Studentin aus Schleswig-Holstein gewesen. Und die hatte ihm sogar Tabletten aus der Apotheke mitgebracht. Und jetzt? Die Greiselhuberin stirbt so mir nichts dir nichts und die Iraner ziehen ein. Moosgruber wusste, dass der Kampf begonnen hatte. Die heiligen Krieger lagen in ihren Stellungen, nur eine Etage unter ihm.

Als die Amerikaner endlich den Irak dem Erdboden gleichmachten, schöpfte Moosgruber kurzzeitig Hoffnung, dass die Islamisten jetzt genug mit den Amis zu tun hätten und die Sache mit ihm auf sich beruhen lassen würden. Die Iraner im Haus verhielten sich ruhig, grüßten sogar schleimig, um ihn in Sicherheit zu wiegen. Und dann schauten sie scheinheilig und ahnungslos, als er ihnen einmal ein „Ihr kriegt's mich ned, glaubt's des bloss ned!" entgegenraunte.

An einem Montagnachmittag vor ein paar Wochen hatte es dann an seiner Tür geklingelt. Direkt an seiner Wohnungstür, nicht etwa an der Haustür auf der Straße. Durch den Spion konnte Moosgruber einen gut angezogenen Herrn mit Brille erkennen.

Dunkle Augen, stechende Augen, kaffeebraune Haut, unrasiert im Gesicht. Einer der Iraner aus der Wohnung unter ihm!

Moosgrubers Herz pochte wie wild. Was war zu tun? „Denk nach, Franz, denk nach!", sagte er sich.

Der Araber klingelte ein zweites Mal, diesmal klopfte er noch dazu. Gib dich ahnungslos, versuche herauszufinden, was der Feind vorhat. Nur dann kannst du ihm zuvorkommen, dachte Moosgruber. „Was wollens?" schrie er mit einer Spur zuviel Angst in der Stimme.

„Äh, Herr Moosgruber? Mahmud Agib, ihr Nachbar aus dem zweiten Stock. Ich bin der neue Hausmeister und ich soll im Auftrag der Rundfunkanstalt in allen Haushalten die Geräte für die Quotenermittlung anbringen. Hat Sie der Hausbesitzer nicht informiert? Er hatte einen Brief geschickt. Wir werden Testhaushalte fürs Fernsehen, Herr Moosgruber, dös is doch supa!!"

Moosgruber war verwirrt. Der Terror spricht Bayrisch! Jesus Maria! Er hatte da mal irgendetwas unterschrieben, ja, es hieß, wenn er da mitmachte, würde er quasi das Fernsehprogramm bestimmen. Jedes Mal, wenn er einschalte, würde das jemand aufzeichnen und das, was er besonders gern sähe, würde dann öfter kommen.

„I woas von nix!", hielt er den Araber hin. „Es geht ganz schnell, die Installation meine ich, nur ein paar Handgriffe", rief Agib.

Moosgruber sammelte sich. Und plötzlich überkam ihn der Mut. Das war seine Wohnung, sein Terrain! Warum sollte er hier kuschen! Soll er doch kommen, der Araber, entweder er oder ich. Endkampf!

Mit dem Mut der Verzweiflung riss Moosgruber schließlich die Tür auf. Mahmud Agib strahlte über beide Ohren, gab ihm die Hand und ehe sich Moosgruber versah, war er überrannt, Agib stand in seinem Wohnzimmer und nestelte ein kleines, schwarzes Kästchen an seinen Nordmende-Fernsehschrank. Moosgruber blieb gegen die Wand gedrückt stehen. Tatsächlich benötigte Agib nur ein paar Handgriffe und kaum zehn Minuten später – Moosgruber hatte sich zwischenzeitlich fortgeschlichen, ein langes Brotmesser aus der Küche geholt und es in seinen Hemdsärmel geschoben – da streckte Agib ihm schon wieder lächelnd die braune Hand entgegen und ging in Richtung Wohnungstür. „Schönen Abend noch, und denkens dran: Sie entscheiden etzat, ob die Carolin Reiber morgen no an Job hat oder ned!"

Das Kästchen blinkte grün. Ganz langsam, ganz ruhig. Moosgruber wagte nicht, es zu berühren.

Jetzt haben sie dich am Arsch, dachte er, als er das Brotmesser aus seinem Hemd fingerte und dabei die Manschette anschnitt.

Er hatte den Islam in sein Wohnzimmer gelassen und nun hatte er die Bescherung. Terroristische Spionagetechnik auf seinem Nordmende-Buchenfurnier. Eine Kamera, eine Wanze, ein Bewegungsmelder, vielleicht ein ferngesteuerter Sprengsatz.

Tag und Nacht werden sie dich beobachten, jeden Ton, den du abgibst, werden sie hören. Von wegen Quotenermittlung.

Sollte er das Kästchen einfach aus dem Fenster werfen? Sicher würde er einen tödlichen Stromschlag bekommen, wenn er auch nur leicht an dem Stromkabel riss, oder die Bombe würde hochgehen.

Nein, so einfach würde Bin Laden es ihm nicht machen. Er war am Arsch. Sie würden nur noch den richtigen Zeitpunkt abwarten. Wenn er schlief, dann würde Agib wiederkommen, und er würde nicht alleine sein.

Von jenem Montag an schlief Franz Moosgruber keine Sekunde mehr. Er verließ auch die Wohnung nicht mehr. Wenn er sterben sollte, dann wenigstens dort, wo er seit 50 Jahren zu Hause war. Er stellte den Stuhl direkt vor den Fernseher, in der einen Hand das Brotmesser, in der anderen die Fernbedienung. Er schaute den Nachrichtenkanal. Tagelang. Und immer wieder sah er ihn, Agibs Auftraggeber, den falschen Gott des Bürschleins aus dem Biergarten, die rechte Hand Allahs: Osama bin Laden. Moosgruber umklammerte das Brotmesser noch ein wenig fester und blickte dem Oberterroristen fest in die Augen.

Moosgruber schaute und schaute. Erschöpft sah er Bombenanschläge in Jerusalem, Riad, Bagdad und Istanbul. Und dann kamen die vermummten Terrorgruppen, die harmlosen Zivilisten vor laufender Kamera die Köpfe abschlugen. Erst einem Ami, dann türkischen Lastwagenfahrern und südkoreanischen Übersetzern.

Wann würden die Agibs von unten kommen, Ski-Masken über dem Gesicht und mit bayrischem Akzent ein islamistisches Enthauptungs-Ultimatum für die Tagesschau filmen, mit ihm, Moosgruber, auf den Knien, einen Koran haltend? Moosgruber richtete sich auf. Und mit letzter Kraft entschied er sich zu einem letzten Gang in den Baumarkt und für ein mannhaftes und stolzes Fanal. Er, Franz Moosgruber, Unteroffizier, Kriegsteilnehmer und Vorsitzender des Gesangsvereins Sendlinger Goldkehlen von 1912 e.V., würde in einem Stück an die Himmelspforte treten.

Nachdem Moosgruber also vor dem baumelnden Hanftau an der Decke salutiert hat, streicht er sich über die tadellose Uniformjacke des Gesangsvereins. Der Fernseher läuft, das unheilvolle Kästchen blinkt. Unten in der Wohnung der Agibs hört Moosgruber hektisches Stühlerücken. „Jetzt wern's hektisch. Die ham's kapiert, wos i vorhab. Aber i bin schneller." Moosgruber steigt auf den Stuhl, legt sich die Schlinge um den Hals und blickt auf den blinkenden, schwarzen Kasten und den Fernseher. „Schau, Bin Laden, was deine Bürscherl können, dös können wir Bayern scho lang. Gott schütze uns." Moosgruber springt von der Stuhlkante. Die Schlinge zieht sich zu und bricht ihm das altersschwache Genick. Kurz noch zappelt Franz Moosgruber, ein Bein schlägt gegen das Fernsehgerät. Das Kästchen rutscht vom Eichenfurnier und landet mit einem Knall auf dem Boden. Die grünen Dioden hören auf zu leuchten, als Franz Moosgruber zum letzten Mal schnauft.

AUTOREN

Kristian Bader

*1965, Kabarettist und Schauspieler. Aufgewachsen zwischen Portugal und Nordfriesland. Zuhause auf zahlreichen deutschen Sprechbühnen, schaut aber am liebsten in seiner Hamburger Baderanstalt nach dem Rechten.

Weihnachtspunsch_109

Martin Bartholmy

*1965 bei Esslingen, lebt seit 1987 in Berlin. Er arbeitet als Journalist, Lektor und im Internetbereich und schreibt Erzählungen, Gedichte, Dialoge und Aufsätze.

In der wogenleeren Höhlung_89

Daniel Beskos

*1977, small town kid, aber der südhessischen Provinz entwischt. Lesungen seit 1996 in ganz Deutschland mit der Autorengruppe *reisausz.* Mitbetreiber des mairisch Verlags (www.mairisch.de) und Mitveranstalter der monatlichen *TRANSIT*-Lesereihe in Hamburg. Veröffentlicht Hörspiele und Texte. Manchmal die Zukunft im Kopf.

Man muss ja nicht gleich grob werden_73

am start_76

Andreas Burgmayer
*1969 am Bodensee, lebt seit 1997 in Hamburg, verdient sein Geld als Journalist und kann es sich auch nicht erklären, warum er von alten Herren besonders angetan ist.
Herr Schröder_44
Herr Moosgruber_223

Verena Carl
*1969, stammt aus Freiburg und lebt seit einigen Jahren als Journalistin und freie Autorin in Hamburg. Sie veröffentlichte bisher zwei Romane, zuletzt *Eine Nacht zu viel* (Marion von Schröder-Verlag, 2003).
Online: www.verenacarl.de
Ingrids Weihnachten_101

Robert Cohn
geboren vor ziemlich langer Zeit, lebte am Rio de la Plata, am Rhein und an der Seine. Jetzt lebt er an der Elbe.
„Der Eremit" an der Wand_21

Paula Coulin
*1979, Stuttgart. Rheinisch sozialisiert, was passte. Begriff beim Vegetieren im Hamburger Philosophenturm, dass das Leben nicht immer leicht ist. Begriff in Manchester, Großbritannien, dass man es trotzdem immer leicht nehmen sollte. Seitdem schreibend und glücklich.
Das Bäckerversprechen_203

Don Dahlmann
Lebt als Journalist und freier Autor in Berlin. Mehr Texte gibt es unter http://don.antville.org, und wenn man ihn betrunken macht.
Bad Honnef brennt_31

Lars Dahms
*1965 in Hamburg. Nachtwächter, Reinzeichner, Schichtarbeiter, Kupferdrucker. Designstudium in Hamburg. Von 93 bis 97 Mitinhaber eines Kleinverlages (Edition 406). Seit 95 Freiberufler. Diverse Veröffentlichungen.
Am Küchenfenster_66
Hauke_69

Konstanze Ehrhardt

1973 am Bodensee geboren, hat in Freiburg, Boston und Hamburg Germanistik und Amerikanistik studiert, ist Lektorin des Hamburger Klein-Verlags MTA (www.minimaltrashart.de) und Mitorganisatorin der monatlichen *TRANSIT*-Lesereihe in Hamburg.

Dierk Hagedorn

*1966 in Hamburg; von 1993 bis 2004 Verleger des kleinen und ambitionierten Verlages Edition 406. Veröffentlichungen in unterschiedlichen Magazinen, im Hamburger Ziegel sowie in anderen, im eigenen Verlag erschienenen Anthologien, z. B. in *Ponal, Liebe ist Tiere zu tragen, Ytong – Eine Textsammlung, Strictly Beuteltier.* Ein Ritter-Roman ist in Arbeit. Außerdem Mitbegründer der Künstlergruppe Absynnd und Gründungsmitglied von *MACHT* e.V.

Online: www.dierkhagedorn.de

Sven Heine

*1972 in Tangstedt (Kreis Pinneberg). Dann Realschule Egenbüttel (Kreis Pinneberg) und Fachgymnasium Elmshorn (Kreis Pinneberg). Studium in Wedel (Kreis Pinneberg). Informatiker geworden. *redereihamburg e.V.* gegründet. Jetzt glücklicher Lesungsveranstalter (Hasselbrook).

Maria Regina Heinitz

*1968 in Isny/Allgäu. Magisterstudium deutsche Sprache und Literatur und Französisch. In der Werbung gelandet als Artbuyerin.

Finn-Ole Heinrich
geburt – so fängts eben meistens an: schon 82. stadt, land, städtchen, stadt. das ist schon passiert: abitur 02 in cuxhaven. zivildienst in hamburg. jetzt: studium in hannover, pipe-up. fortsetzung folgt. online: (www.pipe-up.de)

Jana Liebig
*1972 in Westberlin. Startete ihre literarische Karriere 1978 mit der Kurzgeschichte *„Die mutige Maus"*. 1993 begann sie, Geld als Werbetexterin zu verdienen. 2004 arbeitet sie immer noch in der Werbung. Singt. Lacht zu laut.

Benjamin Maack
*1978 in Winsen an der Luhe geboren, lebt und arbeitet Benjamin Maack seit 1998 in Hamburg. Maack veröffentlichte den Gedichtband *Du bist es nicht, Coca Cola ist es* (MTA, 2004). Weitere Veröffentlichungen u.a. im *Hamburger Ziegel 9* (Dölling und Galitz, 2004) sowie in den Anthologien *Macht – organisierte Literatur* (Rotbuch, 2002) und *Streulicht* (MTA, 2003).

Angelika Maisch
Jahrgang 57, studierte Musik und lebt in Karlsruhe. Sie ist als Privatmusiklehrerin für Harfe und Klavier und gelegentlich als Autorin tätig.

Nils Mohl

*1971 in Hamburg, wo er auch lebt. Veröffentlichte in Anthologien, Zeitungen, Zeitschriften und Online. Für seine Texte erhielt er diverse Auszeichnungen, u.a. den Hamburger Förderpreis für Literatur 2002. Im April 2003 wurde das gemeinsam mit Max Reinhold geschriebene Theaterstück *revolution* in Basel uraufgeführt, die deutsche Erstaufführung folgte im März 2004 am Schauspielhaus Kiel.
Online: www.nilsmohl.de

schön, dass du da warst_173

Andreas Münzner

*1967, bei Zürich aufgewachsen. Studien in Zürich, Lausanne und Genf. Freiberuflicher Übersetzer. *Die Höhe der Alpen* (Rowohlt, 2002). Auszeichnungen u.a.: 1. Preis Hamburger Lyrik-Wettbewerb 2001, Förderpreis der Jürgen Ponto-Stiftung 2002. Im Frühjahr 2005 erscheint im Verlag Zu Klampen der Lyrikband *Die Ordnung des Schnees.*

Xylazin_209

Stevan Paul

*1969, lebt in Hamburg. Er ist Gründungsmitglied der *redereihamburg e.V.* und Mitveranstalter von *KAFFEE.SATZ.LESEN.* Er arbeitet als Foodstylist und kulinarischer Berater für Zeitschriften, Werbung, Film und Fernsehen. Er schreibt Kurzgeschichten, Erzählungen und Kolumnen und arbeitet an seinem ersten Roman. Veröffentlichungen u.a. in: *Stint 33 – Shopping,* Zeitschrift für Literatur, 2004; *Poetry Slam Jahrbuch 2003/2004* (Rotbuch, 2004); *Vokalpatrioten* (U-Books, 2004)

Aufstand und Verweigerung im ICE 782_27
Ich bin der Fischmensch_215

Hartmut Pospiech

Autor und Literaturaktivist in der Hamburger Clubliteraturszene. MACHT-macher (www.macht-ev.de), Geschäftsführer des *Writers' Room* Hamburg (www.writersroom.de), Veranstalter des Hamburger Poetry Slams (www.slamburg.de). Prosa und Gedichte in zahlreichen Zeitschriften, Anthologien und auf CD, zuletzt: *Hamburger Ziegel 9* (Dölling & Galitz, 2004), als Herausgeber: *Poetry Slam 2004/2005* (Rotbuch, 2004)

Weihnachtsgeschichte mit fünf Enden_104

Andreas Priess

*1956 in Hamburg. Spielt Theater und führt Lesungen durch.

Fall_113

Spiritus sanctus_115

Jochen Reinecke

*1971, lebt in Berlin. Veröffentlichungen in Frankfurter Allgemeine Sonntagszeitung, Tagesspiegel, Die Zeit, Berliner Morgenpost, Titanic, taz, Blond Magazin, Salbader. Er schreibt an seinem zweiten Roman und sucht immer noch einen Verlag für den ersten.

Kontakt: joreine@snafu.de

Warum in der Curry-Station so viel los ist_120

Mutige ausländische Gastronomen_124

Gordon Roesnik

*1973 in Hamburg, aufgewachsen in Bergheim bei Köln, seit 1993 wieder in Hamburg. Gründungsmitglied von MACHT e.V. und Mitbetreiber des monatlichen Literaturevents MACHTclub im Deutschen Schauspielhaus. Seit kurzem Exstudent und in der Medizinbranche tätig.

Enten essen_139

Bud Rose

*1964 in Hamburg, Schauspielausbildung an der Stage School of Dance & Drama (Hamburg), 1. Jahrgang. Verschiedene Engagements in der BRD, Radiomoderator bei Jazz Welle Plus. Eigene Produktionen: *DiE WiNTERREiSENDEN* (2004), Stramm Lesung (2004), ganz viel Slam seit 1997, Liederabend *Kälteidiotie* (2004), Aktuelle Arbeit im *Lord von Barmbeck*, St. Pauli Theater (2005).

Disco '76_145

Der Zwischenmensch_149

Tex Rubinowitz

43, Witzzeichner, Betreiber des Musiklabels Angelika Koehlermann, arbeitet gerade an einem Dokumentarfilm über den japanischen Horrorfilm-Regisseur Takashi Miike.

Kaledonia_35

Bettina Schoeller

*1969 in München. Filmstudium an der Kunsthochschule Hamburg sowie Ethnologie, Journalistik und Germanistik an der Universität Hamburg. DAAD-Stipendium für die Filmakademie Bukarest, Rumänien, wo die hier abgedruckten Geschichten entstanden. Arbeitet als Autorin, Regisseurin und Regieassistentin.

Ursula Schötzig

*1972, wohnt in Hamburg. Studierte Italienisch und Kunstgeschichte, Auslandsaufenthalte in Florenz und Venedig. Zeitweise große Sehnsucht nach Italien. Arbeitet gern am Theater. Lesungen u.a. bei *TRANSIT, Tresengeflüster, Poets-on-the-beach.* Mitveranstalterin der Wohnzimmerlesungen im Rahmen der *Literaturaltonale* 2004. Gedichte in *Poetry Slam 2004/2005* (Rotbuch, 2004).

Nico Spindler

*1970 Marburg an der Lahn. Ein charmanter, leicht wohlstandsverzogener, intelligenter Proll-Romantiker, sagt sie. Gedichtband *triumphe und ruinen* (Eskapis, 2004). Online: www.triumpheundruinen.de

Oliver Trific

wuchs gleichzeitig in Polen, Irland und einem kleinen deutschen Dorf aus dem Jahre 1954 auf – Chicago, Illinois. Er wohnt heute mit seiner Familie in einer großen deutschen Stadt und sehnt sich nach den grünen Hügeln Masurens.

Friederike Trudzinski
*1982 in Aachen. Seit 1999 öffentliche Lesungen in Hamburg, Berlin, Leipzig, Zürich, München und Budapest. Veröffentlichungen von Kurzgeschichten in den Anthologien *Streulicht* (MTA, 2002) und *und alles danach* (MTA, 2001), *Poetry Slam 2002/2003* (Rotbuch, 2002), der Wochenzeitung Freitag und der Süddeutschen Zeitung. Zurzeit Studium der Theaterwissenschaften in München.
Volkslieder_131

Tina Uebel
Autorin, freie Journalistin, Verlegerin, Grafik-Designerin. Gründungsmitglied des No-Budget-Verlages Edition 406 (www.edition406.de), der Literaturfusion MACHT – Organisierte Literatur (www.macht-ev.de) und des Hamburger Poetry Slams *Hamburg ist Slamburg* (www.slamburg.de). Erster Roman *Ich bin Duke* (BvT, 2002), 2003 Hamburger Literaturförderpreis. Der neue Roman *Horror Vacui* ist gerade bei Kiepenheuer und Witsch erschienen.
Good Times Machine_192

Mathias Will
Lebt und arbeitet als Autor und Filmemacher in Hamburg. Hat zu diesem Ort in den letzten fünfzehn Jahren eine intensive Hassliebe entwickelt. Träumt sich dennoch täglich von dort weg: Vornehmlich nach Norditalien (Poebene) oder aber nach Paris (siebzehntes und achtzehntes Arrondissement). Online: www.wolkenunddreck.de
Das Fundstück_135

Franka Winter
*1981 in Hamburg, hat in Lima und Sevilla gelebt und studiert Soziologie und Politikwissenschaft an der Universität Hamburg. Sie schreibt, seit sie schreiben kann und arbeitet zur Zeit an einer Serie über das Ehepaar Uschi und Horst. Dies ist ihre erste Veröffentlichung.
Kunst_165

DANKSAGUNGEN

die *redereihamburg* sagt Danke für **KAFFEE.SATZ.LESEN**:
Robert Cohn | Kristian Bader | Karina Nölp | Ingrid von Hoff | Martin Rathscheck | Jana Liebig | Dennis Krengel | Britta Barteit | Anja Piela | Paula Coulin | Uta Ballerstedt | Cathrin Junge | Matthias Lorenz-Meyer und der Tide-TV Crew | Kulturbehörde Hamburg | den Höflichen Paparazzi | Richard Nilges für den besten Kuchen der Stadt.

die *redereihamburg* sagt Danke für dieses Buch:
Isabel Bogdan | Uta Ballerstedt | Konstanze Ehrhardt | Kathrin Petersen | Daniel Beskos | Peter Reichenbach | mairisch Verlag | Stil.3 Designbüro | allen Autoren.

Stevan Paul dankt:
Cathrin | Oliver | Bruce

Sven Heine dankt:
seinen Eltern | Martin | Britta | Anja

Ganz besonders dankt die *redereihamburg* dem Publikum und allen Autoren, die bei **KAFFEE.SATZ.LESEN** aufgetreten sind, für die Unterstützung und das Vertrauen.